伊坂幸太郎

獻給折頸男的協奏曲

いさか
こうたろう

首折り男の
ための協奏曲

高詹燦 譯

導讀——

伊坂幸太郎，奇想的世界觀與天馬行空的協奏曲

日劇達人／小葉日本台

伊坂幸太郎的作品特色之一是超現實，伊阪幸太郎總是能將所謂的暴力描繪得如此稀鬆平常，這就好比「折頸男」三個字，乍看明明就是挺血腥的人間凶器，很恐怖驚悚的獵奇事件，但放在伊坂的故事情節卻沒什麼違和感，甚至還滿正向溫馨的。關於本書書名，伊坂說，一開始是想採用「折頸男」，但又覺得這樣的字眼太強烈，後來想了半天就變成《獻給折頸男的協奏曲》。如何？這一改不只是多幾個字而已，大作家的天馬行空就彷若協奏曲般，七個看似獨立的短篇，經由巧妙布局，前後呼應，合而為一。

【折頸男的周邊】：傳說中的折頸殺人事件至少發生五起了，被害人從中年男子到年輕女性，惟兇手迄今仍逍遙法外。話題圍繞在駭人聽聞的折頸男，但後續的發展並非設定在警方如何與兇嫌鬥智鬥力，而是藉由對鄰近住戶起疑的老夫婦、長相特徵被誤會是兇嫌的男人、以及慘遭霸凌的少年等各自故事交錯所串起。伊坂說創作過程沒什麼自信，完成後重讀倒是頗滿意，另，本單元兩次出現的話：「變成大人後，人生還是一樣痛苦嗎？」這是引用盧貝松的電影《終極追殺令》中的台詞。

【背黑鍋的故事】：九歲的小孩被某位開快車的女子撞死了，法院雖然判吊照加緩刑三年，但父親仍無法原諒肇事者，於是他決定採取行動。故事到了後半段，「從事危險工作的人，如果想在沒有凶器的場所殺人，常會用折斷脖子這招。」驚！這是指傳說中的折頸男又出現了嗎？怎麼回事？是誰在背黑鍋啊？

【我的船】：〈水兵Liebe我的船〉是日本人用來記化學元素的一首歌。Liebe是德語，意思是「愛」。如果照硼、碳、氮、氧、氟來排列，分別是B、C、N、O、F，發音為bokunofune，也就是「僕の舟」。雖然沒有最後的「Ne」，但沒關係，Ne是霓虹，銀座很多。伊坂舖的哏，伊坂難得的戀物語，六十年代濃濃懷舊風，故事中的女主角——若林老婦人，啊咧～這不就是單元一〈折頸男的周邊〉裡那位起疑的老婦人嗎？

【充滿人性】：真的沒有神佛的存在嗎？只能忍受丈夫出軌搞不倫？只能默默承受強淩弱的下場？其實上帝一直都在，若有人違反規則，或是不合理的偏差行為，即便是關在同一箱裡的鍬形蟲也是，上帝都會給壞人天譴，給好人……本單元用不少篇幅在談鍬形蟲並藉此衍生不同的故事，靈感的發想的確來自伊坂的親身體驗，極有趣。

【逃離星期一】：「這篇報導提到那幅失竊的畫就擺在我家當裝飾。黑澤先生，你可以幫我還回去嗎？」這個局布的詭計超殺，沒寫成長篇可惜，以短篇形式收錄算讀者賺到。你現在看到的我，有可能不是真正的我，提示：《記憶拼圖》、《不可逆轉》、《5x2愛情賞味期》，這幾部電影不妨參考看看。

【諮詢顧問的故事】：伊達政宗的家臣山家清兵衛，傳說被奸人所害，死不瞑目，於是復仇劇般的詛咒陸續降臨，哏依此展開。嗯，這並非伊坂擅長的「怪談」題材，所以老師說他有買京極夏彥的小說先感受一番，而且這個山家清兵衛的詛咒傳說，竟然是坐計程車時運匠說的喔。

【聯誼的故事】：雷蒙．格諾，法國知名小說家和詩人，其自創的拆解式「文體練習」最為世人所驚嘆。本篇伊坂嘗試這款新寫法，故事裡玩了不少文字遊戲，用了「ですます」形、很多「だから」和擬音語等，故事大綱→擴充後的大綱→擴充後的大綱（姓名省略，以性別＋英文字母表示）→補充資訊……透過時間、地點、文體等的轉換，平凡的題材也能一新耳目。

此外，本書的另一驚喜，黑澤再度瀟灑登場。正職是小偷，副業是偵探，三不五時還得聽人牢騷兼心理咨詢的黑澤，一直都是伊坂筆下極具人氣的角色，他盜亦有道，是雅賊，但也因為這個有「弱點」的身分，常使他難以婉拒委託人的請求，不管是闖空門還是探案；黑澤的內心世界不易被看透，但他的形象自從在《Lush Life》電影版中藉由堺雅人的附身加持，更清晰的存在感，更優雅的安心感。

關於黑澤的登場：幫若林老太太找尋五十年前的舊情人，娓娓道出的是一段浪漫舞曲，黑澤調查了五十年前那棟公寓的帳冊，得知那個男人的名字叫……這是屬於黑澤的貼心關懷（〈我的船〉）。很有耐性聆聽某婦人對其妹婿在外偷腥的不滿與碎碎唸，這時的黑澤是很實用的倒垃圾對象；而與飼養鍬形蟲的作家朋友窪田對談，從鍬形蟲的生存遊戲到戰爭與和平的國政時局，黑澤的話是哲學之辯，是智者之言（〈充滿人性〉）。對了，黑澤除了嗜好垂釣外，或許是受了窪田的影響，到了〈諮詢顧問的故事〉單元，當真也養起了鍬形蟲，還為此搬家哩！至於不得不幹的闖空門「正事」，這回是偷畫還是物歸原主？過程更是精采離奇趣味（〈逃離星期一〉），然後，就這樣，再一次的黑澤魅力展現無遺。

最後，關於伊坂幸太郎，記得讀的第一本小說是《重力小丑》，這對當年習慣松本清張、土屋隆夫、夏樹靜子等老派推理文風的小葉而言，相當程度是理解不能，甚至閱讀障礙，當然適應熟悉之後，還用說，愛不釋手。伊坂作品常見的元素，像是以仙台為舞台背景、角色人物會跑到別的單元亂入、大量的音樂和電影哏、針對嚴肅議題的抬槓和辯證等，這些不但在本作看得到且運用自如。引用伊坂老師之言，本書《獻給折頸男的協奏曲》，與其說是完美呈現的作品集，不如說它的感覺就像是神秘的工藝品。

目次

折頸男的周邊 009
背黑鍋的故事 067
我的船 093
充滿人性 135
逃離星期一 181
諮詢顧問的故事 221
聯誼的故事 253

折頸男的周邊

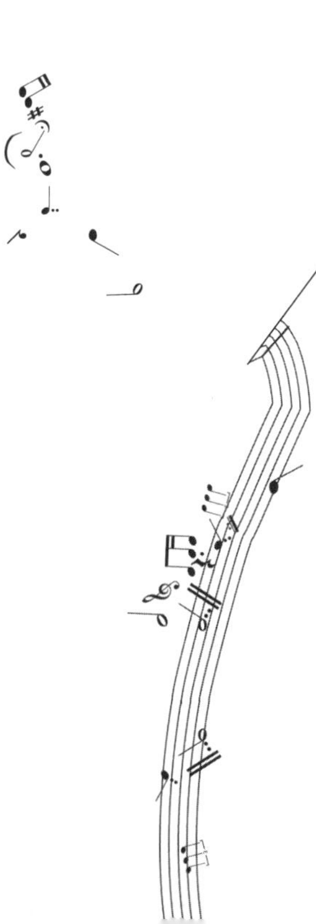

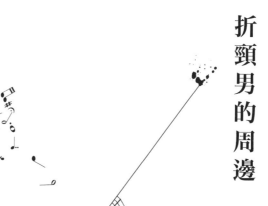

起疑的夫婦

「老公，這個人會不會是隔壁那位小哥？」坐在客廳茶几前的若林繪美，望著電視對丈夫若林順一說道。退休後，這對夫妻都靠存款和年金過活。他們的兩個兒子都已獨立，在知名的上市公司上班。長男住在中國，次男則是住在中國地區[1]的山口縣，很難有機會見面。

「隔壁的？」

「是啊。就是住隔壁公寓一樓的那位大個子啊。」

電視正在播放討論昔日案件的節目。內容介於新聞報導和綜藝節目之間，主要針對最近發生的一些謎團重重的重大案件，以及許久前的失蹤案件，廣為向觀眾蒐集情報，並請一些奇怪的專家進行分析，對觀眾散播「嫌犯也許就在你身邊」、「失蹤者也許會來到你工作的店裡」這類的訊息，分不清這是忠告還是恫嚇。此時正針對前不久東京剛發生過的公車站牌殺人事件進行分析，感覺再過不久很可能會冒出「你的鄰居也許有天會死於非命」這樣的話來。

就在天氣酷熱、每個人都昏昏沉沉的幾個月前，在一處通往田端車站的公車站牌，發生了一名男子遭人扭斷頸骨殺害的案件。站在公車站牌旁的被害人，在短短的一瞬間遭人從背後扭斷脖子殺害。過去也發生過類似的案件，所以一時輿論譁然，但兇手至今仍逍遙法外。

電視上根據「本節目獨家情報網蒐集的目擊證明」，出示兇手的人物形象。以條列的方式列出「身高介於一百八十到一百八十五之間」、「短髮，髮色黑」、「戴黑框眼鏡」、「身穿白T恤搭牛仔褲」這幾項條件。

還有事發當天與那名高大男子擦身而過的婦人提供的談話。婦人略顯得意地說道「我當時剛好車鑰匙掉地上，那名年輕人幫我撿起。他右臂有很大的傷痕，所以我記得很清楚」，她的模樣就像是在描述自己目擊幽浮似的。

「你看，應該是隔壁公寓那位小哥吧。」妻子說。

兩人因相親而結婚，一直過著一板一眼的平凡生活。若林順一心裡這麼想。妻子對他們兩人的人生，應該也是抱持同樣的感想。若林順一一度對過這樣的平凡人生感到質疑，而他也曾經有一段時間在因緣巧合下，與職場上的女同事走得很近，就此投入不倫戀中，但最後這終究還是不合他的個性。凡事大而化之，而且個性樂天的妻子，似乎始終都沒發現他外遇的事，因此若林順一對此存有一份罪惡感。

「你仔細看上面列的這些條件。」妻子極力說服他。接著他逐一細看上頭所列的項目。經這麼一提，雖然與住隔壁公寓的那名男子僅有數面之緣，但男子的外表確實符合這些條件。

「他是從什麼時候開始住隔壁的？」

1. 位於日本本州西部，由鳥取縣、島根縣、岡山縣、廣島縣、山口縣這五個縣所構成。

「九月。」

「妳記得可真清楚。」隔壁公寓為兩層樓建築，住了八戶人家。雖然住戶時常進出，但畢竟還是無法清楚掌握他們每一個人。

「九月時，剛好家裡的報紙要重新簽約。報社前來簽約的人向我抱怨，說隔壁公寓新搬來一位住戶，整天不在家。九月那時候，不就剛好是這起案件發生後的事嗎？」

若林順一沉默了一會兒。

「他戴眼鏡嗎？」

「這種事根本不成問題。他平時都戴隱形眼鏡。我只有一次看過他戴眼鏡。」

「看起來不像上班族。」

「我就說吧。經這麼一提才發現，白天也遇得到他，感覺很可疑。」

「妳怎麼隨便說鄰居可疑呢。」

電視上更進一步地播放歸納目擊者情報後整理出的人物畫像和全身示意圖。啊，是隔壁那名男子！他差點就叫出聲來。因為就是畫得這麼像。

「老公，很像對吧？」

「確實很像。」

話雖如此，還是很難想像隔壁住著一名會扭斷人脖子的殺人犯，若林順一像在自言自語般沉聲低吟道：「嗯，不過……」眼下他也只能啃著手中的蘋果。

「我們去那棟公寓確認一下吧。」

「妳該不會是要當面問對方『你是不是殺了人』吧？」

「我才不會那麼做呢。」

「妳就是有可能做這種事。」

「你在操什麼心啊。」

「因為妳實在太沒戒心了。」

若林順一是真的替她擔心。妻子高中畢業後，在一家零食製造公司裡擔任事務性工作，基本上沒見過什麼世面，凡事也都不會深入細想，總會做出一些很大膽的行徑。她曾在銀行業務員的花言巧語下，差點就委託他們做高風險的投資理財，幸好後來在兒子們的勸說下，這才懸崖勒馬。「妳生活圈子小，所以做事得謹慎小心。」若林順一忍不住出言提醒，但妻子只是笑著回他一句：「我知道。」

「千萬別想著要待會兒偷偷去隔壁打探喔。」

「有什麼不妥嗎？」

「如果對方真的是兇手，那就太危險了。」

「可是老公，搞不好可以確認他手臂上有沒有傷呢。」

「如果是夏天還另當別論，但現在正值冬天這個時節，他怎麼可能穿短袖。難道妳要請他捲起袖子？這樣反而會令他起疑。」

被誤會的男人

「喂，大藪，你在這裡做什麼？」一聽到那激動的聲音，小笠原稔為之一驚。他還是第一次這樣當面被誤認為是另一個人。

這裡是中央線快速電車某個停靠車站附近的鬧街，一處老舊的拱廊街。

對方身穿西裝，是個身材微胖，牙齒外露的男子。雖然一頭白髮，卻有著一張娃娃臉，年齡不詳，繫著領帶。但實在稱不上儀態端正。

小笠原稔還以為是有人來向他討債，嚇得往後仰身。最近會這樣親暱地出聲叫他的，就只有「討債」的業者。

怎麼會欠下這一屁股債呢？

不，話說回來，那應該不算是欠債。

一切都是從他借錢給同樣在麵包製造工廠裡工作，和他同年的那名男同事開始。

「小笠原，借我錢吧。」這位缺一顆門牙，和他沒那麼熟的男人，不知為何，某天突然很親暱地跑來與小笠原稔攀談。小笠原稔馬上便猜出是什麼原因。這名男子朋友的朋友，是小笠原稔高中時代的同學。換言之，這名少了顆門牙的男子肯定知道「小笠原稔雖然體格魁梧，但個性柔弱，完全沒半點鬥志，十幾歲的時候常遭人勒索」。

對方看準他的膽小來利用他，這種態度令小笠原稔怒火中燒，但最後他還是掏錢借給對方。理由很簡單，因為他害怕。

儘管依照過去的經驗，他知道「借出去的錢要不回來」、「對方會不斷地要錢」，但小笠原稔還是無法擺脫這樣的糾纏。果不其然，那名少了顆門牙的男子根本不想還錢。他甚至還跑來說「你要不要借錢」，令小笠原稔大為吃驚。那已是半年前的事了。之前每次都吵著向他借錢的男子，突然改口問他「要不要借錢」，這實在無法理解，他甚至感到欽佩，心想「竟然還有這麼一招」。

「我有位朋友從事信用貸款的工作，你要不要借個十萬來用？只要馬上還就行了。那就像是在拚業績一樣，他要是再不貸款給別人，展現一下業績，可就麻煩了。」

這實在很可疑。然而，當小笠原稔察覺不對勁時，人已來到一家名不見經傳的信貸公司。他來到一棟約莫二十年屋齡的分租大樓裡的某個辦公室，裡頭有五名模樣兇惡的男子與一名濃妝豔抹的女人。不管是誰從哪個角度來看，這都擺明著不是一家正經的公司，但小笠原稔卻向他們借了十萬日圓。他們強勢主導一切，令他無從拒絕，他心裡想，只要借了之後馬上還就行了。因為那名少了顆門牙的同事告訴他「只要借一下就行了」，所以他心想，應該是借一下就沒事了。

但事情可沒那麼簡單。他借了這十萬日圓，正打算當天就還時，對方打電話來，以可怕的聲音向他恐嚇道：「你在想什麼啊。今天借今天就還，你是瞧不起我們嗎。」小笠原稔完全無法理解自己究竟是哪裡「瞧不起人」，嚇得簌簌發抖。後來不知道是怎麼回事，又再借了十萬日圓。

從那之後，他多次試著要還錢，但每次都被挑剔，拒絕他還錢，或是語帶恐嚇地把錢推還給他，唯獨利息愈滾愈高。

等到他發現時，平日的積蓄已經見底，平白背負了兩百萬日圓的債務。感覺就像一開始只是粉末般的東西，但經過一番加工後，變成了蓬鬆的麵包！

缺了一顆門牙的男子不知何時辭去了麵包製造工廠的工作，失去下落，只留下小笠原稔被迫簽下的契約和債務。

他明白自己應該去報警，但是「你應該知道報警的話會有什麼後果吧」這種老掉牙的威脅，令小笠原稔害怕不已，完全束手無策。

「討厭的事再怎麼逃避，也解決不了。」這是小時候學校老師一再告誡的話。

對方一再要求他還錢。恐嚇電話不斷打來，在他從麵包工廠返家的路上，或是前往超市的途中，有時會突然被信貸公司的年輕人一左一右架往建築物後方，慘遭一頓痛毆。對方可能是不想留下證據，會以巧妙的手法修理他，不在他身上留下任何傷痕。雖然還不曾直接衝進小笠原稔的住處，但這應該也是為了避免被鄰居撞見。

「虧你個子這麼高大，卻一點用也沒有。」信貸公司的男子常這樣嘲笑他。

小笠原稔無法反駁。他怕得渾身發抖。他從小就體格高大，小學時也曾經有一段時間很囂張跋扈。但有一天他被全班同學包圍，按倒在地，對他興師問罪，拳打腳踢，從那之後，他就對人充滿恐懼。

為了保護自己柔弱的心靈，他鍛鍊身體，擁有魁梧的體格，但內心的脆弱卻沒半點改變。

「大藪。」對方又叫了他一聲。他本想不予理會，從旁邊走過，但男子擋在他面前。「大藪，你在幹嘛？這邊才對。」

「你在說誰啊？」

「你幹嘛裝傻啊？這樣很沒意思耶。我找你很久了。我們不是約好在車站的投幣式置物櫃旁見面嗎？都已經過了十五分鐘，對方也快來了。不過，好在找到你了。」

看對方的樣子不像在說謊。他顯得一臉認真。但小笠原稔完全不知道約定的事以及「對方」是誰，這也是事實。

「你認錯人了。」

「喂喂喂，開什麼玩笑啊，大藪。像你長這樣的人，沒那麼普遍吧？」

「我是很高大，但長相很平凡。」為什麼我非得這樣解釋不可？小笠原稔很不情願。

對方沉默了片刻，注視著小笠原稔，暗自沉思。「若說你是大藪的話，神情似乎太過緊張了。」

「我猜也是。你看，我姓小笠原。」

對方沒提出要求，小笠原稔卻自己從口袋裡掏出錢包出示駕照。拱廊街裡人來人往，小笠原稔他們就這樣站著交談，引來不少路人投以異樣的眼光。乍看之下，像是一名高大的男子公然向人脅迫要錢，但掏出錢包的卻是那名大個子，看起來有點不太搭調。

「不，我也不知道大藪的本名。」男子揮著手，但他同時也點頭說道：「不過，大藪不會隨便拿駕照給人看。話說回來，你們長得還真像呢。」

小笠原本想就此離去，但對方卻一把抓住他的手臂。他全身為之一震。小學和國中時，被同學毆打的恐懼再度浮現。他們或許是半開玩笑，但每次小笠原稔到學校，總會自尊心受創，感覺自己被這世界所遺棄，當時的恐懼，已深深滲進他體內，至今仍揮之不去。

男子直眨眼，轉為懇求的口吻說道：「我現在知道你不是大藪了。只是剛好長得像而已。但你可以接受我的請託嗎？」

「我有急事。」小笠原稔撒了謊。他根本無處可去。與其獨自待在公寓裡，還不如自己一個人待在鬧街裡。他只是想藉此排遣孤獨，根本沒什麼事要做。就先往車站走吧，他準備再次邁步前行。

「我可以付你錢。」男子提高音量。四周的目光頓時全往他們身上匯聚。小笠原稔待得很不自在。最後男子甚至向他央求道：「拜託你，我有性命危險。請你就當作是救人一命吧。」

小笠原稔就此停步，望向男子。男子說的「錢」和「性命」吸引了他。

男子雙眼為之一亮。一見他那精明的表情，小笠原稔暗呼「不妙」，開始後悔，但他還來不及沉浸在後悔中，男子已伸手指向速食店，對他說道：「好，那我們先去那裡談談接下來該怎麼做。其實要做的事很簡單。拜託你了。」

在店裡，男子拜託小笠原稔做的事如下。

一、走進地下一家光線昏暗的酒吧。

二、店內有一張兩人座的餐桌，朝那裡坐下。

三、與一名穿著鼠灰色的廉價西裝，看起來像公務員的男子交談。

對方臉長得像香瓜，有一對大耳垂，膚色蒼白。男子不會自己報上姓名，但你不必在意，要自己主動向他問候。那名男子認得你。

「才沒有呢。」小笠原稔急忙否認。

「我是指大藪啦。你是大藪的替身，至少你要搞清楚這點。聽好了，那名臉長得像香瓜的男子認得你。所以我只能找你來當替身。」

「你到底是……」

「我就像是大藪的經紀人。聽客人的吩咐，調整行程。」「這麼說來，那位長得像香瓜的……」「不可以說客人是香瓜。」男子個頭遠比小笠原稔來得小，但那駭人的聲音氣勢驚人。一開始說長得像香瓜的人，不就是你嗎，小笠原稔只敢暗自嘀咕，不敢反駁。

「今天那名客人想直接和大藪見面。他不希望透過仲介傳話。一來是這樣有可能會造成消息傳遞遺漏，而最重要的原因是，他覺得透過仲介，大藪會比較沒有責任感。他真的很神經質。總之，就算我和他見面，他也不會搭理我。」

所以我希望你能假扮成大藪，坐下來聽他說，適時地附和幾句——男子接著道。

「我還是回去好了。」

「喂，剛才我已記住你駕照上的地址。你要是不接受我的請託，我一樣會去找你的。」

感覺就像持續拋出只有正面，沒有反面的錢幣。不管怎麼做，都不會有好事。

小笠原稔依言前往酒吧。

店內光線昏暗，連一旁的餐桌和吧檯的模樣都看不清楚。客人稀稀落落，只隱隱看得到人影。

男子出現了，果然就和事前聽聞的描述一樣，看起來像是個一板一眼的勤奮公務員。男子也沒問候一聲，就直接坐向對面的椅子。他有一張宛如香瓜般的長臉，一對大耳垂相當顯眼。眼睛細長，眉毛稀疏。他瞄了小笠原稔一眼，下巴往內收。

小笠原稔為了掩飾自己急促的心跳，他佯裝成不知情的模樣，就只是點了點頭。店員並未前來詢問點餐。應該是這裡的規矩。甚至連杯水也沒送。小笠原稔想起事前接受的指示。「你聽好了，我無法詳細說明，不過，他現在委託我們工作。你應該會被問到目前進行的情況。你只要回答『很順利』『沒問題』就行了。就這樣。接下來不管對方說什麼，你都只要點頭，簡短回應就好了。」

瓜臉男朝桌上遞出一個信封，從裡頭取出照片。照片裡是位體格不錯的中年男性。國字臉搭上蓮霧鼻，眉毛粗大，頂著一頭短髮。張嘴大笑的表情充滿自信。雖已年近六旬，卻仍精力充沛。

小笠原稔差點就開口問這個人是誰。他擺出平靜的表情望向照片。一旁附著一張字條，以印刷字寫著住址和日期。

「這份資料已送到了吧。」瓜臉男道。

「嗯。」光是這聲回應，心臟就幾乎快要從他喉嚨跳了出來。

「進行得怎樣？有辦法照預定計畫執行嗎？」

「沒問題。」小笠原稔儘可能壓抑自己的情緒，如此回答。

之後他們又做了什麼樣的交談，他幾乎都已不記得了。過沒多久，對方說了一句「那你就繼續進行吧」，將照片和紙條收進信封裡，起身離去。怎麼看都覺得此事極不單純。

遭霸凌的少年

中島翔遲遲無法入睡。他望向枕邊的鬧鐘，得知現在是深夜一點。家中一片悄靜。他父母人在走廊另一側的寢室裡，早已熟睡。他甚至懷疑是否整棟大樓的住戶也全都睡著了。換作是平時，他晚上十一點已經就寢，所以現在這個時間對他來說，是個未知的領域，這樣的時間是否真實存在，感覺就像在確認鬼與幽浮的存在一般。

鬼的存在！中島翔望著天花板，有種想哭的衝動。一切的開端就源自於此。

半年前，剛好是他好不容易習慣國二的班級，同學之間開始形成幾個小團體的時候。因為中島翔同樣是軟式網球社的一員，所以與山崎久嗣走得很近，而他也常和來自同一所小學的幾名朋友一起行動。在班上算是比較活潑、顯眼的團體。

「你認為世上有鬼嗎？」有一次午休時，山崎久嗣在教室裡向他問道。平時他們都在外頭玩足球或網球，但這天因為下雨，改為在教室裡閒聊。「我以前曾經看過鬼喔。」

山崎久嗣說他半夜在河灘附近散步時，看到一個輪廓模糊的人影，這種事常聽人提起，但其他朋友卻直嚷著「好可怕」。如果是平時，中島翔也會加以附和，開著無傷大雅的小玩笑，但當時他卻堅稱「世上才沒有鬼呢。山崎，你在胡說些什麼啊」。他單純只是想表達和其他朋友不同的意見，來突顯自己的存在感。只要自己說一句「世上才沒有鬼呢」，山崎久嗣就會反駁「當然有。你自己才胡說呢」，他期待藉由這樣的挑釁，可以形成有趣的氣氛。也許當時中島翔是想藉由這樣大聲嚷嚷，和他鬥嘴，來讓其他同學認為「他們這群人真有意思，挺歡樂的嘛」。

為什麼當時我會擺出那種態度呢？此刻中島翔不斷咒罵自己半年前所做的行為。只見山崎久嗣臉色大變，生氣地咆哮道：「你跩什麼跩啊。」這完全出乎中島翔的意料之外。

教室內空氣瞬間凍結，中島翔馬上發現自己失算了。他本以為自己是在穿越一條安全的柏油路，但那其實是一條很不牢靠的窄路，只要一個沒踩穩，就會跌落深淵。感覺就像教室地板開了個洞，他一路往下墜。

「中島，雖然你頭腦好，但這樣聽起來不太舒服呢。」其他朋友說。中島翔當時要是能馬上道歉，說一句「因為我怕鬼嘛。我希望鬼根本不存在」，強調自己的膽小，以此和他們示好就沒事了。當時事態尚未惡化。但他卻馬上回了一句「誰教我頭腦好呢」，可說是致命的一擊。此舉造成了反效果。全班鴉雀無聲，他感覺到冰冷的視線朝他穿刺而來。

從隔天起，再也沒人肯接近中島翔。起初他試著主動與人搭話，但沒人搭理他，令他深感受傷，為了安慰自己，他刻意嘻皮笑臉，但這樣令他倍感痛苦。而在軟式網球社裡，也因為山崎久嗣的暗中運作，儘管他參加社團活動，也沒人跟他說話。雖然不至於連學長也跟著一起無視於他的存在，但偏偏他又不會討好學長，所以中島翔漸漸不再參加社團的練習。

這種狀態持續一個月後，被人漠視的情況突然結束了。山崎久嗣他們開始與中島翔接觸。當然不是要跟他和好。他們只是假裝和他親近，其實是要霸凌他。

一早，中島翔到學校後，他們朝他喊「嗨」，然後重重打向他胸口。後來變本加厲，直接揮拳毆打他。

「你用力吸一口氣。」在他們的吩咐下，中島翔深吸一口氣，他們看準機會，從前後毆打他。中島翔常因此昏厥，倒臥地上。

儘管如此，這樣遠比遭人漠視來得好。在學校裡，沒和任何人談話，就只是獨自坐在課桌前，這樣實在太過悲慘，而回到家後看到父母的臉，一樣難受。

霸凌的情況愈來愈嚴重，但還不到無法忍受的地步。

不過，從一個禮拜前開始慢慢有了變化。情況愈變愈糟。

在放學回家的路上，山崎久嗣一行人不知道事先躲在哪裡，突然出現擋住他去路，將他拖往一家歇業的便利商店後面的小巷，向他勒索。

他們先毆打中島翔的腹部，見他蹲下後，再用鞋子踩他。如果他雙手護頭，就改以腳尖踢他側腹。行徑比平時還要囂張。「記得帶錢來。十萬啊。」

中島翔大致猜得出背後是怎樣的緣由。因為他知道山崎久嗣常缺席社團活動，開始跟那些風評不佳的學長和畢業生鬼混。之所以需要錢花用，應該也和那些學長有關。

「不可能，我沒錢。」「那就想辦法生出來啊。我給你一個禮拜的時間。在學校給錢不方便，所以一個禮拜後同一個時間，你到這裡來。我也會找我的學長們一起來。你要是敢逃，或是找人談這件事，那你就死定了。」

他身旁的同伴，似乎是其他學校的學生，全都在一旁點頭。

而山崎久嗣所說的「一個禮拜後」，就是明天了。現在是深夜一點，所以也可說是今天，總之，只要一覺醒來，就是當天了。怎麼可能睡得著呢。

他望著天花板。

「你最好別給那筆錢。」他想起說這句話的那名大漢。

是名身材魁梧的大漢，看起來就像是格鬥家。

那名大漢是一個禮拜前，要求他「記得帶錢來」的山崎久嗣一行人離去後，來到倒臥地上的中島翔身旁。他指著那家歇業的便利商店說道：「我剛好在店內休息，聽到外面很吵鬧，所以注意到這件事。你是不是遭到霸凌？」

「我不知道。」中島翔反射性地採取冷漠回應。要是被他瞧扁就糟了。大人根本不懂我們的世界，隨便向他們求助是很危險的舉動。中島翔好歹還懂這個道理。這名大漢雖然看起來很年輕，但他就是個大人。「你大可不必逞強。」男子一派輕鬆地說道。

「一直挨揍也很痛苦。也許你可以試著反擊。」

「這和你沒關係吧？」

「而且，你要是給錢的話，他們還會繼續找你要。」

「和你沒關係吧？」

「剛才那群人，其實也是因為上頭的人向他們要錢。而他們上頭的人，上面還有另一群人。就是這麼回事。全都是上頭指示下面的人辦事。上頭的人對於自己壓榨下面的人，完全沒半點罪惡感。下面的人所受的痛苦和辛勞，他們完全不感興趣。搞不好還樂在其中呢。」

「是又怎樣？這種事我早知道了。」

「要不要試著和他們正面對決？」男子一派輕鬆地說道。

「我會被殺的。」「才不會那麼輕易就死呢。」「會。」「嗯，話是這樣沒錯啦。」大漢突然收回自己剛才的話。「人很容易就會死。會自己死，也會被殺死。確實是這樣。」

「你在說些什麼啊。」中島翔揮去制服上沾染的泥土。他只想早點離開這裡。「那麼，下禮拜我也來好了。你們約在這裡見面對吧？喏，對面有一家自助洗衣店，你知道吧？」大漢指向人行道。

學校附近有一家商務旅館，裡頭設有自助洗衣店。是一座老舊的木造建築，沒什麼顧客上門。

「我們就約在那裡見面吧。我會陪你的。在一旁看你和人對決。這樣壯膽多了吧？」中島翔不知道眼前這名大漢說這番話有幾分認真，只覺得有幾分詭異。他同時也覺得，再也沒有比找大人幫忙更丟臉的事了。

男子似乎已看穿他的心思。「放心、放心，我只會在一旁看而已。要是快要被殺了，我會出手救你，但在那之前，我只會在一旁觀看。你就當我是你的守護者吧。勸你最好別認為向大人求助是懦弱的行為。因為對方人多，而且又常逞兇鬥狠，既然要和這種人對決，當然需要相當的武器。就算你用掉在地上的釘子，或是拿高爾夫球桿來對付他們，一樣彌補不了你們之間的實力差距。」

「你到底在說些什麼。」

「剛才那班人說『你要是敢找人談這件事，那你就死定了』，不過，這是我自己在一旁聽到，擅自跑來插一腳，所以不算是你找我談這件事。」

「搞什麼啊。」

「我會遵守約定的。我小時候，有個大人說好要和我玩傳接球，最後卻沒遵守約定，那樣真的很殘酷。」大漢之後像在談自己的回憶般，說個沒完，但中島翔完全當它是馬耳東風。仔細一看，此人雖然身材高大，但長相卻相當冷峻，就像藝人一樣。「對了，你認為有時空扭曲這種事嗎？」

「那是什麼啊？」

「就是原本很期待有可能發生的事，最後卻根本不是這麼回事。」大漢最後臉上滿是落寞之色，但完全不懂他話中的含義。

中島翔躺在棉被上，心想「明天我到底該怎麼做才好」，為此苦惱良久。就快要天亮了，他以枕頭蒙臉，就這樣睡著。

早上起床時，父親已出門上班。最近父親似乎忙著處理西日本某家公司的工作，常一早搭新幹線出差。中島翔坐向餐桌邊看電視節目，邊吃吐司。接著他會換上制服，上廁所、整理頭髮，就此出門上學。他看準母親在廚房洗碗的空檔，從放在梳妝台抽屜裡的證件匣裡取出一張銀行提款卡，放進自己制服口袋內。

媽，抱歉。

起疑的夫婦

若林順一趁散步時，和妻子一同前往位於山手線車站前的銀行。這裡行人稀少，街上來回交錯的聲響也小聲許多。感覺空氣似乎也沒那麼混濁。設有護欄的人行道相當窄，兩人並肩而行時，身體很容易碰撞，所以他們改為一前一後而行。

「老公，果然是那樣沒錯吧？」雖然聽到身後的妻子如此詢問，但他嫌麻煩，沒搭理她。在一前一後的情況下交談，本身就是很不方便的事。「老公，你聽到沒有？」

穿過窄細的道路後，來到一處十字路口，在斑馬線前，好不容易才得以和妻子並肩而立。

「老公，果然是那樣沒錯吧？就是我們隔壁的那位小哥啊。他該不會就是昨晚電視上提到的那名扭斷別人脖子的兇手吧？」
「妳還在提那件事啊。」
「那起命案真的很可怕。因為連演員也遭殺害了。」
被人扭斷頸骨殺害的案件，不光只有夏天時發生於那個公車站牌，這三年來似乎一共發生了五起左右。被害人從中年男性到年輕女性，各種人都有，地點也是由西到東，甚至遠及北海道，範圍遍及全國。
而驚人的是，被害人當中非但有演員，甚至還有刑警。其共通點是死者全都是頸椎骨折造成立即斃命，以及兇手至今仍逍遙法外。
「似乎還有人是在電影院裡被扭斷脖子。也有人是遭刺死後才被扭斷脖子。」
「這該不會是模仿犯[2]吧？」
「有這個可能。不過，指紋比對應該都是同一個人才對。如果不是這樣，那可能是兇手留下了什麼印記，只是警方沒對外公開罷了。」
「為了做為『揭露秘密』之用，連警方也沒公開此事是嗎？」
「也許是被裁員的人。為了一雪自己被老闆砍頭的忿恨。因為以刀子刺死被害人後，還刻意將對方脖子扭斷。相當堅持。」
「被公司革職，有人說這叫砍頭，但沒人會說是扭斷脖子吧。」
「話是這樣沒錯。不過，被扭斷脖子的被害人當中，似乎有人曾經輾死過孩童，所以或許可說是因果報應吧，非常不可思議。」

「妳是什麼時候，從哪裡調查到這些消息？」

「在你睡覺時，我去買了週刊雜誌回來。因為剛好有它的特集。」

紅綠燈已轉為綠燈。傳來行人通行的樂音。若林順一邁步前行。妻子急忙跟上。

「老公，我感覺對方一定是個職業殺手。」

「妳講得也太誇張了吧。」

「但真的是這樣嘛。因為全國到處都發生這樣的案件。接受別人出錢委託，而把人的脖子扭斷。就是隔壁公寓那位小哥。」

「妳別妄下斷言。」

「昨天電視上說的那名兇手特徵，不是剛好都吻合嗎？」

這樣啊——若林順一就像當作是馬耳東風般，隨口應道，但他並非完全充耳未聞。隔壁鄰人是折頸男？他是殺人兇手？雖然乍聽之下難以置信，但要是有這個可能，就得先採取行動才行。不安開始充塞他胸口。「和電視台聯絡看看吧。」在他產生這個念頭前，已先自己喃喃低語了起來。

抵達銀行後，他們走近ＡＴＭ。「我去看一下雜誌。」若林繪美很理所當然地如此說道，走向窗口的位置。應該是想翻閱那裡的雜誌吧。她這種悠哉樂天，凡事都以自我為中心的個性，真教人沒轍，若林順一暗自苦笑。

2. 模仿媒體報導的事件所做的犯罪，或是這樣的犯罪者。

排隊的人龍比預料的還長。平時人沒這麼多，他覺得今天的情況還真是罕見，探頭往前一看，馬上便明白原因。似乎是原本設置的兩台ＡＴＭ，其中一台故障，一名像是技師的男子正單手握著工具打開機器的門。剩下的一台ＡＴＭ前，站著一名帶孩子的女子，正忙著操作機器。女子腦後綁了個馬尾，身材嬌小。她似乎要轉帳給多個戶頭，但她會占用這麼長的時間，原因不光是這樣。她身旁那名兩、三歲的孩子，一直嚷著「我也要按、我也要按」，頻頻從旁邊伸手想按按鈕，所以占去了許多時間。

排隊的客人們明顯露出不耐煩的神色。

若林順一並無急事，但還是感到不悅。

不久，前方傳來一名男子朗聲喊道：「妳差不多一點好不好！我再讓妳操作一會兒，如果妳還要再花更多時間的話，就到後面排隊！叫妳的孩子安分點。」

若林順一嚇了一跳，望向聲音的方向，發現是排在最前頭的男子在發飆。

「真的很抱歉。我就快好了。」那名母親鞠躬道歉。一旁的小孩，亦即引發這場騷動的始作俑者，可能還搞不清楚狀況，轉過頭來，難為情地笑著。

到頭來，那名母親還是沒有馬上就處理完畢，反而因為挨罵而焦急，亂了手腳，平白浪費更多時間。

離去時，那位母親轉頭朝那名朗聲吆喝的男子行了一禮。若林順一心想，用不著這樣道歉吧，但那名女子的嘴角看起來似乎帶著一抹淺笑。不知道她為何微笑。

若林順一離開隊伍，來到妻子身邊。「這裡人太多了。我們到別的地方提錢吧。」

「啊，這樣啊。」妻子合上看到一半的雜誌，站起身。

若林順一一面走向銀行出口，一面提到剛才在ATM前發生的事。他很坦白地說道：「因為氣氛很僵，所以我不想再排隊了。」

但原因並不光只是這樣。

「這樣啊。」妻子以悠哉的口吻回應，同時望向ATM區。剛才怒吼著「妳差不多一點好不好」的男子，正要將存摺插進機器內。

「哎呀！」妻子高聲叫道。

「沒錯。」

剛才朗聲訓斥的男子，他們認識。此人體格魁梧、頂著一頭短髮，也就是住在隔壁公寓裡，長得像那名折頸男的男子。

「他果然是個危險人物。」妻子不知為何，眼中閃著光輝。「不是普通人。」

被誤會的男人

小笠原稔想起昨晚當替身的事，側著頭感到納悶。在地下酒吧裡，與那名陌生的瓜臉男會面的時間很短暫，只有十分鐘左右，在交談幾句後，對方便馬上消失無蹤。

走出店外後，之前與他搭話的那名身材微胖的男子叫住他，問他：「進行得可順利？」接著帶他到另一間大型的居酒屋連鎖店。

「對方沒起疑嗎？」

「應該沒有吧。」小笠原稔不知道自己的真實身分是否已經穿幫。況且，他也沒餘力注意這種事。

「謝謝你。幫了我一個大忙。」男子將桌上的中杯啤酒一飲而盡。「你真的和他長得很像。」

「你是說那位大藪先生嗎？他是個什麼樣的人啊？」

「啊！」男子擱下啤酒杯，像是猛然回神般，露出嚴肅的表情，皺著眉頭說道：「今天的事，你不能向任何人提起喔。」

「啊，好。」

「要是你敢告訴別人，我絕不會放過你。因為我知道你的地址。」

「我不是都照你吩咐的去做了嗎。」

「你確實是幫了我一個大忙。你要是沒接下今天這項工作，我可就麻煩大了。對方說，要是大藪沒現身，工作的事就當沒提過。結果大藪沒來，我正不知如何是好呢。話說回來，那些傢伙也太心急了。因為專家要有專家的準備時間，所以我才會說，包給我們來辦就對了。總之，這件事你要是敢跟任何人說的話……」

「我不會說的。我只想過平靜安穩的日子。」

「你雖然長得很像大藪，個性卻截然不同。竟然說想過平靜安穩的日子，你是哪兒來的膽小鬼啊。虧你還長得這麼高大。」「對不起。」「用不著向我道歉。」男子向經過他身旁的店員加點了一杯啤酒。「對了，問你個私密的問題，剛才那是怎麼回事，關於大藪的工作內容，你是不是已猜出幾分？」

「啊，不，我完全猜不出來。」

「聽你這樣說，應該是多少已猜出一些了吧？」因為喝了幾杯酒，男子臉色泛紅，開心地說道。

「不，我不知道。因為我腦袋不太靈光。」

「就算是靠直覺瞎猜也好，你總會在心裡想過，有可能是那個對吧？」

唉——小笠原稔嘆了口氣。「真要我說的話……」

「那你就說吧。」

「我是想過，我該不會接了什麼危險的委託工作吧。」

嗯，嗯，男子面帶微笑，點了點頭。

「像是殺人之類的。」小笠原稔並非得意忘形，只不過，都講到這個份上了，還是不免透露出心中的想法，這時，男子陡然雙目圓睜，露出完全酒醒的神情，手中的筷子指著小笠原稔說道：「你要是再這樣胡亂瞎猜，小心我當場就宰了你。」

明明是你自己要我說的——小笠原稔不敢如此反駁，因害怕而發抖。一再向男子說對不起。

「你小時候常被人欺負對吧。」男子捏碎毛豆的豆莢。「啊，可惡，裡頭是空的。我說你啊，空有一身大個子，卻一副畏畏縮縮的樣子，看了就知道以前一定常被霸凌。」

「這……」小笠原稔感到自己耳根發熱。「算是吧。」

「我就知道。因為我是霸凌的一方，所以我懂。嗯，像你這種人，就是會把霸凌者引來。或者應該說，你很適合被霸凌。」

小笠原稔對這種說法感到憤怒，毅然抬起頭來。雖然覺得害怕，但也覺得很不甘心，就像自己的重要部位被人踢了一腳似的。

「別生氣嘛。抱歉。」男子雖不至於酩酊大醉，但也已微醺。「我代替那些霸凌你的人向你道歉。不好意思。我們其實沒惡意。」

「你說沒惡意，可是我當時卻痛苦得想一死了之呢。」「說得也是。」男子頻頻頷首。「現在回想起來，確實很不應該。我會反省的。」

雖然不可能這樣就原諒，但小笠原稔也已無意反駁。

「以前曾看過一部電影。」男子已快要連話都說不好了。「一名女孩向殺手問道：『變成大人後，人生還是一樣痛苦嗎？』」

「我也看過。」那是一部蔚為話題的電影，小笠原稔難得還留有當初在電影院看電影的記憶。殺手面對少女的詢問，好像回答了一句「很痛苦」。

「那根本就完全搞錯問話對象。」男子笑著道。「問殺手這種問題幹什麼？殺手的人生當然很痛苦啊。不是嗎？」

「或許吧。」的確是搞錯問話對象。

「比起小時候，我認為現在遠為自由多了。人生的小時候階段比較痛苦。雖然現在還是有不少討厭的事，但比到學校待在那麼狹小的地方被人霸凌好多了。」

「被霸凌的人是我。」

「也對。總之，小時候大多都在忍耐。」

「也許吧。」

男子開始趴在桌上睡了起來。

而此時，小笠原稔人在搖晃的地鐵電車上，望著車內的懸吊廣告。他心想，最後根本沒拿到錢。記得對方說過，只要你願意當替身的話，我可以付你錢，但最後對方只付了居酒屋的酒菜錢。當然了，或許這樣就已經很足夠了。因為顯然他被捲入一場麻煩事當中，能平安無事就已經是賺到了。不，就是因為常會這麼想，才把自己逼入絕境，不是嗎？

「最好別再涉入這件事當中了。」小笠原稔這樣告訴自己。但為什麼偏偏又會想要多管閒事呢？他自己也不清楚原因。因為沒其他事可做，這也算是動機之一，另外就是想查明真相的想法，想知道自己捲入其中的這件事究竟是怎麼回事。不過，擔心會「發生無法挽回的事」，這種恐懼感相當強烈，這也是不爭的事實。

希望因為他的關係，而讓某人遭到殘酷的對待。

在居酒屋裡聊天時，那名自稱是「大藪的經紀人」的男子，向他感嘆道：「大藪那傢伙大概又拋下工作不管，躲在某個地方做些沒賺頭的事。」

「沒賺頭的事？」

「他的老毛病不時會發作。」

「老毛病？」

「想助人的老毛病。」

「這什麼啊？」

「可能是因為他做的都是像扭斷別人脖子這類的工作吧。所以他時常待人親切，想藉此取得平衡。」男子說完後，開始喋喋不休地說起大藪是怎樣幫助老人。

那作風怪異，分不清是機靈還是笨拙，是有效還是反效果的助人方法，令小笠原稔頗為感佩。他心想，原來還有這種方法啊。另一方面，「像扭斷別人脖子這類的工作」這句話令他很在意。他不敢加以確認，自己猜想那應該是類似「想破了頭」、「拋頭顱灑熱血」之類的一種表現方式吧。

「喂，大藪從事的是什麼工作，你是不是已經看出來啦？」「完全看不出來。」「但總會忍不住猜想吧。」「您就饒了我吧。」

「大藪那傢伙該不會又搬家了。」男子自言自語道。「不知道是為了轉換心情，還是為了安全，他老是在搬家。他這個人的想法明明就很務實，有時卻又突然會說些充滿科幻色彩的事，像什麼『時空扭曲』之類的，真不知道他是說真的還是說假的。」

「那是什麼啊？」

「很莫名其妙對吧？」男子說完後，將杯裡的啤酒一飲而盡，改變音調說道「不過啊」。

「什麼事？」

「他時常笑得很燦爛，就像個孩子似的。」

哦——小笠原稔也只能這樣回應。

小笠原稔搭地鐵來到一棟平凡無奇的獨棟透天。他原本腦中想像的，是一棟外觀更為豪華的大宅院，但看過之後有點失望。他一直以為，能成為殺手目標的人物，應該是人見人厭的壞蛋，而且是住在讓人看了會產生反感的豪宅裡，坐擁萬金的大富翁。

他朝對講機伸出手，但沒有按下按鈕的勇氣。都來到了這裡還提不起勇氣，他覺得自己太過怯懦，然而，連他自己也不知道該說什麼才好。是應該說「你可能被殺手盯上了」，還是向對方說明「有個長得和我很像的人，可能會來殺你，你最好多加留神」呢？

後方傳來一聲「喂」。轉頭一看，家門旁站著一名牽著狗的男子。

正是昨晚他在酒吧裡看到的那張照片裡的人。此人並不高，中廣身材，一張國字臉配上一對濃眉和蓮霧鼻。穿著整套的鼠灰色運動服，模樣很不起眼。牽著一隻小型的鬥牛犬。

「你來我家有什麼事嗎？」男子發出充滿威儀的聲音。那隻狗也以外凸的眼珠望著小笠原稔。

小笠原稔心跳加速，雙腳打顫。

「喂」感覺得出男子也有幾分怯意。

也許是從小笠原稔的體格和沉默中感覺到一股威嚇感。小笠原稔本想說「不」來加以否認，但中途改變說法。他決定採取強勢的用語。應該要改變得更徹底才對。雖然沒見過大藪這個男人，但他肯定是個氣勢懾人，看起來很強悍的人。因為自己和他長得很像，甚至還會被人誤認，所以只要有心就辦得到。與其說他這是算計或謀略，不如說是他臨時作出的判斷。

「我來告訴你一件重要的事。」他用力從腹中擠出這句話來。要是語尾有抖音，一切努力就都白費了，於是他朝丹田用力。他想起那家可疑的信貸公司派來逼他還錢的那些男人，就此參考了他們的模樣。只要展現出他們那樣的威嚇感就行了。

「重要的事？」男子狐疑地反問，他的話語中帶有警戒和不安。

「有人想要你的命。你自己可知道？」

男子那張國字臉頓時血色盡失。不知道他是想到了什麼，或者單純只是對「有人想要你的命」這句很聳動的話有所反應。

「近日有人會接近你，取你性命。」「是誰？」「這你自己應該知道。」小笠原稔向他套話。「總之，那名被雇來殺你的人……」小笠原稔話說到一半，拚命在腦中思索，不知道講出這件事是否恰當，幾經躊躇後，這才說道「應該是個長得和我很像的男人」。

男子嚇得臉色蒼白，肥短的食指在半空中搖晃。他緩緩指著小笠原稔的臉，全身顫抖，嘴唇抽搐。那隻鬥牛犬也抬頭望著小笠原稔。

「你自己要多加小心。」小笠原稔最後說了這麼一句。那是尾音上揚，無比窩囊的聲音，但他不確定背後那名男子是否聽見。

遭霸凌的少年

雖然一直到半夜都沒睡著，但在學校裡根本沒那個閒工夫讓他覺得睏，他整天都惴惴不安。當然了，在上課時，他聽老師講解聯立方程式和天氣圖，感覺山崎久嗣他們威脅他的事，似乎離他無比遙遠。

但他在下課時間上廁所時，山崎久嗣在走廊上向他威脅道：「你知道今天的事吧？」中島翔馬上想起自己現在所處的情況，心情倍感沉重。

「十萬日圓帶來了嗎？」山崎久嗣一腳踩在他的室內鞋上。腳背好痛，但中島翔無法將他的腳移開。

嗯——中島翔頷首。

「是嗎。你可別跑掉喔。」山崎久嗣如此說道，臉上浮現安心之色。山崎久嗣自己可能也被別人威脅吧。

下課後，中島翔拎著書包走出教室時，他想像著明天自己到學校來的時候會是什麼感覺。

日後他應該還是會被山崎久嗣、他的同夥，以及他的學長們包圍，繼續向他要錢吧。到時候該怎麼辦呢？

錢包裡只有五千日圓。是要交出那筆錢，跪下來磕頭，乞求他們原諒，還是要把自己偷偷從母親那裡拿來的提款卡交給他們呢？他不認為這麼做對方會接受。他們應該會說「你現在馬上就拿著提款卡去提錢」。要照他們的話去做嗎？要是那麼做的話，他們肯定又會提出其他要求。還是要和他們對抗？這怎麼可能嘛。

「喂，中島。」當他走下樓梯，來到換鞋處時，導師佐藤叫住了他。

「什麼事？」中島翔轉頭。

佐藤負責的科目是體育，總是穿著一身運動服。「你知道最近班上發生的霸凌事件嗎？」

中島翔差點叫出聲來。「霸凌？」

「我隱約聽到這樣的傳聞。」

「哦！」中島翔眼動臉不動，偷偷觀察四周的動靜。因為他怕有人正躲在某處偷偷觀察他們。

「你聽過這樣的傳聞嗎？」

就是我被霸凌——這句話差點就脫口而出。就在這裡供出一切，坦白說出「有人向我勒索」，不是就好了嗎——這聲音在他心中響起。但他不可能這麼說。佐藤肯定沒料到中島翔就是被霸凌的當事人，所以才會這樣一派輕鬆地向他詢問。他太遲鈍，而且處理方法太過粗糙，要是把希望寄託在這位老師身上，肯定會招來更壞的結果。

「我不知道。」

「這樣啊。」佐藤漫不經心地應道，接著對中島翔說，如果你發現了什麼，記得跟我說。快點從我現在的反應中注意到這件事吧——此時的中島翔實在很想這樣大叫。

中島翔遲遲不敢走近那間歇業的便利商店所在的位置。儘管直走就能抵達，但他刻意在平時不會走的轉角處走進小路，繞道而行。

要是違背約定跑回家，山崎久嗣一定會火冒三丈。

約定？中島翔很想隨便找個路人來逼問。那才不是什麼約定呢。根本是他們單方面的藉口。

正當他懷著鬱悶的心情想著此事時，已來到平時返家的路。他停下腳步。右前方就是那家便利商店的停車場。

他裹足不前。

停車場角落聚集了一群人。大部分都穿著制服，但當中也有幾名衣著鮮豔，染著紅髮和金髮的人。總共約有十人左右。他們有的站著抽菸，有的蹲在地上，像圍成一個圓圈似的聚在一起。山崎久嗣也在裡頭。那個集團裡頭，就屬他的模樣最稚嫩。

一名國三的學長，伸手搭在表情恭敬的山崎久嗣肩上，臉上掛著奸笑。

中島翔低頭看錶，離對方指定他「前來」的時間還有十五分鐘左右。他大為驚訝，沒想到他們這麼早就守在這裡。是為了防範他提早從這裡經過嗎？還是說，在這裡等候餘興節目上場，也算是個樂子。

中島翔很想雙手掩面，就這樣蹲下，不顧一切。他順著原路往後退。他甚至想一不做二不休，看準駛來的車子，往前一撲，一了百了。

他看到那家自助洗衣店。還沒細想，他便已走進店內。

那是一棟內部細長的建築。走進店內，右側放著三台洗衣機，並設有兩台烘衣機，前面有販售洗衣精的機器。使用方法張貼於牆上。左手邊有一張長椅，疊了幾本綴巴巴的雜誌。空無一人的自助洗衣店裡，只有一台烘衣機正在運作，發出陣陣低吼。

當然了，沒看到那名大漢。看吧，我就知道——中島翔在心中暗忖。最後我只是平白被他嘲笑罷了。

那張長椅的皮革破裂，有多處都露出裡頭的海綿。他就此坐下。

他一直靜靜注視著眼前那不住旋轉的烘衣機。他聽見咔噠咔噠的聲音，正納悶時，這才發現原來是雙膝發軟，兩隻腳抖個不停。由於烘衣機的蓋子是玻璃製，所以可以映照出他的臉。他腦中產生自虐的念頭，這是一張想哭的窩囊臉孔，一個讓人想要欺負的男人。

他望向手錶。發現那是母親買給他的錶後，心裡一陣淒楚。要是知道自己的孩子現在遭遇這種處境，不知母親會作何感想。想到自己所受的屈辱會影響別人，便覺得很難過。

每當外面有人影通過，他就會往外頭望去。

雖然不願承認，但其實他心裡一直在等那名大漢以援軍的身分出現。他可能會信守約定，出手相助。他曾經說過：「我小時候，有個大人說好要和我玩傳接球，最後卻沒遵守約定，那樣真的殘酷。」而此時的中島翔實在很想抱怨一句，我現在就是處在那「殘酷」的狀態下。

幾分鐘後，店門打開，走進一名陌生女子。她納悶地望了中島翔一眼，接著確認過烘衣機還在運轉後，便又走出門外。她該不會當我是偷內衣褲的國中生吧？中島翔在空無一人的店內羞紅了臉。

接著他看到一個高大的身影從門外走過。從左邊走向右邊。中島翔急忙站起身，衝出自助洗衣店。

他發出「啊」的一聲，追向那名正要走遠的男子。猛然一個踉蹌，差點打了個滾，他急忙伸手撐地，但沒撐好，下巴直接撞向人行道。因吃痛而發出呻吟。制服的膝蓋部位微微破損。

中島翔抬頭望向男子，重新端正姿勢，吞吞吐吐地說道：「請、請問……你是來幫我的，對吧？」

「幫你？」男子如此回應時，臉上輪廓看起來有點扭曲。可能是他背後的陽光過於刺眼的緣故。

「你上個禮拜不是說過嗎？說你會來幫我。」

男子俯視著中島翔，皺起眉頭。

中島翔無法開口請男子救他，只用模糊不明的講法說了一句：「待會我的朋友會……」他的語調上揚，心中一陣淒楚湧上喉頭。

「你被人欺負嗎？」男子的說法充滿同情。

「上個禮拜不是跟你說過了嗎？」上個禮拜他不是才親眼目睹嗎？

男子為之一愣，接著垂落雙眉，轉為和善的面容，低聲說道：「那個人應該不是我。」「什麼意思啊？」

「是長得和我很像的另一個人。」

中島翔說不出話來。竟然用這麼差勁的藉口！他大感錯愕。

「那個人不是我。我和你是第一次見面。」

呆立原地的中島翔，悄聲說了一句「算了」。他很想說「算了，你不用再解釋了」，但最後終究還是說不出口。現在理應太陽尚未下山，但自己周遭卻一片昏暗。儘管張開雙眼，視野卻逐漸消失。

「那是長得像我的另一個人。」男子留下這句話後，往前走去。就像急著要遠離危險般。

前方走來一名穿制服的男子，與他擦身而過。是山崎久嗣。他一臉兇惡地說道：

「中島，你躲在這裡幹什麼。還不快來。」

起疑的夫婦

若林順一出外購物，話雖如此，也只是走進百圓商品店，照著妻子的吩咐採買一些瑣細的雜貨，但在回家的路上，他發現附近停著一輛警車，為之一驚。剛好和走出玄關的妻子撞個正著。「哎呀，老公。」

「見到我應該不是這種反應吧。外面有輛警車呢，是妳叫來的嗎？」

妻子伸長脖子，發現警車閃爍發亮的紅燈後，說了一句「真的耶」。看她的樣子不像是在裝蒜。「到底發生了什麼事？我們去看看吧。」

「不是叫妳別再管了嗎。」若林順一以很強硬的語調說道，連他自己也嚇了一跳。他擔心會被人撞見，急忙往左右張望。

而若林繪美則像是挨罵的小學生，低頭不語。悄聲向他道歉。

「要是真有什麼事的話，不是很可怕嗎。」

兩人回到家中，若林順一開始看報。他打開社會版面，上面刊登了兩則發生在東京的殺人命案。他戴上老花眼鏡細看，得知其中一件是父親殺害兒子的人倫悲劇，另一件則是在港邊倉庫旁，有名棋士遭人殺害的慘案。那名棋士可說是個無名小卒。據說屍體已陳屍多日。新聞標題相當大。因為他被扭斷脖子，所以特別強調此事與其他案件的關聯。

妻子以圍裙擦著手走來，馬上眼尖發現那則報導。「哎呀，這是我們隔壁那位小哥幹的嗎？」

「我說妳啊。」

「有什麼關係嘛。生活就是要多點刺激才好嘛。」她一屁股坐下，盤起雙腿說道。

「刺激？」

「你和我每天都過著同樣的日子，連今天昨天、今天明天都分不清，不覺得很無聊嗎？」

「這種祥和的日子不是很好嗎？」

「嗯，是不錯啦。」

「是妳的世界太狹隘了。」

「話是這樣沒錯，不過，我年輕時也是很浪漫的。」

「怎樣個浪漫法？」

「就像《請問芳名》[3]那樣。」

「總之，妳別再和隔壁那個男人有任何瓜葛。」

說這句話的若林順一本身，卻在隔天與隔壁那名男子有所接觸。

因為妻子要前往市民文化中心，所以他陪同來到車站附近的公車總站，目送她離去後，剩他自己一個人。他突然一時興起，想到車站對面的電器行逛逛，正當他站在斑馬線前等紅綠燈時，他看到有名男子正走在通往車站內的樓梯上。

是隔壁公寓的那名男子。他雙手插在夾克口袋裡，正大步走上樓梯。

就在這時剛好轉為綠燈，但若林順一不予理會。他馬上追向前，走進車站。車站內算不上寬敞，東西兩邊都設有樓梯，只有正中央有驗票口。

今天雖是平日，但人潮洶湧，儘管那名男子身材高大，但若林順一猜想，要在人群中發現他並不容易。

他東張西望了半晌，始終遍尋不著，只好就此放棄。他心裡其實也鬆了口氣。正當他準備邁步向前，靜靜朝車站對面走去時，卻意外發現那名年輕人。

驗票口對面有台售票機，大排長龍，從那裡傳來一個充滿震撼力的聲音說道：

「喂，別慢吞吞的！」感覺車站內的氣氛瞬間凍結。當然了，那只是短短一瞬間的事，人潮的喧鬧聲旋即重新回到車站內。過往行人的腳步聲、對話、站內廣播，這些要素全糅合在一起，形成熱鬧的喧囂。

若林順一走向售票機旁，望向大聲嚷叫的男子。果然是那名男子沒錯。不知道他什麼時候開始排隊，他正朝站在隊伍最前面，準備利用售票機買票的老太太發飆。那名個頭嬌小的老太太取出錢包，在觸控式操作螢幕前花了不少時間。男子還在向那名老太太發牢騷。

操作畫面相當繁複，無法順利操作也是情有可原。竟然這樣責怪那位老太太，真不是個好東西。若林順一對此頗感不悅。前幾天在銀行ＡＴＭ前也是如此，這個人應該是只要時間被耽擱就感到不耐煩。缺乏耐性、粗暴，而且危險。雖然不確定他是否為電視上說的那名兇手，是否真是那名專業的折頸男，但可以確定他是個既危險又自我中心的男人。

之後老太太向他鞠躬道歉，離開現場。那名男子站在售票機前，迅速買完車票，大步離去。

若林順一又開始跟在男子身後。他原本無意跟蹤，卻不自主被吸引過來，就此通過驗票口。若林順一從口袋裡取出通行卡，跟在後頭。男子消失在通往山手線月台的樓梯處。

他急忙加快步伐，但這時眼前突然出現一道人影，若林順一差點叫出聲來。

3. 日本於一九五二年開始的廣播劇，因為故事受到歡迎，後來被改編為電影、電視劇、舞台劇。

「有什麼事嗎？」那名體格高壯，讓人得抬頭仰望的年輕人，就站在他面前。是隔壁公寓的那名男子。

被誤會的男人

小笠原稔一方面心想，為什麼我要向那名陌生人提出忠告呢，但另一方面又極力說服自己這樣做才對。

那名牽著鬥牛犬的男子，一副略有所悉的表情。也許他已發現有人對他心懷怨恨，想取他性命。若真是如此，他有可能採取因應措施。打電話給怨恨他的人，向他道歉謝罪，努力修復彼此的關係，或是躲在家中不出門。

換句話說，這麼做是有意義的。小笠原稔想要說服自己。

走在通往車站的路上，他打開手機的語音信箱留言。果不其然，從留言的訊息中傳來信貸公司那些男人的聲音。憂鬱令他眼前為之一黑。他想加以刪除，但內容與平時不太一樣，所以他把手從按鈕上移開，耳朵湊向手機。重新又播放一次。

「喂，小笠原，你竟敢無視於我們的存在。我們開口叫你，你竟然當沒聽見，就這麼走了。而且你明明欠債，為什麼還那麼闊綽地坐計程車。你知道自己現在是什麼身分嗎？我們現在馬上就讓你明白。因為我們也搭計程車去追你了。聽好啦，為了讓你明白自己的身分，我們現在特地坐計程車去追你。你真該好好感謝。」

是平時常和他聯絡的那群危險男人的其中一人。那個耳朵上戴著耳環，目露兇光，兩頰瘦削，看起來就像有藥癮的男人，是他的聲音沒錯。

計程車？聽不懂他在說什麼。確認過留言時間後，得知是昨天晚上。正好是那名自稱是「大藪的經紀人」的男子出聲叫喚他之前的事。小笠原稔根本沒坐計程車。是他們看到幻覺，還是藥嗑多了？

在長長的斑馬線上，他與一名年輕女子擦身而過。女子帶著一名蹣跚學步的小女孩，一臉幸福，與他的人生境遇截然不同，這令他感到一陣暈眩。

小笠原稔發現還有另一封留言。按下按鈕後，他再次把耳朵貼近手機。

「啊，你好。」不曾聽過的聲音。聲音聽起來很親暱，但又帶有一絲強悍。「你就是長得很像我的那個男人嗎？」

小笠原稔就此駐足。行人通行燈開始閃爍。

原來如此。

小笠原稔昨晚被誤認為是那個姓大藪的男人。因為長得像，而奉命充當奇怪的替身。

這麼說來，也可能會有相反的情況。

大藪也可能會被誤認為是小笠原稔。

換言之，討債集團看到的人不就是大藪嗎？說什麼「竟敢無視於我們的存在」，這全都是認錯人所致。

留言的聲音繼續說道：「長得像我的你，欠了一身債是嗎？這也算是一種緣分。看在機會難得的份上，我已經幫你解決了。」

留言就此中斷。那名男子不可能在手機裡頭，但小笠原稔還是不自主地拍打手機。打來的那兩通電話，都是同樣的手機號碼。

大藪應該是使用信貸公司員工的手機。

喇叭聲響起，小笠原稔這才發現自己呆立在斑馬線上。似乎已切換為車輛通行的燈號，開始行駛的車輛紛紛以刺耳的喇叭聲向他襲來，告訴他「閃開，別擋路」。

當他抵達分租大樓的電梯時，早已過了中午時間。

看起來很不起眼的褐色外牆老舊斑駁，一樓入口處的郵筒，也有多處以膠帶修補的痕跡。這裡或許原本是純住宅大樓，但可以看到不少公司的事務所名稱以及看板。

他搭電梯來到三樓，走在昏暗的通道上。一旁的溝槽裡積著髒水，有小蟲在上頭爬行。天花板的日光燈有許多都已破裂，蜘蛛網隨處可見。

自從他借錢後，每次都會為了還錢而來這裡。他站在寫有三〇七號的門牌前。上頭以小小的貼紙貼著信貸公司的名稱。

上頭所寫的公司名稱相當抽象，擺明著是為了方便行事所取的名字。

他按下對講機。你來幹什麼！被公司員工狠狠瞪視的恐懼氣氛仍在，但沒人應答。如果是平時，他一按下對講機，門就會重重地打開，但今天卻文風不動。

他很窩囊地伸出顫抖的手握住門把。手一轉，打開了門。門沒鎖。他反射性地鬆開手。門就此關上。接著他又再次緩緩打開房門。

裡頭擺著一排看起來價格不菲的皮鞋，還有女性高跟鞋。

「不好意思……」小笠原稔開口試探。一開始聲音很小，就像洩氣一般，後來他逐漸加大音量，最後拿定主意，很清楚地大聲叫喚。

裡頭鴉默雀靜，但豎耳細聽後，似乎可以聽見某處傳來的聲音。小笠原稔脫下鞋子，走進房內。這時，可能是牆壁或柱子受擠壓，傳來像人類關節發出的聲響。

他沿著走廊直直往裡頭最大的房間走去。小笠原稔知道他們以那個房間當事務所。走進事務所內時，覺得不太對勁。雖然之前他曾來過這個房間，但眼前卻是他從未見過的光景，就像面對突然改變的裝潢而發愣一樣。

他緩緩環視四周，發現自己視線的位置變了。天花板一下子變高許多，正當他納悶發生何事時，這才發現原來是自己癱坐在地上。難道是得了貧血？雙腳完全使不上力。

地上躺了許多人。有五名穿西裝的男子，一名穿著低胸服裝的女子，全都難看地擠在一起，躺臥地上。

他們的頭全都朝向奇怪的方向，看起來活像是假人模特兒，但他知道那是因為扭斷脖子的緣故。

雙腳無法使力。他想用雙手在地毯上爬行，但最後卻只是雙手在地上一陣亂揮。

書桌上一大堆散亂的文件，連電腦也掉在地毯上。

他望著室內，接著轉頭望向右手邊的牆壁，那一幕更令他驚訝。有名男子背靠著牆而坐。

小笠原稔當場趴下，模樣難看至極。他倒在地上，想把自己藏起來。他害怕靠牆的那名男子會朝他撲來。

過了一會兒，小笠原稔輕聲叫喚：「大藪先生？」倚在牆上的那名男子體格壯碩，頂著一頭短髮，這模樣似曾相識。他花了好長一段時間才發現原來是長得像他自己。

小笠原稔又再叫了一聲「大藪先生」，改為四肢撐地。他仍然無法站起身，只好爬向那名靠牆的男子。

男子低著頭，雙目緊閉，沒有呼吸。一臉會讓人誤以為是睡著的平靜面容，已氣絕多時。小笠原稔戰戰兢兢地伸手戳他肩膀。沒半點動靜。

發生什麼事了？

小笠原稔極力以他遲鈍的腦袋想像可能的情形。

這家公司的員工跟蹤坐上計程車的大藪，這件事應該不會有錯。他們原本可能是打算要恫嚇小笠原稔，加以嘲弄一番，給他一點教訓。

根本就認錯人了。

雖然不知道大藪是在什麼情況下來到這裡，但他最後將這裡的人全都殺了。

就像園藝師傅將不必要的樹枝折斷那樣，扭斷了他們的脖子。

大藪本身的死因不明。也許檢查他背後，會發現有流血的傷痕。或者是因為心臟衰竭？還是大藪突然著魔發狂？

就在這時，小笠原稔發現室內傳來鋼琴的聲音。剛才他便聽到遠方傳來一陣旋律，但聲音很小，感覺就像是自己為了保持平靜而哼歌。

音樂是從房間角落的一台小型音響傳來。似乎是CD重複播放，鋼琴聲就像動聽的水滴聲般，清亮地鳴響。擺在音響旁的CD盒，上面有一位男鋼琴家的照片。

接著他望向大藪的側臉，感覺他就像在聆聽琴聲的狀態下睡著一般。

小笠原稔順著走廊往回爬，穿上鞋。來到那裡，他這才勉強能站立。走出玄關，關上房門後，因為腦中極度混亂，他在迷迷糊糊的狀態下離開那棟大樓。

他無法判斷自己接下來該怎麼做，該往哪兒走，就只是一味地走在陌生的人行道上。途中他走進一家小咖啡廳，吃著遲來的午餐。愈不去想，那些頸部斷折的屍體愈是浮現腦中。令他意外的是，他並不覺得噁心作嘔。可能是因為感覺不到真實感吧。

一股倦意朝他全身擴散開來，他就此趴在吧檯上睡著了。待醒來時，已是向晚時分，但老闆並未生氣。不知是老闆個性寬大，還是對他高大的體格敬畏三分。

接著他走出店外，漫無目的地走著，這時，身後傳來「啊」的一聲。本以為那是和他無關的呻吟，起初也不以為意，但為了謹慎起見，他還是轉身望向聲音的方向，結果發現有名身穿學生制服的少年朝他跑來，還跌了一跤。

少年的臉撞向地面，模樣難看至極。

小笠原稔馬上折返，上前關切。

少年對他說：「你是來幫我的，對吧？」

遭霸凌的少年

中島翔變得自暴自棄。面對站在他眼前的山崎久嗣以及他的學長們，他光是以發抖的雙腳站立便已竭盡全力。有人嘲笑他「這小子在發抖呢」，那聲音聽起來無比遙遠。視野變得好窄。感覺自己的兩旁到背後一片漆黑。

「十萬日圓交出來吧。」山崎久嗣身旁一名瘦巴巴的學長，面帶冷笑地說道。

喂，你有沒有在聽啊——另一名男子朝中島翔的胸口撞了一下。接著他身體被人一推，步履踉蹌。有人發出笑聲。又有人推他胸口。他往後退，一屁股跌坐地上。這時突然鞋子飛來。陸續從上方踢來好幾腳。與其說踢，不如說是踩。

別踢了——他抬手護頭，但對方還是踢個不停。他抬起臉，看見山崎久嗣站在一旁，板著一張臉。

他沒加入打人的行列中，是中島翔唯一感到欣慰的事。

他害怕極了，害怕到無法感覺到可怕。他無法站立，只能蹲在地上。有人以腳尖踢中他腹部，一時喘不過氣來。最後他雙手撐地，想撐住身體，結果手被掃開，一臉撞向地面。就像自己的存在陸續遭到否定般，他倍感屈辱。

臉部擦向地面，頭轉向一旁，看到某人的身影。雖然離他很遠，但剛才那名大漢此時正站在人行道上靜靜望著他們。「我只會在一旁看而已。」中島翔想起上星期男子說過的話。他竟然真的只是在一旁看。大漢的站姿要說是昂然而立也行，要說是呆立原地也行，真的就只是在一旁看好戲。看起來就像從地面冉冉而升的蒸騰熱氣，一個虛幻不實的身影。

但中島翔心情就此平靜許多。雖然還是覺得害怕，但在自己的世界外有個旁觀者，自己的恐懼應該不會傳向那個男人所站的人行道，一想到這裡，就莫名覺得鬆了口氣。給錢乞求他們的原諒，以及交出母親提款卡的這些念頭都已消失，他一把抓住停車場地上的石頭。

他用力握住石頭，朝前方拋擲而出。擊中站在最前面的一名高年級生臉部。剎那間，眾人全都停止動作。中島翔站起身，拎起書包一陣亂揮。打中那名搗臉的男子。

「你這傢伙！」另一名身穿制服、戴著墨鏡的男子旋即朝他撲來，但中島翔沒被他的拳頭挨中。因為男子在快要靠近中島翔時跌了一跤。重重地滑向地面。

是山崎久嗣伸長腳，絆倒那名戴墨鏡的男子。「你幹什麼！」有人瞪大眼睛望著山崎久嗣。「啊，不！」山崎久嗣也慌了起來，結結巴巴地解釋道，雙手揮個不停。

這時，傳來某個東西呼嘯而來的聲響。像野獸沉聲低吼般，呼呼作響。正感到納悶時，一根長長的鐵棍從中島翔面前揮過。持棍的人是那名大漢。

大漢橫眉豎目，鼻翼僨張，就像發狂似的揮動手中的鐵棍。他不發一語，使勁地揮舞。那是豁出性命的揮法。

接著鐵棍擊中一名金髮男的肩膀。

只聽得一聲悶響，金髮男就此倒地。大漢馬上一腳將那名金髮男踢飛。下手毫不留情。

中島翔先是一愣，接著也朝那名高年級生撞去。他卯足了勁揮動雙臂。有人從旁拉扯他的制服，但他不予理會。

眼角餘光看到山崎久嗣和他一樣露出豁出一切的表情，正與高年級生對打。

呼的一聲，大漢手中的鐵棍破空而過。

中島翔雖然不清楚是怎麼回事，但現在他也只能手忙腳亂地和他們拚了。

待回過神來，中島翔發現自己像烏龜似的弓著背，靠向地面。雖然和他們大打出手，但打到一半，果然還是漸趨劣勢，最後只能一味抵擋。他抬起臉來，發現一旁的山崎久嗣也是同樣的情況。

那名大漢一直揮動著鐵棍。

有四名高年級和同年級生倒在地上。剩下的人全跑了。

中島翔坐起身。全身疼痛難當，兩頰紅腫。制服沾滿泥土，手肘和腋下多處破損。

有人拉扯他的手臂，他不自主地大叫一聲。

不知何時，大漢已來到他身旁，從腋下一把將他扶起。大漢氣喘吁吁，雙眼充血，嘴角流著像口水的東西。接著他把鐵棍拋出，落向停車場，發出一聲清響，往旁邊彈開。

男子把躺在附近的金髮男架起，對他說道：「你聽好了，不准再欺負他了。我知道我這樣說，你們一定嚥不下這口氣。不過，勸你們別再惹麻煩了。要是他再遭人欺負，我還會再來。就算不是我來，有個長得像我的人也可能會來。」

這不像威脅，反倒像是請求，中島翔覺得很奇怪。甚至覺得有點好笑，但現在不是笑的時候。他抬起臉來，與山崎久嗣四目交接。山崎久嗣沒說什麼，就只是板著一張臉。中島翔本想問他為何要站在自己這邊，但最後還是作罷。可能山崎久嗣自己也不知道原因吧。

中島翔離開停車場，往自家的方向走去。這時，大漢來到他身旁關切道：「你沒事吧。」本想答謝他的出手相助，卻又不知該怎麼說才好。話說回來，男子那不合常軌的發狂舉動，感覺並不是為了他。

「加油喔！」男子拍向他肩膀。可能是剛好拍到瘀青的地方，一陣疼痛襲來。

「為什麼？」中島翔問。其實他是想問，你為什麼拍這麼用力，但大漢似乎誤會了他的意思，做出神秘的回答──「因為我被傳染了。」

「被傳染什麼？」

「想幫助別人的病。」

「咦？」

「這樣說有點奇怪，不過，霸凌並不會因為這樣就結束。」大漢說。

「這我知道。」中島翔回答道。這種事他再清楚不過了。遭霸凌的他，就算「窮鼠嚙貓」，展開反擊，情況也不會突然就此好轉。只不過，在完全密閉、無法喘息的情況下，終於打開了一個透氣孔，這是可以確定的。比起無法喘息，現在光是有辦法呼吸就已經很謝天謝地了。

「你最好向他們道歉。」大漢說。「早點向學長們道歉，給他們一個台階下。因為他們也有面子要顧。」

中島翔笑了。「說得也是。」

男子正準備邁步離去時，中島翔「啊」地叫了一聲。

大漢側著頭感到納悶，那模樣就像在問「怎麼了？」

「變成大人後，人生還是一樣痛苦嗎？」

也許是以前看過的電影或漫畫裡的台詞猛然浮現腦中，就此不自主地脫口而出，中島翔對此感到羞愧，臉紅過耳，但既然都說出口了，那也沒辦法，只好看對方怎麼回答了。

兩人沉默了半晌。

也許是眼皮劃破的緣故，眼角微微滲血。他覺得彷彿只要一眨眼，大漢便會就此從眼前消失。感覺這個人好模糊——正當中島翔這麼想的時候，大漢開口道：「大人比較輕鬆。既不用坐在椅子上，聽一次幾十分鐘的課，也能盡情地玩電動。雖然痛苦的事也不少，但至少比國中生好多了。」

之後中島翔拖著沉重的步伐走著，發現制服破損的地方垂著長長的線頭。他心想，待會兒要怎麼跟媽媽解釋才好呢。

起疑的夫婦

體格壯碩的年輕人一看到若林順一，心想「哦，原來是隔壁鄰居」，臉上表情緩和許多。看來，他似乎認得住在那獨棟透天厝裡的若林夫婦。

可能是山手線的電車剛到站，有許多乘客從樓梯下走上來。若林順一就像要抵抗這波人潮般，站著不動，向那名年輕人說道：「我看到了你，就不自主地跟了過來。」他沒說謊，但連他自己也覺得這樣的解釋很可疑。

「這樣啊。」

「剛才我湊巧在那裡看到了你。」若林順一開始接著說道。為了掩飾心虛，他的說話速度加快許多。「在售票處那裡。」

男子先是臉上蒙上一層暗影，但旋即又散發出光彩。「哦，你是指剛才那位老太太啊。」一名上班族從他身旁奔過，微微撞到了他，但他絲毫不以為意。

「你朝她發飆。」

「老太太眼睛不好，動作又慢。」

「老人就是這樣啊。」

「沒錯。」

「可是你卻那麼生氣。」

男子微微頷首。

既然都走到這一步了，已無法回頭。若林順一以嚴峻的口吻說道：「我在銀行也看到了。你對一位帶著孩子的媽媽咆哮。」他覺得自己向年輕人說教的模樣很難看，但因為太過緊張，舌頭一時停不下來。

過往行人的視線朝他投射而來。

「那也是一樣的情形。」男子神色自若地應道。

「不過就這麼點小事，為什麼你無法忍受？」

「那麼點小事就無法忍受，這就是一般人。」

「態度轉變得可真快。」

「不，我算是比較能忍受的一方。」

「可是你明明就發飆。」

「我是故意的。」

「故意的？」

「剛才那位老太太，以及銀行的那位母親，她們在排隊時，我對她們說：『妳慢慢來沒關係』。」

「這話怎麼說？」

「小時候，我媽帶著我、我大弟，以及當時還是嬰兒的小弟，在類似像剛才那個售票處的地方，一時手忙腳亂。結果後方有名男子大發雷霆，我媽嚇得不得了。後來那名喝醉的男子還朝她逼近，一直叫她動作快點。我媽嚇得驚慌失措，想到就覺得難過。那是一段很不願想起的記憶。」

「可是你做的事……」不也一樣嗎？

「某天，有個人教我這個方法。」

「罵人的方法嗎？」

「是可以讓事情圓滿收場的方法。簡單來說，只要有人搶先發飆就行了。」大漢似乎在回想那位教他這個方法的人。

「有人搶先發飆就行了？這什麼意思？」

「舉例來說，當大家都感到不耐煩時，只要有人率先發牢騷，其他人就不會再說了。這種情況很常見。雖然也有人是看到別人發火會跟著起鬨，但基本上來說，大部分人反而會因此變得冷靜。」

「搶先發飆？你嗎？」

「我對老太太說：『如果妳等一下會花很多時間，我會假裝罵妳。』因為我身材高大，令人望而生畏。不過，只要明白我這是在演戲，老太太或許就會放心多了。」

「哪有這種事。」

「我也不知道這樣有沒有效。當初我聽說有這種做法時，也覺得半信半疑，不過，剛才那位老太太看起來好像還滿愉快的。」

看那位老太太的樣子，明明就是翻找著錢包，顯得很慌張焦急，沒半點愉快的樣子。若林順一正要這麼想的時候，猛然憶起那名在銀行ＡＴＭ前手忙腳亂的母親。她離去時，不是臉上掛著微笑嗎？

「換句話說，你是為了不讓別人生氣，才故意假裝發飆囉？」

「沒錯。」

「不過，與其這麼做，不如幫忙那位老太太買車票，不是更快嗎？將零錢的用法，乃至於機器按鈕的按法，全部教她一遍，不是也很好嗎？」

「這樣的話……」男子聳了聳肩。他思忖片刻後說道：「這樣的話，我看起來不就真的像是個好人了嗎？」說完後露齒而笑。

若林順一呆立在車站內的人潮中，大感困惑。他搞不懂這名青年說的話到底有幾分是真。

「我想拜託你一件事。」若林順一深吸一口氣，朝丹田使力。

「什麼事？」

「日後內人要是干涉你的事……」

「咦？」

「她或許會因為一時感興趣，而……」他措詞相當謹慎，但一時想不出該怎麼解釋才好。總不能說「她可能會報警抓你」吧。最後他說道：「做出令你覺得不舒服的言行。」

「什麼啊？」

「我希望你別和她計較。」若林順一感覺就像在跟一頭無法溝通的猛獸請託。姑且不談能否讓他明白自己的意思，眼下也只能如此祈禱了。

「你說的話真有意思。」

「我和內人並不是因為命運的邂逅，或是經歷過一場轟轟烈烈的戀愛才結婚，只是很平凡的相親結婚，但是對一對平凡的夫婦來說，能過著平凡的人生，便是最大的心願。」

「你們一定能過平凡的生活。」

不知為何，這番毫無根據的話，聽起來莫名具有說服力。「不過話說回來，要是我先倒下的話，內人搞不好會丟下照顧我的工作，自己跑了。」

男子溫柔地朗聲而笑。

被誤會的男人

小笠原稔在發現大藪屍體的隔天，亦即在那名素未謀面的國中生遭霸凌的現場遇見他的隔天，小笠原稔辭去麵包工廠的工作，來到鬧街上。

他期待能遇見大藪的經紀人。雖然他知道自己不該涉入太深，但他實在無法默不作聲。那位經紀人知道大藪已死的事嗎？那名牽著鬥牛犬的男人後來怎樣？委託他辦事的那名瓜臉男到底在打什麼主意？有許多事他都想知道。但男子不是他想見就見得到，始終都徒勞無功。

他看過報上的報導。沒提到那家信貸公司的事。要是有人發現那好幾具被扭斷脖子的屍體，理應會引發軒然大波才對，所以照這樣看來，還沒人發現此事。也沒有關於那名牽著鬥牛犬的男子遭人殺害的新聞出現。他上網搜尋「男子　鬥牛犬　事件」，但只出現許多關於狗的照片。他一方面鬆了口氣，一方面又很納悶，不知那是否為真實發生的事。

走在拱廊街上時，一群男子從前方走來。年紀可能比他還年輕。

他對男子們阻礙行人通行的模樣感到厭惡。他們也許是喝了酒，橫向排成一列，邊走邊嬉鬧。

這時，小笠原稔驚訝地發現自己並不想避開。若換作是平時，他的恐懼和防衛意識會馬上就此啟動，佯裝若無其事，像要看路旁店面陳列的商品般，移向一旁，但其實他根本沒那個興致。

有個長得像我的男人。一個可怕、神秘、宛如怪物般的男人。雖然見面時已斷了氣，但小笠原稔感覺自己彷彿承繼了男子的能量。他並非想和男子過同樣的生活。不過，就像是覺得「我和那個男人長得很像，所以不會有問題」似的，此時他滿是莫名的自信。

他從那群橫向排成一列的男子中間穿過，因而撞到其中兩名男子的肩膀。小笠原稔就此停步，瞪視那群男子。他們橫眉豎眼，以吵架的口吻朝他說了幾句，但他一點都不害怕。

他甚至還有餘力思考要不要挑其中一人來痛毆一頓。

也許是臉上不自主地浮現笑容吧。男子們露出困惑之色，紛紛怯縮地散去。

望著他們離去的背影，小笠原稔突然開始覺得，自己似乎能為別人做些什麼。

大藪有這樣的另一面——那名自稱是經紀人的男子曾如此感嘆道。

男子說過，大藪或許不是想為自己的工作贖罪，不過他時常待人親切，可能是想藉此取得平衡吧。

例如跟在認識的老人身邊，每當那名老人動作慢，令周遭人感到不耐煩時，他就會假裝發飆。他似乎常做這種事。這麼一來，便可消除周遭人的憤怒和不滿。

這是真的嗎？他這種想法可真有意思。小笠原稔深深這麼覺得。自己也想試試看的念頭，從他心頭湧現。

現在雖然痛苦的事也不少，但比國中生好多了，這是他之前說過的話，說得一點都沒錯。

為了轉換心情，他開始考慮要搬家。

遭霸凌的少年

中島翔在那家歇業的便利商店停車場與人打架的隔天，請假沒上學。因為他臉部紅腫，渾身是傷，母親看了吃驚地直問「發生什麼事了」，慌張極了。中島翔已懶得隱瞞，大致向母親說明經過後，對她說道：「我遭人霸凌。不過，應該已經沒事了。」當然了，母親不可能光憑這樣短短幾句就接受此事，但他還是極力安撫道：「再觀察一陣子看看吧，如果真的不行，我會坦白跟妳說的。」

母親的模樣相當慌亂，看了教人心煩。不過，有人會替自己擔心，這賜給中島翔勇氣。

上學時，同學們可能是經由傳聞而得知此事，在看到渾身瘀青的中島翔之後，並未顯得太過驚訝。當然，他們一樣沒過來與他攀談。山崎久嗣也在，而他好像也被孤立。他的朋友現在都不再靠近他。

過了一個禮拜後，情況開始有些轉變。其中一項改變，是因為中島翔前去向他出手毆打的那名學長道歉。學長並沒擺出一笑泯恩仇的態度，但他明顯流露出討厭客套的神情，皺著眉頭說了一句：「過去的事就算了。」

另一項改變，是在報紙和電視上喧騰一時的離奇死亡事件。有人在分租大樓裡發現六具被扭斷頸部的屍體，以及一名沒有外傷，莫名死亡的男子。

看到那名死亡男子的臉部特寫照片時，中島翔差點叫出聲來。那似乎是在命案發生當天，街頭監視器拍到的畫面，那分明就是他之前遇上的那名大漢。

使勁揮舞鐵棍的那名男子。

而根據監視器和現場證據鎖定的命案發生時間，更是令中島翔感到背脊發涼。那個時間點，是中島翔在便利商店停車場與人打架之前。當時那名大漢理應已經死了，卻又出現在停車場，揮動鐵棍與人打鬥。

「這樣的話，那時候出現在那裡的人會是誰呢？」中島翔百思不解，但同時也有種豁然開朗的感覺。當時看到的那名男子，全身散發著一種疲憊、窩囊的氣息，他實在很想搞清楚這是怎麼回事。

在看過電視新聞的隔天，他趁下課時間，鼓起勇氣找山崎久嗣說話。大致說完那起事件和那名男子的事之後，中島翔補上一句。

「抱歉，也許世上真的有鬼呢。」

背黑鍋的故事

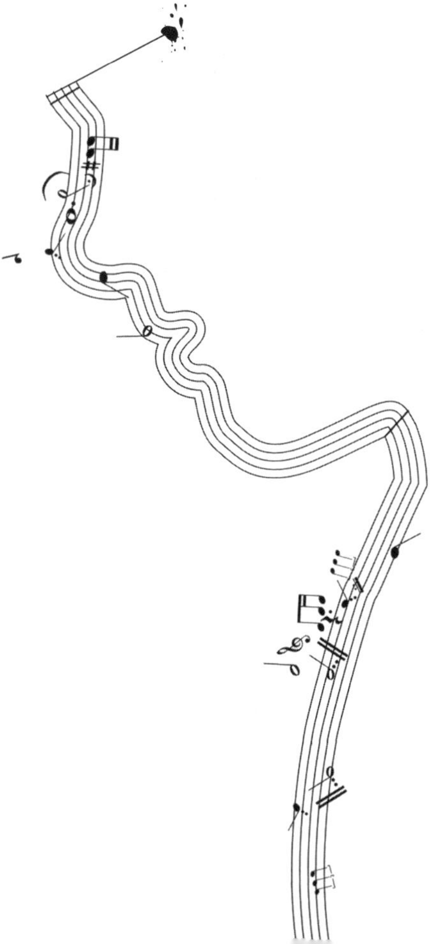

如果是個冷酷無情的殺人鬼，不知道會有多輕鬆。應該是不管殺再多人也不會難過。唯有這樣，才能連自己車子的保險桿都撞凹了也不以為意，仍繼續犯罪。不管對象是誰，只要興致來了就殺人，就算被稱作連續殺人犯、殺人鬼、異常犯罪者，令人畏懼，受人鄙夷，他也處之泰然。或許偏偏就是這樣的人才不會落網。因為不清楚其動機，也不知道他與被害人的關係，所以警方很難將這樣的人鎖定為兇手。刑警先生，你覺得呢？像這種兇手，一定是一時興起而殺人，同時也一時興起而金盆洗手吧。

情況和我完全相反。我的動機很簡單易懂，與被害人的關係也很明確。要是那個女人被殺害，我應該就會被指名是兇手，就像用計算公式便能自動算出答案一樣，可以推算出兇手就是這名中年男子。

明明是再清楚不過的事，為什麼我還要取那個女人的性命呢？

因為當我回過神來時，已採取行動，所以這也是無可奈何的事。

我們人有時就算明白道理，知道不能這麼做，卻還是偏偏會犯錯。有些女人儘管別人一再勸告不能吃甜食，卻還是管不住自己的嘴，而有的男人明明接受過忠告，知道絕不能偷看，卻還是忍不住偷看白鶴織布的畫面，最後逼白鶴離他而去。不，這並不是真實存在的事。我其實是在開玩笑，不過我這個人向來不擅開玩笑。

人們往往在事情發生，採取行動後，才為自己闖下大禍感到苦惱。

我當然也不例外。我現在深感後悔。

當然了，我指的不是殺害那個女人的事。我認為那是無可奈何的結果。她奪走我兒子的性命。或許那的確是一場意外，但她對於自己奪走一名九歲孩童的性命，毫無半點罪惡感，所以身為父親的我，感覺到的不是驚訝，而是錯愕。無法對她寄予同情。

只不過，我殺了那個奪走我兒子性命、毀掉我人生的女人，結果讓自己的人生更加雪上加霜，不知道該說是覺得心有不甘，還是嚥不下這口氣。

我原本就沒犯任何過錯，而且是遭受傷害的一方，站在我的立場來看，這一切都完全沒恢復原狀。

如果讓她受和我一樣的苦，能讓我兒子重回人間，這樣我還會覺得比較平衡一點，但如果我兒子一樣無法復生，甚至我還被當作兇手接受制裁，這樣心裡難免無法釋懷。

刑警先生，這種感覺你能體會嗎？

我並非不想接受制裁。三年前我痛失愛子時，我已過著生不如死的生活，所以就算再加上肉體的痛苦和精神上的不幸，對我也沒多大影響。這就像背後放著十公斤重的壓石，已被壓扁的我，又被加諸更多重量一樣。不管是會變成十一公斤，還是二十公斤，都已沒有多大影響。

只不過，就世上的平衡來說，這是無法接受的事。

丸岡直樹知道那名女子住在高級住宅街裡的某棟大樓。三年前，她開車撞死丸岡直樹的兒子，在後來的交涉過程中，得知了她的住處，而丸岡直樹也兩度在不知目的為何的情況下，來到她住的大樓前。他仰望那氣派的大樓，深深嘆了口氣。

而當丸岡直樹在那附近徘徊時，要是能假想自己會遇見那名女子就好了。但偏偏他忘了。就這樣對突如其來的相遇大為吃驚。

這三年來，丸岡直樹已將那起意外相關的事從腦中消除，勉強度過了這段日子。尤其是身為加害者的那名女子，為了不再想起她，丸岡直樹特地將她埋藏在記憶深處。他明白自己要是不小心想起她，怨恨的滾燙岩漿肯定會在他體內沸騰。事實上，當他在人行道上與女子擦身而過時，儘管丸岡直樹一時之間先是一怔，無法馬上想起這名女子是誰，但他卻感覺到身體和腦袋開始發熱。身體告訴他，這個女人是敵人。就像看到眼前出現一隻模樣駭人的昆蟲一般。全身都發出警告，提醒他不能接近對方。

「妳還……」丸岡直樹好不容易才明白眼前這名女子是誰，開口說出他的第一句話。「妳還住在同一棟大樓裡？」

不會吧？這不可能吧？這是他當時腦中浮現的感想。

丸岡直樹在三年前便已搬離原本住的市街。兒子剛出生時，他在這棟剛落成的大樓裡買了一間新房，但只要在這裡生活，彷彿不管坐哪裡都會看見兒子的身影，聽到他的聲音。他以近乎拋售的價格賤賣，以那筆錢改買另一間中古大樓的房子，也換了工作。以前他服務的那家公司，同情丸岡直樹痛失愛子的遭遇，在很多方面特別體恤他，但他自己受不了這樣的環境。

以前每天早上他都會帶孩子出門，送他到學校後，再前往公司。這項記憶不是說消除就消除得了，每次到公司上班，都不禁會意識到兒子已不在人世，當他換上西裝，在玄關穿好鞋，走出家門時，淚水便忍不住奪眶而出，輕聲嗚咽。

每次都像爬著去上班似的，一個人的忍受力終究有其極限，最後他遞出辭呈。

儘管如此，那個女人卻還是過著和以前一樣的生活。竟然有這種事？

丸岡直樹簡直不敢相信。

女子神色平靜地說她仍住在同樣的地方。一副無法理解為何得搬家的模樣，但她對丸岡直樹的突然出現感到畏怯。

想想也對。因為這名理應會憎恨她的男人突然出現面前，她當然會害怕。「有什麼事嗎？」女子既強悍又怯懦地說道。「我會叫警察來喔。」

丸岡直樹以前就聽說過，女子不知道是哥哥還是弟弟在警界服務。可能就是因為這個緣故，意外發生時她雖然很慌張，但是都有某個可靠的人會給她建議，告訴她該怎麼做。

這名女子三十多歲，單身，有雙長腿以及豐胸細腰，想必有不少追求者。才剛這麼想，她身後旋即走來一名身穿黑衣，長得像演員般風流倜儻的男子，伸手搭在女子肩上，對她說了一句「下次見了」，就此離去。男子走沒幾步突然停下，轉頭對她說了一句：「對了，下次我的新車送來後，我再來載妳。妳也很想開開看吧。」就此離開。

丸岡直樹一臉茫然地望著女子。女子顯得有點尷尬，但接著她突然態度急轉直下，以強硬的口吻應道：「我在那起意外中也失去了許多。不過是開個車罷了，有什麼關係嘛。」

「妳的駕照呢？」應該已經被吊銷了才對。

「那種東西就算沒有也無所謂。」

「刑警先生，你為什麼笑？」坐在前座的我，向人在駕駛座的刑警問道。我甚至在猶豫到底該叫他刑警先生，還是田中先生。「我說的話有那麼好笑嗎？」

「因為那名突然登場的男性角色實在太好笑了。你與那名女子碰面時，他剛好出現，講出對你火上澆油的那番話後，就這樣離去了，不是嗎？不知道該說是出現的時間太巧，還是太不巧。簡直就是個專門來煽風點火的角色嘛。」刑警以開玩笑的口吻談論丸岡直樹嚴肅認真的告白，看來，他對工作以外的事完全不感興趣。

「你的意思，這是我編的故事囉？」

「不，我只是覺得，這世上不時會發生這種像是爆笑短劇的事。倒不如說，如果這是編出來的故事，那未免也太湊巧了。不過，有幾件事得先確認一下才行，在抵達現場前還有一些時間，可以問你幾個問題嗎？」

「我倒是希望你開車可以專心一點。」

「我會小心的。對了，令郎捲入那起意外事件後，那名女子遭到什麼樣的判決呢？」

「入監服刑三年。」

「可有緩刑？」

「有。緩刑三年。當時剛好是她緩刑結束的時候。詳細情形我也不是很清楚，不過，聽說是因為我沒對兒子盡到提醒義務，再加上她已做出充分的賠償，所以才換來這樣的結果。」

「你能接受嗎？」

「怎麼可能接受。不過當時我萬念俱灰，覺得不管結果是怎樣都無所謂，這也是事實。」

「無所謂？」

「不管加害人受到什麼樣的懲罰，我兒子也不可能重返人間。」

「話是這樣沒錯，不過，剛才你不是說不能接受嗎？還說，就世上的平衡來說，這是無法接受的事。」

「那是現在。經過三年的時間，再次見到那名女子，我大吃一驚。我心裡一直以為，身為加害人的她，也因為那起意外而毀了自己的人生，就算是白天也感覺如同黑夜，即使躺在床上，也覺得像置身洞窟裡一般，過著昏暗、沉重的每一天。但是當我得知情況完全不是這麼回事時，我開始對那殘酷的不平衡展開思考。」

「也許她每天也都過著反省的日子。」刑警的口吻帶有嘲諷。「也可能是因為和你不期而遇，一時方寸大亂，而以滿不在乎的態度說出那番話。」

「我也是這麼想，起初我也想平息心中的怒火，極力壓抑不斷從心中湧現的憎恨辱罵。我這輩子大概是第一次使出那麼強的忍耐力。她說的並非真心話。或許表達方式不太一樣，但應該是在以牙還牙的態度下，講出違心之言。我極力往這方面想。但愈是與她交談，我愈覺得無法原諒她。」

「像這種把別人寬宏的心搗碎來作蕎麥麵佐料的人，確實存在。」

「這什麼啊？」

「意思就是說，世上就是有這種毀了別人的生活，卻完全不當一回事的傢伙。」

「她就是這樣的人。」

由二十歲邁入三十歲的那最後三年消失了。你能想像二十多歲的年紀對女人的一生來說有多麼重要嗎？失去了男朋友，也換了工作。因為被吊銷駕照，所以無法開車通勤。要像擠沙丁魚似的搭電車通勤，我實在辦不到。我挨了父母一頓罵，而我那輛車最後就這麼成了廢車，還得定期繳貸款。辦理任意險的手續也很折騰人，手續本身是不麻煩，但保險公司的負責人明明只和我見過一次面，卻一直糾纏不休地追求我，有幾次我還叫警察來處理，歸咎起來，都是那起意外造成的。但我不願就此認輸，於是我參加聯誼，朋友問我需不需要介紹男朋友，我也都積極地說好，最後和其中兩人走得還滿順利的。在現今這個時局，能找到薪水不錯、工作穩定，而且沒離過婚的男人，真的很不容易。但當他們一知道我遭遇過那場意外，我們的關係馬上告吹。他們就像在看罪犯似地，對我投以異樣的眼光，對我敬而遠之。請想想我當時受到的打擊有多大。這三年來，我真的過得很痛苦。正當我覺得自己好不容易慢慢重新振作了，卻又遇見了你，你到底是想怎樣！

「哎呀，真有她的。」

「刑警先生，有什麼好笑的？」

「不，我是對那名女子的不講理，以及讓人覺得不舒服的態度，感到驚訝。就算不是因為她的不小心而造成他人的意外死亡，留她這種人在世上，對世人也是一種危害吧？」

「你這樣說，我可就愈來愈沒自信了。」

「怎麼說？」

「根據我的記憶，她確實說過那樣的話，但那也許是我在情緒激動的狀態下所捏造出的假記憶。有可能實際上說的是另一番話。例如……」

我沒臉和丸岡先生見面。從那之後，明明已過了三年，但我每天晚上都還是會夢見那場意外。你看我依舊住在同樣的地方，感到很驚訝對吧？我確實也想搬離這棟大樓，到其他地方生活。只要待在這裡，就忘不了令郎的事，以及我的罪過，當然了，就算搬到其他地方，我應該也一樣忘卻不了，但或許能藉此稍微減輕那種束縛感。為了從中解放，我四處找房子。但最後還是作罷。因為我後來發現，我需要的不是解放，而是要永遠囚禁在自己所犯的罪過中。我不能忘掉那場意外。剛才伸手搭我肩膀離去的男子，是我最近才認識的。聽說他從小在孤兒院長大，從十幾歲的年紀開始，便常出入警局，到了二十多歲時，欠下一身債務，從事可疑的工作。我也是碰巧在神社與他邂逅。聽說他是到神社祈願，希望能為自己的人生創造逆轉勝。他不是說「希望出現逆轉勝」，而是說「希望創造逆轉勝」，這句話讓我覺得很可靠。我周遭的人們都說，和他這樣的男人交往，日後一定會很辛苦。但我覺得，選擇辛苦的道路是必然的。我引發了那樣的意外，所以這也是我的命運。不過，今天在這裡與丸岡先生你不期而遇，或許這是對我的一種告誡。仔細回想，最近我似乎愈來愈少反省令郎的事了。

「哎呀，真有她的。」

「刑警先生，這又哪裡好笑了。」

「不，我只是覺得，這也太極端了。她這番話，聽起來就像是因為罪惡感而削髮為尼似的。折衷一點不是比較好嗎？得看準介於剛才那個不講理版本與尼姑版本中間才行。」

「我才沒有要看準什麼呢。」丸岡直樹一臉困惑地回答道。

屍體還在。就在一個小時前我藏屍的地點上。但再次看到那文風不動的身體後，我為之一怔。人類一動也不動的模樣，感覺格外陰森。

地點就在停放於月租停車場角落裡的一輛老廂型車內。打開滑門後，在椅背放平形成的空間上橫陳著一具女屍，就像以難看的姿勢躺在床上睡覺一般。

我馬上離開廂型車，檢查車子底下。因為我擔心血會流出車外，在地上形成一攤血漬。但沒有血漬。好像沒有鮮血流出。

「丸岡先生，你知道這輛車最適合用來藏匿屍體是嗎？這輛廂型車好像已經很久沒開了。」經他這麼一說，我搖了搖頭。「一刀刺進她脖子後，不能就這麼擺著，我想先找個地方讓她躺好。結果就發現了這座停車場。原本我打算讓她就這麼躺著不管。但將她擱置一段時間後，我興起叫救護車的念頭。」

「當時你還沒有藏匿屍體逃逸的打算嗎？」

「我不清楚。」我老實地回答。

很多事我都不清楚。

我想起自己殺害那名女子，將屍體藏進廂型車後的事。

我處在茫然若失的狀態下。迷迷糊糊，感覺這世界完全失去了平衡，拖著沉重的步伐行走，這時，我被兩名年輕人纏上。也許是他們看我這個中年男子一副失魂落魄的模樣走在路上，覺得我是隻肥羊。他們似乎打算在路上向我勒索。也沒拿刀子或電擊棒之類的武器，就這樣兩手空空向我恐嚇。這點我實在很佩服。那時我才剛用小刀殺害那名女子，這看在我眼中，就像拐著彎在罵我卑鄙似的，感覺像在說：「是男人的話，就該用空手和人一決勝負。」

這兩人都身穿汗衫，肩膀到手臂的肌肉糾結，那強悍的模樣，會讓人聯想到健美先生或是格鬥選手。這麼冷的天還若無其事地穿成這樣，真不簡單。他們對我說：「大叔，錢包借看一下。敢反抗的話，別怪我拳頭不長眼。」揮舞著拳頭，呼呼作響。我一屁股跌坐地上。我因為剛殺了人，腦中一片混亂，不知該如何是好。就像腿軟似的，站不起身，這時，那對汗衫二人組一步步朝我逼近。

啊，他們會對我動粗──我作好心理準備，無法動彈，但我沒閉上眼，就只是一臉茫然地抬頭望著他們。

「你們在做什麼！」就在這時，傳來響亮的聲音。感覺得到身後停了一輛車，有人下車走來。站在我前面的那對汗衫二人組，起初還用輕蔑的口吻應道：「又沒人叫你。」並揮著手趕對方走，但那名走近的男子說了一句「我是警察」，他們頓時臉色大變。對方似乎還出示警察證件。他們馬上暗叫不妙，拔腿就跑。

「你沒事吧？」那名刑警向我喚道。他扶我站起來，但我因為不知所措，以及剛才遭遇的恐懼，整個人魂不守舍，連那名姓田中的刑警長怎樣也沒看清楚。也許當時我已變得自暴自棄，不管怎樣都無所謂了。殺死奪走我兒子性命的女人，回途遭遇危險的男子襲擊，最後又被刑警解救。這可不是簡單一句運氣不好就能解釋。我甚至覺得，我就像被惡魔給撞飛，然後又被另一隻惡魔撞飛，在地上打滾時，又被推進存在於這世上某處的絕望巷弄裡。

猛然回神，我已坐進刑警的車裡。那不是警車，而是普通轎車，原來這就是在電視連續劇上見過的便衣警車啊，我不禁興起一陣感慨。

「你身上的血是怎麼回事？」手握方向盤的刑警如此問道。那是在他說要送我去車站，車子駛出後不到十分鐘的事。這時我才仔細望向刑警。

你的右手腕沾有血跡——刑警說。

定睛一看，確實沾滿了血。就像朝顏料吹氣，紅色飛濺而起，附著在手上一般。「哦！」我當時再度心頭一震。心想，有個像惡魔般的東西，破壞了這世界的平衡，困擾著我，以此為樂。

「你身上的血，是剛才那對二人組幹的嗎？」

「不！」

「我想也是。看那兩個人的作為，不至於會讓你流這麼多血。」刑警擺出一副名偵探的模樣。說話的口吻，彷彿已將我完全看透。

車內沉默了半晌，靜靜地前行。

感覺好像已更深夜重，但其實天際還留有些許亮光。以這個時間帶來看，相當於傍晚時分。打從遇上那名女子後，我周遭的亮光全消失了，感覺就像佇立在黑暗中。此時我眼前的景象終於恢復正常。

「丸岡先生，你是不是做了什麼？」在紅綠燈前停下車時，刑警如此問道，我一時為之語塞。看來，我好像已報出自己的姓名。見我沉默不語，他接著說道：「你瞞不過我的眼睛。你是不是拿刀傷了人呢？」

我無意再繼續耗下去。在這種情況下，我也不認為自己可以裝蒜含混過去。我已經什麼都不在乎了。雖然我不能接受這世界的平衡是這個樣子，但我還是向刑警說出我所做的事。

告訴他我遇見奪走我兒子性命的那名女子的事；起初心情還算平靜，但在交談的過程中逐漸失去理智的事；以及當我回過神來時，正以口袋裡的小刀刺進對方脖子裡的事。

「這把小刀剛好發揮塞子的功能，所以血才沒溢出來。」刑警站在廂型車旁窺望那名躺在車內的女子頸部，接著後退一步，轉頭對我說道。「應該是一刀刺下的瞬間，鮮血噴出，濺到丸岡先生的右手對吧。」

沒錯。在現場陸續說出腦中推理的刑警，同時也像是一名偵探。我因害怕而不敢直視他，就只是一直注視著他那只大手錶。

「不過話說回來，你為什麼身上帶著這樣的小刀？」

「那是小學裡用來練習削鉛筆的小刀。」

「哦，以前我也用過。我小時候也帶過這種小刀。拿它來削鉛筆，要是不熟練的話會有危險，很教人傷腦筋呢。不過熟練之後就覺得很有趣。我要問你的不是這些往日回憶，而是你為什麼現在會帶這把刀在身上。」

「這不是我的，是附近的小孩在小學裡用的小刀。」

「那你為何會持有它？」

「是小學生掉在地上。」

我想起前天遇見那名少年時，少年對我說「叔叔和我都要好好加油，下週見」，就此走遠，從他的背包裡掉出這把小刀。

「你為什麼沒馬上叫住他，把小刀交還他呢？」

「也沒什麼特別原因。因為他剛完成學校的結業式，正要邁入寒假，所以我不覺得他馬上就會用到那把小刀，而且最重要的是，我認為這可以當作我下次再和他見面的契機。我能拿著它對少年說：『喏，這是你上次掉的。』」

如果當時直接將小刀還給少年的話，事情的發展就會有所不同嗎？我在腦中想像。那名女子一樣活著，而我可能也不會坐上刑警的車吧。但同時又覺得情況不會是這樣。一個非得從東京前往大阪的人，不管是新幹線停駛，飛機無法起飛，還是車子拋錨，也還是會想辦法前往。即便路線或方法改變，該發生的事還是會發生。

從學校帶回來一大批東西。收納盒裡放有他在美勞課時以牛奶盒做成的機器人以及寫生畫，盒子上擺著教科書和數學教具，捧得相當吃力。他將剪刀、糨糊、文具全部塞進提袋裡，就擺在機器人旁邊。書包裡也塞滿了物品，不易保持平衡。

回到家之後，奶奶看了一定會皺著眉頭說：「你又帶這麼多東西回來了。」奶奶喜愛乾淨，不希望家裡堆滿物品。似乎空蕩蕩的房間才會讓她覺得舒服。雖然我覺得這樣無趣極了，但奶奶卻很滿足。

由於即將邁入寒假，在一月到來前，都不會與同學見面。我既不覺得寂寞，也沒感受到什麼解放感。

當我橫越車站大樓附近的一處室內廣場時，叔叔叫喚我，對我說：「你掉了這個東西。」似乎是剪刀從提袋裡掉了出來，他遞給了我。我向他答謝後，依舊維持雙手捧著收納盒的姿勢，想接過那把剪刀，結果換糨糊掉落地上。叔叔對我說，你最好先坐下來，於是我便坐向一旁的長椅。先將手中的東西放下，重新思考疊放方式。

「叔叔，你的孩子過世了對吧？」我突然這樣說道。因為我知道他是和我住同一處市街的大叔。不久前獨自搬進大樓裡。我聽過奶奶對爺爺說：「那個人妻子跑了，兒子又被車撞死，真夠悲慘的。」奶奶說話的口吻，不像同情，反倒像是在嫌棄不吉利的烏鴉。

「你可真清楚。」叔叔也略顯驚訝。

「因為我奶奶說過。」

「傳聞還真是可怕。」

「不過，我的傳聞一點都不可怕喔。」

「你也有傳聞？」

「我小時候，我爸媽就到其他地方去了。聽說他們不想要我這個不聽話的孩子。」

「哎呀，這太可怕了。這是怎麼回事？」

「我爸媽明明把弟弟帶走，卻丟下我一個人。他們討厭我。」

我幼稚園時，好像聽力不太好。所以不太懂別人說些什麼，就算挨罵也還是繼續調皮，大人交代的事都做不好，教什麼也都記不住。我是到上學校後才知道什麼是耳朵，所以當時我媽無法理解為什麼我這麼不聽話，為此苦惱、生氣、流淚。由於她太過苦惱，心情鬱悶，就這樣和我爸一起到別的地方去了。這是奶奶告訴我的。

「我只記得奶奶以一臉嫌棄的表情說：『你爸媽雖然都不在了，但你今後得安分一點。』我因為難過而哭泣，結果奶奶對我大吼道：『你要是再哭，就再也見不到你媽。』所以從那之後我就沒再哭了，但我還是一樣見不到我媽。奶奶她又騙了我。不過，我希望至少弟弟能過得快樂。」

「這麼沉重的傳聞，我不想知道。」叔叔像在開玩笑似的說道。「不過，你後來不是知道自己是因為耳朵的關係，才變成問題兒童嗎？既然這樣，你現在耳朵已經治好，你爸媽他們也該回來了吧？」

「這我就不知道了。奶奶什麼也沒說。啊，時間快到了。」我以附近店內擺設的時鐘確認過時間後，一把捧起收納盒。

「下次要不要和我一起去哪兒玩啊？」叔叔突然這樣問道。

「咦？」

「因為叔叔沒有朋友。」

我心想，叔叔應該是同情我吧。之前常不時會有像他一樣溫柔的人出現。當然了，雖然很感謝他，但我知道不能對他期望太高。

「那麼，下次你教我投球吧。我爺爺奶奶都不懂怎樣傳接球。我都要四年級了，卻連球都投不好，這樣真的很遜。」等新學期開始後，體育課會打棒球。我早已預見自己到時候一定會出醜，但我無力改變，只好接受這樣的結果。

「好啊。那就下星期六在這裡見面。我會帶球套來。別看叔叔這樣，傳接球我最拿手了。」

「我知道。奶奶說過。」

「咦，連這樣的傳聞都有啊？」

「騙你的啦。」我應道。

「真可怕。」

「那麼，叔叔和我都要好好加油，下週見。」

我如此回答後，拿起收納盒，努力保持平衡。

聽聞我與那名少年對話內容的刑警，沉默了片刻，眼珠骨碌碌地轉動著，似乎在整理腦中的思緒。他低語一聲「哦」，吁了口氣，像是心領神會般地說了一句「原來如此」。

「怎樣嗎？」這時我感到一陣不安。感覺就像從停車場的地面湧出一團烏泥，想纏住我的腳。不安令我無法動彈。

「那也許是我……」他說了一句語意不明的話。

「你？這話是什麼意思？」

他繼續自顧自地說道：「原來是這麼回事。如果再重來一次的話，會是什麼結果呢。」

這名刑警到底在想什麼？面對認罪的我，也不替我戴上手銬，就只是悠哉地檢視屍體，這點也很奇怪。他現在應該馬上做的，是拘捕我，並叫其他警察同仁來，派鑑識科的人前來調查才對吧？

他真的是刑警嗎？

我這才注意到這個最基本的問題。

他雖然持有警察證件，但那可能是偽造的。他該不會是想利用我吧？難道他別有所圖？

我仍注視著他的手錶。不久，刑警說道：「首先，兇器要怎麼處理？」

「你是說這把小刀嗎？還能怎麼處理。」

「丸岡先生，請你先將它藏好。千萬別丟進河裡。因為早晚還是會被人發現。」

他在說些什麼，我完全無法理解。感覺那纏住我腳踝的烏泥，就這樣往上攀爬，直至我胸腹一帶。

「丸岡先生，接下來你最好先想一想。」

「想什麼？」

「今天傍晚，你殺害那名女子的時間，你人在哪裡？也就是人們常說的不在場證明。因為只要警方一查，馬上就會得知你憎恨那名女子的事，所以警方也許會到你的住處去。雖然我覺得應該是不至於，但為了謹慎起見，建議你還是先想好為妙。不在場證明別講得太具體，這樣比較不會有事。只要說你當時待在家裡看電視或是看書就行了。不過，勸你別說自己當時正在上網。只要一經調查，謊言就會因為連線紀錄而穿幫。像這種時候，說看電視比說上網來得穩當。」

我因納悶而感到急躁。「這到底是怎麼回事？」

「我不認為警方會調查你的指紋，不過，你衣服上的血漬最好先擦乾淨。這種後續處理我最擅長了。」

「你真的是刑警嗎？你到底想幹嘛？」

「丸岡先生，剛才在車內，你不是就已經說出答案了嗎？」男子嘛起嘴，泛著微笑。

「我？」

「如果是個冷酷無情的殺人鬼，不知道會有多輕鬆。你是這樣說的對吧？」

我已不記得了。因為情緒激動，當時我應該不是用頭腦思考，而是直接從胸腹等內臟裡吐出那番話來。「我說過嗎？」

「有啊。不過，我和冷酷無情的殺人鬼有些不同。因為我只有受人委託才會殺人。總之，你對我說的那番話，非常好笑。」

我為之一愣，宛如化為植物般，無法動彈。過了一會兒，我才發現自己能眨眼。只要用力，手臂和肩膀就能動，嘴唇也能開合。我調整呼吸，朝腹部用力後，就此發出聲音。「這到底是什麼情況？」我話剛說到一半，不自主地提高音調喊道：「啊，你這是做什麼。」

因為男子再次往廂型車內探頭，擺出壓在女子身上的姿勢。這時我才瞧清楚他的全貌，他身材高大，手臂粗壯，體格壯碩。我以為這名刑警是要抱住女子的屍體，看得渾身發毛，但他其實不是要做出這種舉動。他雙手套住女子的頭部後，手臂猛力一扭，扭斷了女子的脖子。

十五年前，折頸男曾坐在車站大樓附近的長椅上。當時他別說扭斷別人脖子了，就連危害別人的經驗也不曾有過，只是個公立小學四年級的學生。在參加完結業式返家的路上，很理所當然地獨自一人。他捧著學校書桌裡的物品、原本放在置物櫃裡的美勞作品、一疊筆記本、室內鞋等，但因為沒能好好塞進收納盒裡，文具多次掉落地面。於是他重新整理物品。

他一眼就認出坐在一旁的是住附近的一名男子。對方最近才剛搬進他們的市街裡，少年的祖母說對方是「妻子跑了，兒子在意外事故中身亡，一個被瘟神附身的男人」。

與對方簡短聊了幾句後，那名家住附近的男子對他說「下次再一起玩吧」。推測是因為少年當時對他說：「我父母很久以前帶著我弟弟走了，現在我和稱不上慈祥的祖父母同住。」所以男子同情他的孤獨，進而對他產生一種同病相憐的情感。起初少年並不想和大人一起玩，但他突然腦中閃過一個念頭，對男子說「可以教我傳接球嗎」。少年很想學會投球。他空有一身高大的體格，卻完全派不上用場，對此感到焦急。

男子說「傳接球我最拿手了」，和他約好下星期六見面後，就此離去。

獨自留在長椅上的少年，旋即發現這是他第一次與人許下承諾。過去他所經歷的只有命令、責罵，那不過是訊息交換，而有人以對等的態度面對他，為了共通的目的，而且是充滿期待的目的，對他作出約定，這還是第一次。他懷抱著過去不曾感受過的雀躍心情，做出從他懂事以來不曾許過的心願。

希望明天快來。而下一個明天也早點來。

到了星期六，他坐在長椅上等候。他想像著那位大叔帶著手套前來，教他投球的畫面，對數小時後的自己興起一股羨慕之情。

約定的時間過了。天空在夕陽晚照下染成一片赤紅，不久，太陽下山，天色轉暗，店內點亮燈光，來往行人減少，接著店內燈光開始熄滅，保全人員一臉擔憂地走近向他喚道：「小弟弟，我們要關店了，你怎麼了嗎？」

扭斷女子的脖子，沒什麼特別理由。因為這是最簡潔的做法。從事危險工作的人，如果想在沒有兇器的場所殺人，常會用扭斷脖子這招。以我的情況來說，這可說已成為我的註冊商標，雖然有點麻煩，不過，採用不習慣的殺人手法也會有風險。

今天我在開車時，恰巧遇見你被兩名在這種寒冬時節仍穿著汗衫的男子纏上。一方面也是覺得你可憐，不過，若要我說真心話，其實是我好不容易拿到警察證件，很想拿來試試，所以我才會大喊一聲「我是警察」，替你解危。至於警察證件是從哪兒得來的，講了也沒什麼意思，所以我就不多做說明了。那是如假包換的警察證件。

不過，我原本完全沒想到丸岡先生會是兇手。因為你身上濺了些血花，所以試著向你套話，結果沒想到竟然真的是這樣。說來還真是有趣。

而更令我吃驚的，是你與那名小學生的故事。你們約定要玩傳接球的事，不就是我小時候的事嗎？

眼前這名男子所說的內容，令丸岡直樹腦中一片混亂。男子以恭敬的口吻說明，表情相當平靜，雖然說話的內容不難理解，但不知道這當中有幾分真話，丸岡直樹一時不知如何回應。

「那名少年應該就是我吧。」男子道。「小學時的我，曾經等候一名大人來和我玩傳接球。我相信他和我的約定。但丸岡先生卻沒來。」

「咦，那是我嗎？」丸岡直樹驚訝地反問。

「也許這是時空扭曲吧。原來如此，當時你之所以沒來，原來是發生這樣的事啊。因為這起殺人案，而沒能遵守約定。」

在丸岡直樹說不出話來的這段時間，男子仍繼續說道。

「那不就表示這是個分歧點嗎？我是這麼認為。如果丸岡先生遵守約定的話，過去可能會就此改變。」

「過去會改變？」

舉例來說——男子道。假設將我們過去的經驗以影片的方式保存下來，雖然還沒完結，但還是持續把它錄影下來。這時候，要是將影片中的某個部分，以其他影像加以複寫蓋過，會有什麼後果呢？將十五年前我經歷過的那個場面，以傳接球的記憶加以改寫。

「或許透過改變當時的場面，之後的影像也會全部改變。就像產生連鎖反應般，骨牌陸續翻倒，產生影響。」

「意思是，你的人生將就此改變嗎？」從自己口中說出這樣的話來，丸岡直樹覺得很難為情。他心想，這到底在說些什麼啊。

「有搭時光機改變歷史的故事，這是同樣的情況。」男子一臉正經地說道。

「你是說真的嗎？」丸岡直樹終於提出這樣的質問。因為時空扭曲而改變過去，這在小說故事裡或許早已是陳腔濫調，但他可以很肯定地說，這在現實世界中是絕對不可能發生的事。「這應該單純只是有個和你有同樣體驗的少年出現在這個時代吧？就像類似的事發生在現今這個時代一樣。」

不論哪個時代，一定到處都有人會許下一起玩傳接球的約定。

這時，男子出乎意料地點頭說道：「或許是吧。但就算是這樣也無妨。」

「就算是這樣也無妨？」

「就試試看吧。丸岡先生，下星期請完成你與少年的約定。和他傳接球。」

「咦。」

「這女人的屍體，我會負責。」

「你會負責？」

「沒錯，我負責。啊，對了。」男子從某處掏出一支油性麥克筆。接著再度打開車子的滑門，走進車內後，旋即又走回。「我工作時，都會在扭斷脖子後，在脖子處簽名。用來表示這案子是我幹的。警方應該還沒公布這件事。也許是要隱瞞此事，做為『揭露秘密』之用。總之，既然我已扭斷對方脖子，並在上面簽名，警方就會認為這是我所犯下的殺人案之一。所以你只要忘了今天的事，像平常一樣過你的日子就行了。」

「那你呢？」

「我也會和之前一樣過我的日子。」男子瞇起眼睛。

「請等一下。」丸岡直樹發出尖銳的聲音。「如果你說的話是真的，接下來會發生什麼事？下星期會和我見面的那名少年，就是以前的你嗎？」

男子面露微笑。

丸岡直樹皺起眉頭。「只要我教他傳接球，你的過去就會因此改變嗎？不，如果真是那樣，你或許會過著和你現在截然不同的人生，這麼一來，你就不會變成連續殺人犯，而我今日犯下的罪也不會得到救贖，不是嗎？若是這樣，最後我還是沒辦法遵守玩傳接球的約定，而到頭來，你的人生還是一樣沒變。」

「你的意思是，只要改變過去，未來也會跟著改變，這樣根本說不通是嗎？」

「我說，刑警先生。」丸岡直樹不自主地這樣叫喚道。

「我不是刑警。」

「你真的相信時空扭曲這種事嗎？」

就算是這樣也無妨，就試試看吧。

對了，丸岡先生，剛才在車內你說了一句很偏激的話呢。你說這就像背後放著十公斤重的壓石，不管接下來會變成十一公斤，還是二十公斤，都已沒有多大的影響。

沒錯。就算我現在多殺了一個人，也已沒多大影響。

我就替你頂下一個吧。

我的船

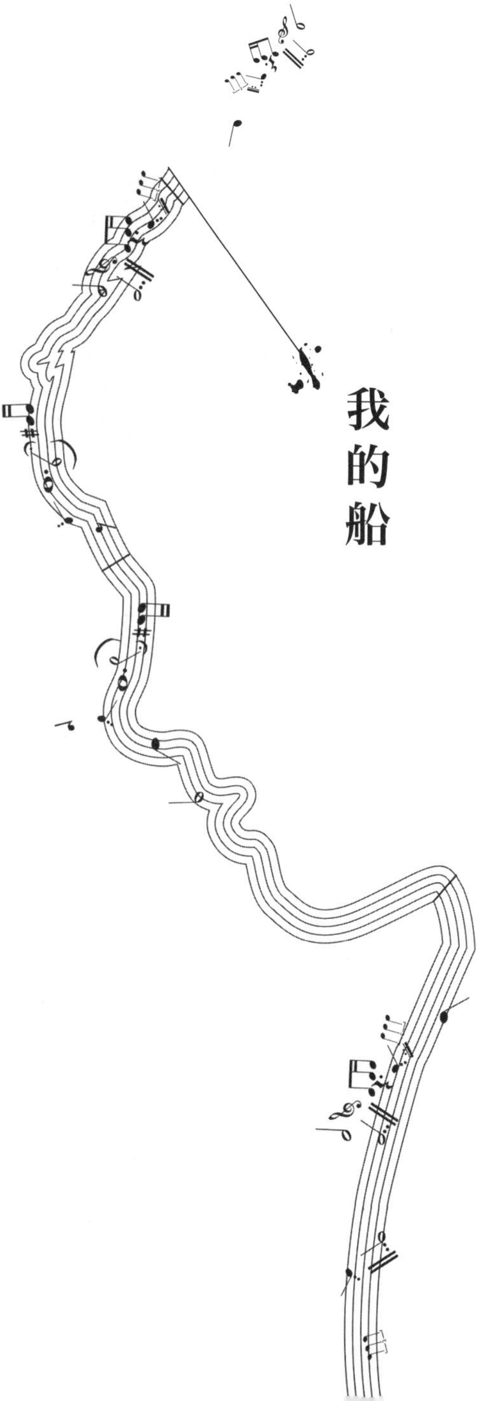

水兵Liebe我的船[4]～若林繪美小聲地哼唱著，接著說了一句「真懷念。我以前的確很常這樣唱呢」。她戴著銀框的圓眼鏡，容貌看起來就像是位笑咪咪的少女，但頭髮近乎全白，儘管臉上皺紋並不明顯，但是那乾癟的皮膚，感覺得出隨著她的年紀累積了不少疲勞。「黑澤先生，你這是從誰那兒聽來的？」

「妳高中畢業後，曾經在某個職場上班對吧？」

「我？哦～你是說那家點心製造公司啊。」

「妳負責事務性工作。個性認真、文靜，平時沉默寡言，但好像時常一邊泡茶一邊哼歌。就是唱這首〈水兵Liebe我的船〉。」黑澤表情不變，坐在椅子上如此說道。

「我已不記得是在哪裡學會的，不過我很喜歡這首歌。」若林繪美瞇起眼睛。

她的表情很天真無邪，一點都不像是年近七旬的人。她身後有張床，床上躺著大她一歲的丈夫。三個月前，他的癌症惡化，現在幾乎完全失去意識。若林繪美在護士的幫忙下，才得以替丈夫餵食、清理排泄物、洗澡。這一點都不輕鬆，但她看起來仍是一派悠閒。「他檢查出病情後不久就病倒了。」若林繪美說。

「妳喜歡背誦化學元素是嗎？」

「也不是特別想去背誦，就只是覺得有趣。雖然『水兵Liebe』這句話聽起來也很有意思，不過，最令人產生迴響的，就是『我的船』這句話了。不知道該用英勇，還是可愛來形容。每當聽到有人說『我的船』，就會有這種感覺。」

「不是有這樣的小說嗎？」黑澤蹺起腿，直視著若林繪美說道。「《與幼小者》[5]

的最後不就是這樣嗎。最後寫著『勇敢地去吧』。」

「勇敢地去吧，幼小者。說得也是，『我的船』就是有這種英勇前進的感覺。啊，對了，我想起來了。那家公司的茶水間有一份月曆，不知道是為什麼，上頭全是船員的照片。都是在港邊擺POSE入鏡。所以我泡茶時，不經意地望著照片，心想，這些人是水兵嗎，很自然地就產生了聯想。想起了〈水兵Liebe〉這首歌。」她沉浸在這突然想起的回憶中。「不過，你為什麼會知道這件事呢？都已是五十年前的事了。黑澤先生，你連這種事都調查到啦？」

「其實這也不是多困難的事。我只是在接受委託後，找了一下當時那家公司。」

「那家公司應該已經不在了吧？」

「不過社長還在世。是第二代。他說當時你們還一起共事過呢。」

「哦。」若林繪美似乎注意到那只一直沒打開過的盒子，就此發出一聲驚呼。「他現在怎樣？他和我同年，而且在同一個時候一起工作。當時我心裡還想，這個人還真不會做事呢，後來才知道他是社長的兒子，這才恍然大悟，同時也很驚訝。他現在過得怎樣呢？」

黑澤找出當時的市街地圖，在那一帶打聽，得知那家公司的經營者近況。聽說那家公司在十年前倒閉。街上一家花店的老闆曾收過那名經營者寄來的賀年卡，黑澤從老闆

4.日本用來學習化學元素的一首歌。Liebe是德語，意思是「愛」。它與化學元素有日文同音的關聯。例如水（H）、兵（He）、Liebe（Li、Be）、僕（B、C）、の（N、O）、船（F、Ne）。

5.《小さき者へ》，有島武郎著。

那裡得知對方現在的住處，地點在北關東的其他縣市，他循著戶籍轉出和轉入的資料，最後終於查出那名第二代社長的住處。

「不過話說回來，外人這麼輕易就能查看戶籍資料嗎？」若林繪美提出心中的疑問。

「像債權人這種有正當理由的人，就能查看，但要是沒有委託書，櫃台人員是不會受理的。不過，說句實在話，只要不厭其煩地假裝成是這種人，一樣可以辦到。」

「這種行為是不對的吧？」

黑澤沒回答，聳了聳肩。

「那位社長的兒子現在在種水果。他很努力地還清公司倒閉積欠的債務，好不容易又重新出發。」黑澤想起他到那間小小的公寓房子拜訪男子時，男子笑著對他說「今後才正要開始」的神情。男子那緊緊握拳、吐出青苔色的舌頭、皺著一張臉的模樣，看起來像是很享受自己的人生，也像是自暴自棄。若林繪美本姓佐藤，黑澤詢問男子是否知道佐藤繪美，男子說他還記得。

「都已經是五十年前的事耶？」

「妳或許已不記得了，但對他來說，妳應該是令他念念不忘的女人吧。」黑澤說。「他說，我以前很喜歡繪美。但當時我還很青澀，不了解女人，所以不懂該怎樣和她搭話。她那時候常唱歌。唱一首叫水兵Liebe的歌。我問她那是什麼，她說那是她小時候學會的一首歌。她問我『Liebe不知道是什麼意思呢』，我不懂裝懂，回答她『應該是水兵的名字吧。一個外國名。水兵利貝先生』，結果繪美聽了之後哈哈大笑。這件事我到現在還記得。」

這我已經不記得了，真是抱歉。若林繪美在黑澤面前苦笑，似乎覺得自己有點罪過。「我更感興趣的是，他當時真的對我有意思嗎？」

「好像是。」

「哎呀。」若林繪美格格直笑。可能是從半年前開始，輾轉換了幾家醫院，一直忙著照顧臥床的丈夫，累積了不少壓力，黑澤深深覺得，她這樣大笑時，看起來年輕許多。

「也許我作錯了選擇呢。要是順利的話，搞不好我也能當上社長夫人。」

「不過公司倒閉了。」

「如果我當上社長夫人，那家公司也許就能度過難關。」若林繪美如此說道，往躺在她身後的丈夫瞄了一眼。

「也對。那樣的話，或許妳這一生會有較多的歡樂。當然了，也可能會有許多痛苦。」

「現在想這些也沒用。」若林繪美瞇起眼睛。「如果是食物就好了。」

「如果是食物？」

「去咖啡廳的時候，不是都會無法抉擇嗎？不知道該挑鮮奶油蛋糕好，還是蒙布朗好。」

「我平常不吃點心。」

黑澤話才剛說完，若林繪美馬上往後仰身，做出驚訝貌，並向他訓話道：「這樣的人生有什麼樂趣啊？我看你今後乾脆以蛋糕當主食吧。」

「妳剛才要講的是？」

「我要說的是，有時在點了鮮奶油蛋糕後，會開始想像，如果點的是蒙布朗，不知道會是怎樣？不過，要是同行的人點的是蒙布朗，這樣或許能試吃一口。然後從中了解，啊，原來是這種滋味啊。」

「不過，就人生的分歧來說，這是不可能的。選另一條路會有什麼結果，這種事沒辦法問人。」

「就是說啊。另一種人生是無法試吃的。科幻小說裡好像有一種叫做時空扭曲的現象，只要沒遇上那種情形，就不可能體驗另一種人生。」

「說得對。」

「既然我與這個人結為夫妻，就只能對這樣的結果感到滿足。」若林繪美以食指指著背後。

「聽起來好像有點後悔。」

她微微搖了搖頭。「雖然沒有任何值得炫耀的事，但這樣也不壞。他是個好人。個性一板一眼，雖然沒什麼樂趣可言。」

「他會聽到喔。」黑澤苦笑道，朝躺在若林繪美身後的丈夫努了努下巴。

「我知道。不過，個性一板一眼又不是壞事。」

「說得也是。」

「雖然他曾經搞外遇。這件事我之前告訴過你對吧。」

黑澤嘴角一歪，頭側向一旁，伸手指著病床。「他會聽到喔。」

雖說若林順一沒有意識，但也許還聽得見。

「沒關係的。要是他真生氣的話，搞不好還能坐起身呢。」

「總之，妳調查昔日情人的下落，是想知道自己的另一種人生嗎？」

若林繪美不知是因為感到罪過，還是覺得難為情，搖著手笑道：「稱不上是情人啦。因為也才四天，就只有短短四天的交往。」

「五十年前，那跟妳只交往過四天的男人，妳竟然到現在還記得。」

「之前我對你說過，我的初戀只有一天。是六十多年前的某一天。」

兩個月前，若林繪美前來委託黑澤調查她回憶裡的男人。她一直都忙著照顧臥病在床的丈夫，所以能去的地方有限。因此都是黑澤前往醫院，在院內的咖啡廳與她碰面，聽她說話。那是一家小店，只有三組簡單的餐桌椅，帶有濃濃的醫院氣味。

她鉅細靡遺地說出她與那名男子邂逅到分手的整個經過。「好驚人的記憶力！」黑澤很驚訝地說道，若林繪美聞言後應道：「我的人生中跟情愛有關的事，就是這麼少。因為是我絕無僅有的體驗，所以清楚地記載在我人生的年表上。」

「原來如此。」

「由於每天生活缺乏刺激，我甚至還曾經懷疑附近一位鄰居是兇手呢。」

「這是怎麼回事？」

「喏，電視上不是都會報導一些尚未偵破的案件嗎？並在上面播放通緝犯或犯人的人像。」

「和妳鄰居長得很像是嗎？」

「是啊，他應該真的是兇手。姑且不談這件事，我的每一天都很平凡無奇。因為我連小時候的初戀，到現在都還記得清清楚楚。」她如此說道，並開始談起她七歲時在遊樂園迷路的往事，同樣描述得無比詳盡，令黑澤嘖嘖稱奇。

若林繪美當初在東京的遊樂園裡迷路，正感到惶惑不安時，巧遇一名同樣也迷路的少年。那座遊樂園已成立多年，雖然占地不大，但一些熱門的遊樂設施樣樣俱全，黑澤在問過地點後，馬上便明白是哪裡，說了一句「哦，原來是那裡啊」。

「這可能就叫物以類聚吧。迷路的孩子遇在一起。」她笑著對黑澤說道。「因為著急也沒用，於是我們兩個人一起打發時間。」

「就這樣成了妳的初戀嗎？」

「因為我覺得當時那位男孩很可靠嘛。廁所附近有隻蟑螂，他看到後，馬上一腳將牠踢飛。」

「哦。」黑澤露出苦笑。「這妳也記得啊。」

「他身上帶著一些零用錢。當時我們兩人好像是買了炭烤雞肉串來吃。」

「都搞不清楚你們這是迷路，還是約會。」

「我就說吧。我們還在遊樂園管理大樓的牆上塗鴉，畫上愛情傘。現在的孩子都不畫愛情傘了呢。有個東西叫iPhone對吧？不管什麼東西，前面都加個i字。也許以後會稱之為i愛情傘呢。」

黑澤苦笑道：「那就是妳的初戀嗎？」

「後來回想，確實是。雖然我們兩個迷路的小孩一起相處的時間只有一個小時左右。最後還是我先被父母發現。當時我感到鬆了口氣，同時也覺得遺憾。而且最後我想找他道別時，他卻跑去上廁所了。」

「妳該不會是要委託我進行調查，找出當時那個孩子吧？」

「我才不會提出這種荒唐的要求呢。」她輕拍黑澤的肩膀。「我希望你調查的不是這個，而是一開始我跟你說的那位大人。」

從仙台前往東京，工作機會跟著增加，趁此之便展開調查也不錯，所以黑澤答應承接這項委託。

兩個月後，黑澤再次來到病房與她見面。

「其實我也不是一直惦記著這些事，只是像這樣在醫院裡照顧我先生後，不自主想起了許多往事。像是我的初戀，以及二十歲時在銀座遇見的那個人，不知道他現在過得怎樣。」若林繪美微微皺起臉。「因為我也想知道蒙布朗是什麼滋味嘛。」

「那麼，妳打算怎樣？如果說我已查出那名男子人在哪裡，妳會去見他嗎？」

「你已查出了嗎？」若林繪美雙目圓睜。一度取下眼鏡，開始用布擦拭。「那都已是五十年前的事了。你已查出他的身分嗎？」

「可以這麼說。」

「你見到他了？」若林繪美趨身向前，顯得神采奕奕。「他現在過得怎樣？」

「妳先生在聽喔。」

「沒關係的。對吧，老公？」她滿不在乎地對身後的丈夫說道。

「就結果來說的話。」黑澤沒必要隱瞞，所以如實向她報告。向來都是如此。調查結果會對委託人帶來何種影響，他不想多作考量。不，他也想作這樣的考量，但他實在不擅長想像別人會是什麼心情。「我的確見到了那名男子，但沒辦法好好和他說話。他很可能已不記得了。」

「哦。」若林繪美雖然略感沮喪，卻也表現得很灑脫。「就像剛才一樣。我以前上班公司的社長兒子還記得我，但我卻已不太記得他。雖是同樣的回憶，但情況因人而異，往往對其中一方很重要，對另一方卻無足輕重。」

「或許吧。」

這時若林繪美雙手一拍，大聲說道：「對了，黑澤先生。我突然想起一件事，以前我先生曾經說過。」轉頭望向身後的病床。

「說過什麼？」

「我的船。」

「這什麼啊？」

「他說，所謂的結婚，就像男女坐同一艘船。一起划槳，旅遊各地。」

「我知道這句話的意思。」

「他還說，要不要一起坐上我的船呢？那時候我心想，哦，原來這是在求婚啊。」

「他這艘船如何？」

「雖然我也會在腦中想像，當初要是坐上銀座那個男人的船，不知會變成怎樣，不過，我先生這艘船最後也沒翻覆，光就這樣來看，已經算不錯了。人要是一味追求欲望，是不會滿足的。」

繪美走在銀座通上。她離開公司，搭地鐵前往和她哥哥碰面。人們說地鐵冬暖夏涼，確實沒錯。從沁涼的車站來到地面後，頓時便被悶熱籠罩。雖說她出生於東京，卻是在鄉下的市街長大，所以每次來到繁華的鬧街，總會有種被野生動物盯上的恐懼感。怕有人會看出她的無知和膚淺，而緊咬著她不放。周遭與她擦身而過的，全是穿著流行服飾，臉上散發光彩的男女，與野生動物相去甚遠。釦領襯衫外披著三顆釦西裝外套的男性就不用說了，就連穿正式西裝的男性，也和公司裡的長者不一樣，個個看起來都很瀟灑。就連女性身上穿的襯衫，也和繪美自己做的大不相同，看起來充滿時尚感。

在柳樹旁嘻笑的年輕人，顯得無比耀眼。

由於她很少到銀座來，所以她很在意自己土氣的打扮會顯得突兀，因而比平時花更多心思在服裝上，但剛才和她一起用餐的哥哥卻笑她說：「妳是現在這個市街上最不起眼的人了。而且妳今天的妝畫得比平時還要濃。我今天不是和妳約在三越的獅子銅像前碰面嗎？我當時還以為是獅子出現了，結果竟然是妳。就連和妳同住的我也認不出妳呢。」

這當然是玩笑話，但深深傷了繪美的心。繪美已盡己所能畫上最可愛的妝容，並穿上她自己做的衣服當中，最滿意的一件連身洋裝，但她自己也感覺得出，這和周遭人相比明顯遜色。

難得哥哥會開口邀她一起在銀座用餐，所以她前來赴約，但說穿了，其實哥哥的目的是要介紹自己的未婚妻和她認識。用完餐，哥哥帶她到酒吧後，突然出現一名身穿紅色連身洋裝的女子，活潑地與她寒暄道：「哎呀，妳就是繪美對吧。我常聽說妳的事喔。」她腰間的厚腰帶相當時髦，嘴唇塗的口紅也是時下流行的資生堂。這位五官鮮明的女子，當著繪美的面也毫不避諱，緊貼著她哥哥，可能是她動作柔媚的緣故，感覺散發著一股性感魅力，令繪美不知所措。而且哥哥又一直想強調自己的威嚴，老是對繪美說「妳公司裡有沒有好男人？」「媽媽幫妳安排的相親一定要去喔。多試幾次總會成功的」，而那位未婚妻也像在恐嚇似的附和道：「要是再拖個五年，就只剩有孩子的男人可以選了。」讓繪美聽了之後心情為之一沉。「下次我介紹一位東大醫學院的學生給妳認識吧。」那位未婚妻如此說道，哥哥在一旁嘲諷道：「這樣不是糟蹋人家嗎。」

繪美整個心情跌落谷底，起身說道：「我人不舒服，我要先回家。」聽她說人不舒服，哥哥也沒關心半句，就只是說：「記得回去幫我跟媽提到她的事，要代為美言幾句喔。」一陣女人的嗲聲蓋過他的聲音，朝她的背後襲來。

天色已晚，久沒來到銀座，現在卻馬上就要離開，心中略感遺憾，她沿著路燈來到銀座通，斜眼望著亮光處，心想「那應該是三愛大樓」，就此往數寄屋橋走去。一路上不時有BLUEBIRD、CORONA，以及美國車呼嘯而過。還有雷諾的計程車從旁邊經過。

她低著頭走，就在走進巷弄時，看見有個黑色的人影窸窸窣窣地蠢動著。起初她從旁邊走過，後來緩緩後退一、兩步，悄悄望去，發現有兩名披著夾克的男子與一名男子展開對峙。

正當繪美覺得氣氛緊張時，那兩名男子的其中一人一把揪住前方那名男子的胸口，繪美才剛發出「啊」的一聲驚呼，男子已一拳打向對方臉部。

挨打的男子當場跌坐地上。

「你們這是在幹什麼！」

站著的兩名男子因為她的聲音而同時轉頭。他們暗啐一聲，似乎懶得搭理她。他們不是那種品行不端的混混，看起來像是彬彬有禮的學生。但動手打人是不爭的事實。「不能動用暴力！」繪美之所以能以顫抖的聲音如此大喊，也許是因為想要一吐剛才在和哥哥的對話中積累的怨氣。

那兩名男子先是一愣，接著朝繪美揮著手，以不屑的口吻應道「又沒人叫妳」。還對她說「去、去，滾一邊去」。繪美遭受這種無禮對待，頓感火冒三丈，血氣直衝腦門。再加上可能是男子們剛才說的話，與植木等[6]的流行台詞「你沒叫我？」聯想在一起，她在意識到這件事之前，已緊緊閉上眼睛大喊一聲：「真是不好意思！」待她驚覺

6. 植木等是昭和時代的知名演員、歌手。當時他有一段流行的台詞，就是「你沒叫我？……真是不好意思」。

失態而望向一旁時，剛好看到牆上貼著植木等演出的電影海報，所以可能是從這裡產生了聯想吧。總之，不知道是她極力喊叫的模樣太過滑稽，還是過於怪異，當她回過神來時，那兩名男子已消失不見，只有那名挨揍的男子留在原地。

兩個月前剛接受調查委託時，聽若林繪美描述回憶的黑澤，就像自己做了糗事似的，覺得有點難為情。「妳那樣大聲叫，對方聽了應該也覺得害怕吧。」

「因為那句話當時很流行。」

「學校沒教妳不能大聲說流行語嗎？」

醫院內的咖啡廳裡，顧客不時來來去去，但時機都很剛好，總維持在有一張空桌的情況，很適合在此交談。

「我就這樣邂逅了那名挨揍的人。當時已是晚上，藥局都已關門，我看他被打得眼睛都腫了，於是就以手帕沾噴水池的水，借他冰敷。」

「就像圖畫裡的邂逅一樣。」黑澤一臉感佩地說道。

「我就說吧。這是不是叫做圖畫裡的大餅[7]？」

「意思不太一樣吧。」

「那麼，像圖畫的大餅呢？」

「這樣意思愈偏愈遠呢。」

「你這個人也真挑剔。」若林繪美就像受不了自己狂妄的兒子般，如此說道。黑澤經這麼一提才想起關於她兒子們的資訊。他們好像因為工作的緣故，住在遠方，遲遲無法來醫院探視。

「那麼，後來怎樣呢？」

「我們兩人就這樣聊了起來。在巷弄裡。當時要是能和他一起去NEW TOKYO這類的店聊天就好了。」

「他剛挨揍，眼睛紅腫，應該沒辦法去吧？」

「這也是原因之一，不過，主要是因為當時的年輕女孩是不會和陌生男子去居酒屋的。當時的女人還是很嫻淑、保守。我也對他存有一分戒心。我和他並肩坐在長椅上，一顆心噗通噗通直跳。不過，如果是現在的我，一定會毫不猶豫就跟他走。」若林繪美笑著道。

「妳那躺在病房裡的丈夫會生氣的。」黑澤望向店門外那鋪設亞麻地板的通道。

「沒關係的。因為他這個人雖然外表一本正經，個性也一板一眼，但他也曾經外遇過。」

「是嗎？」

「是啊。」若林繪美張大著嘴，做出像是以手掌拍打空氣的動作。「因為我們是相親結婚，而且彼此的人生中都沒享受過戀愛的快樂。他會被這種事吸引，那種心情我倒也不是不能理解啦。我先生常對我說『妳的世界太狹隘了』，瞧不起我。不過，這是因為我們彼此都很相似。」

7. 日本的諺語，指圖畫裡的大餅，看得到吃不到，派不上用場。

「不過這世界確實很狹隘。」

「是啊，像迪士尼也有。」

「有什麼？」

「有『小小世界』啊。那或許就是世界很狹隘的意思吧。」

「這該怎麼說呢。總之，生活在這狹隘的世界裡，便會開始在意起自己以前邂逅過的男人是吧。」

「以前我不時會突然想起。舉個例子吧，就像柳樹。一看到柳樹，就會想起。」

「柳樹？」

「銀座以前種滿了柳樹。經過幾次的砍除後，現在數量已減少許多。黑澤先生，你知道為什麼當初會種柳樹當行道樹嗎？」

面對突然拋來的問題，黑澤一時間不知如何回應，但想了一會兒後，他回答道：

「應該是和土地的地基有些關係吧。」

「你知道啊？」

「不，這只是我自己的想像。對植物來說，最重要的就是水和泥土。」

「還有氧氣對吧。不過，為什麼在銀座種柳樹，這當中的原因或許還算有名喔。我先生以前也曾經說過。」

「那柳樹怎樣嗎？」

「那是五十年前，那個人告訴我的。」

眼睛紅腫，真難看——男子如此自嘲道。剛好長椅空著沒人，兩人就此並肩坐下。
我走在街上時，被兩名醉漢纏上。雖然挨了拳頭，但好在有妳出面解危，救了我。謝謝妳。男子難為情地低頭行了一禮，並補上一句——也謝謝妳的手帕。
繪美晚上和初次見面的男人並肩而坐，感到既緊張又興奮，宛如踩在雲端上似的。當男子問她今天來這裡做什麼時，她扯謊道「因為我常去舞廳」，一來是因為現在的她芳心大亂，二來是打腫臉充胖子。她心想，對方如果認為她是個不習慣玩樂，沒見過世面的女人，或許會瞧不起她。為了不露出馬腳，她搶先一步詢問對方：「你常來銀座嗎？」
「這個嘛，算滿常來的。」男子心不在焉地說道。「對了，妳知道為什麼銀座會種柳樹嗎？」男子很在意他以手帕遮掩的傷痕，轉頭面向繪美。繪美反射性地把臉轉開。
「明治時代，銀座的道路在拓寬時，種下了日本最早的行道樹。那時候好像是種櫻樹、松樹，以及楓樹。」
「在銀座種櫻樹和松樹？」
「沒錯。不過，因為銀座是填海而來，土中的水分過多，植物也難以生長。不是枯萎，就是根部腐爛。既然這樣，索性改種原本就耐水的柳樹。」
哦，原來是這麼回事，繪美深為感佩。她一直都不知道堪稱是銀座名景的柳樹，竟然有這樣的緣由。「對樹木來說，水也是很重要的呢。」
「是啊。還有，妳知道嗎？樹木在吸收二氧化碳後會排出氧氣。」
因為男子一臉自豪地告訴她這件事，繪美一時不知該作何反應，但因為這是小學便學過的常識，所以她回答道：「這我當然也知道。」

「這樣啊！」男子可能是自尊心受損，聲音略顯不悅，但他接著又說他因為感冒而喉嚨痛，口中含了一顆喉糖。「不過仔細想想，樹木減少的話，我們人吐出的二氧化碳就會一直增加，妳不覺得到時候情況會很嚴重嗎？」

「樹木一直在減少嗎？」

「因為就連紙也是來自樹木做成的紙漿，要是報紙、雜誌不斷增加，不就會砍伐更多的樹木嗎？再過不久，氧氣就會隨之減少了。」

「啊，有道理呢。」繪美如此說道，頓時覺得自己周遭的空氣好像變稀薄了。

「啊，我問妳個問題喔。」男子的語調突然改變。

「什麼事？」繪美挺直腰桿。

「妳要不要和我一起去酒吧？」

繪美當然為之心動，一顆心雀躍不已。這還是第一次有男人開口向她提出邀約，而且兩人是夜裡在這種出人意表的情況下認識，這種與眾不同的邂逅更激起她激昂的情緒。不過，心中的畏怯更甚於喜悅，這也是事實。

好，不，我……繪美變得結結巴巴。她對一口回絕感到既害怕又抗拒，當中也參雜了一份不捨之情，不想就此失去這難得的邂逅。

男子見繪美這種態度，微微嘆了口氣。

兩人沉默了半晌。在路燈的照耀下，喧鬧地從旁邊走過的上班族，他們大肆解放，將品行操守完全拋向一旁。可能是平時累積了太多壓力吧，他們一路上大呼小叫地遠去。

正當兩人逐漸感到尷尬時，男子開口說道：「小松商店挖到金幣的事，妳知道嗎？」

「咦？」

「那好像是五、六年前的事，當銀座六丁目的小松商店在興建時，意外發現了金幣。引發了一場不小的騷動呢。」

印象中好像有這麼回事，又好像沒有，經他這麼一提，也許哥哥也曾說過這件事。繪美努力想要憶起，但印象模糊。如果是六年前的話，當時她還只是個國中生，銀座的金幣事件對她來說，應該就像某個遙遠的國度發生的事一樣。

「那些金幣怎樣了嗎？發現它的人拿走了嗎？」

「好像是收歸國有。」

「哎呀，真可惜。」

男子朗聲大笑，接著旋即喊「好痛」，一隻手按著眼睛，另一隻手也疊在上頭。好像一笑就會痛。繪美還沒來得及問他「你沒事吧？」男子已接著道：「確實是很可惜，不過小松商店也託此之福，打響了名號。這是社長自己說的。他頭腦真好。後來隔年，那裡的富士銀行工地現場，也有人發現幾枚金幣。」

「這麼好啊！跑出這麼多金幣來，真教人羨慕。」

「妳真這麼覺得？」

「是啊。」

「其實我也看準了這點。」男子抬起臉，筆直地望著前方。他的視線前方，就只有高架橋。「聽說銀座其他地方也埋藏了金幣。」

「真、真的嗎？」

嗯，男子別有含義地如此回答後，轉為向繪美問道：「妳看我像是從事什麼工作？」突然問這樣的問題，令繪美有點不知所措。她這才定睛細看坐在她左手邊的男子，但天色昏暗，而且他又用手帕遮住臉，所以看不清楚。男子留著長髮，蓋住耳朵，中等身材，鼻梁高挺。不管再怎麼猜想他從事何種工作，也想不出來。話說回來，根本不可能從外表來猜測一個人的職業。「嗯……是以手帕搗臉的工作嗎？」繪美之所以這麼說，與其說是開玩笑，不如說她只能想到這樣回答，男子聞言後噗哧一笑。「有這種工作嗎？」

「這我不知道。」

「怎麼會不知道呢。我知道。世上絕對沒有以手帕搗臉的工作。」

「說得也是。」繪美贊同他的說法，連她自己都笑了。「你到底從事什麼工作啊？」

「猜不出來嗎？」

「呃……」繪美感覺到一股非回答不可的壓力。她心想，舉一個會給人好印象的工作，他聽了可能會比較開心。「是醫學院的學生嗎？」

「啊！」男子發出一聲驚呼。「妳可真清楚。」

我猜中了嗎？繪美手搗著嘴，靜靜注視著男子，男子可能是因為驚訝，眼神左右飄忽。

「我啊，」他低聲說道：「前不久不是有許多學生聚在國會前，越過裝甲車入侵國會，還有數十萬人聚集遊行嗎？」

繪美聽他這樣說，心裡相當緊張，怕男子會問她對這件事有何看法。雖然她也從報上得知學生運動的那場騷動，但她對政治議題不太關心，太複雜的事她向來也都不懂。話說回來，與美國簽訂的條約獲得承認，會對她平日的生活產生何種影響，她根本完全看不出來。相較之下，哥哥的那位未婚妻日後有一天會到家裡來，這反而才是更重要的問題。

「我沒參加那場活動。」

「這樣啊。」

「雖然我不敢說在那數十萬人當中，有人只是想引發動亂，抱持好玩的心態參與其中，但當中一定有許多人沒認真思考未來。」

「未來？」

「也就是要對這個國家怎樣？雖然口口聲聲說共產主義，卻沒去想該如何加以實現。他們包圍了國會，就算真的能取消合約，推翻內閣，那也該想想接下來該怎麼做吧。但他們就只是像在破壞積木，如同報上所寫的那樣，這麼一來，結果就只是一場暴動，一場東京的暴動。」

「哦，嗯。」

「所以我才沒跟他們混在一起，我認為得先蒐集資金才對。」

「蒐集資金？」

「就算想要打倒資本主義，進行共產主義革命，但一開始就用共產主義的做法打倒他們，難如登天。話說回來，光憑暴動就想成事，這也是很困難的事。我認為，得先遵照對手的規則走，也就是利用資本主義的骨幹——金錢，讓自己變成大人物，之後再來建造自己想要的社會。」

繪美不知該怎樣附和才好，但她認為男子講得頭頭是道，聽起來很新鮮。像她哥哥整天只在乎自己的服裝髮型、想買的車，而自己職場上的男人們也大多是抱怨工作上的事、談酒店的事，她身邊都沒人會談國家大事。

「所以你要去找金幣？」

「我想把它們找出來。因為我計畫要取得一個像地圖的東西。」

「地圖？」

沒錯，男子說道：「剛才我之所以會挨揍，其實就跟這件事有關。」

「咦？」

「要是金幣被我拿走，有好幾個團體會因此大傷腦筋，所以他們才來恐嚇我。」男子這時像突然想起似的，以手指摸了摸門牙。

「怎麼了嗎？」

「我在擔心門牙斷了沒。」

「你的門牙沒事。」繪美道。打從見面的時候起，她就注意到男子的牙齒潔白又好看。「不過，那恐嚇你的團體到底是什麼來歷呢？」

男子略微別過臉去，避開繪美的視線。過了一會兒，他就像低頭望著自己的鞋尖般說道：「明天還可以見到妳嗎？」

「兩個月前我接受妳的委託時，心裡就想，他說的話那麼可疑，妳竟然也信。」此時在病房裡與若林繪美迎面而坐的黑澤，在進入正題前，再次確認她的委託內容，並對她這樣說道。「妳真認為會有金幣？」

「這個嘛……現在仔細想想，確實有點奇怪，但當時我還很單純。而且那時候是晚上，有種不可思議的氣氛，我又和那位陌生男子獨處，這該怎麼說好呢。是洗腦嗎？」

黑澤笑道：「應該沒那麼厲害吧？」

「不過，可能是我心裡一直期待能遇見什麼與眾不同的事吧。每天我就只是負責泡茶，認真地工作，所以當我知道夜裡在銀座巧遇的那個男人打算拿著地圖從事危險的工作時，就會很希望他說的是真的。」

「這種感覺我不太能理解。」黑澤說到一半，突然向她透露道：「不過，若說到與眾不同的體驗，我也有。地點也是在銀座。」

「咦，難道也和金幣有關？」

「之前某個晚上在銀座，我順道來到一家樂器行，事情就發生在那裡。」

「發生在那裡？」

「我聽到奇妙的音樂。」

「什麼啊？」

黑澤就像嘴巴上的縫線鬆開般，咧嘴笑道：「說出來太可惜了，所以容我保密。那是一次很棒的體驗。」

「竟然還說可惜呢。」

「總之，妳五十年前在銀座聽那個男人提到金幣的事情後，隔天又和他見面對吧。彼此都沒報上姓名嗎？」

「沒錯。」若林繪美回答後，忍不住噗哧一笑。「我到現在還記得當時他對我說：『我肩負著危險的使命，所以妳最好別知道我的名字。因為不管發生什麼事，只要妳什麼都不知道，就可以平安無事。我最好也別知道妳的名字。這樣對我們雙方都好。』而我當時也很單純，就只是回答他『嗯、好』，完全相信他說的話。」

黑澤面露苦笑。

「不過，我記得當時好像有一齣叫做《請問芳名》的廣播劇對吧？」

「有嗎？」

「那是描述在太平洋戰爭的空襲下，有兩人在數寄屋橋邂逅，和我們兩人的情況很相似。」

「相似？」

「像我和那個男人的邂逅啊。」

「如果是採很粗略的分類法，那或許算相似吧。」

「因為我們兩人也都沒報上姓名。所以我覺得自己就像成了女主角一樣。」

「然後第二天你們又見面。第三天也見面。」

「第四天也是。」

下班後，繪美抵達銀座的三越獅子銅像前，心裡感到不安，怕自己會受騙，被對方嘲笑，但很快便看到那名男子戴著眼罩現身，就此鬆了口氣。

「你被打傷的地方不要緊吧？」繪美如此詢問，男子回答道：「像這樣戴著眼罩很丟臉，但要是沒戴眼罩，眼睛瘀青腫脹反而更顯眼。儘管如此，我既然已和妳約好了，就非前來不可。」他還是一樣嘴裡含著喉糖。繪美哈哈大笑。那是她平時不曾發出的笑聲，連她自己聽了也嚇一跳。

兩人不約而同地朝數寄屋橋走去，並肩坐在長椅上聊了起來。

「妳看，我像這樣戴著眼罩，會不會被當作是那些常坐在銀座裡的退伍傷兵啊？要是身旁再帶隻狗，也許有人還會捐錢給我呢。」

「到時候，搞不好有人還會丟金幣給你。」繪美此時情緒亢奮，音調升高許多。她想到這句妙語，就此脫口而出，這是她有生以來第一次的體驗。

哦，金幣是吧，這個好。男子開心地噗哧一笑，繪美就此鬆了口氣，同時也覺得心中升起一股暖意。

「不過，聽說有位刑警覺得某個退伍傷兵形跡可疑，展開尾隨跟蹤，結果發現他不僅住豪宅，家中還有妻兒。真不知道該說是人不可貌相，還是該說搞不懂他是如何累積財富。」接著男子慷慨激昂地談起這社會的未來。繪美深深被他這番話所吸引，為之熱血沸騰。甚至陷入一種錯覺，彷彿自己正在探頭窺望另一個世界，而當男子問她「對了，妳從事什麼樣的工作」時，她馬上扯謊道「我從事翻譯工作」。為什麼會脫口說出這樣的話來，她自己也不知道原因，但她心想，如果是和國外有關的工作，男子應該不會瞧不起她吧。

「翻譯！」男子大為驚訝，接著問道：「是英文還是德文？」不得已，繪美只好回答「是西班牙文」。其實單純只是因為公司裡有位男同事向上司學西班牙文。幸好男子沒再繼續追問。

黑澤忍不住臉上泛起笑意。「翻譯家是吧。」

「這謊掰得不錯吧？」若林繪美索性坦白承認，挺起胸膛說道。「我還挺有說謊的天分呢。」

「妳這樣的謊言很危險。對方很有可能會問妳做過什麼樣的翻譯。」

「我會回答他，我有義務保密。」

「那是現在妳才這麼說。如果是當時一定不可能。畢竟妳年輕又單純。」

「黑澤先生，你可真敏銳。說起來，那是一段令人難為情的過去。」

「所以到了第四天，你們的這場幽會就這麼結束了。」

「都二十一世紀了，竟然還有人會用『幽會』這種字眼呢。」她笑道。「不過真的是這樣。第四天時，他對我說『要是再繼續和妳見面，會把妳捲入危險中』。」

「捲入危險中是吧。」

「他說，我要從事的工作，會惹來全學連（全日本學生自治會總連合）與內閣的反感。也許妳會被他們雙方盯上。所以在妳遭遇危險前，我們最好別再碰面。」

原來如此——黑澤又說了一次，明顯強忍著不笑出來。「這樣的分手藉口可真有戲劇性呢。」

「就說吧。其實當時我很想對他說：『不能半年後同樣在這裡見面嗎？』就像《請問芳名》一樣。但我沒理由那樣說。」

「就這樣沒有後續發展對吧。」今天黑澤是前來報告調查結果，但再次確認過來龍去脈後，實在忍不住想笑。

「所以我們只有四天的交往，而且是晚上。就光是坐在長椅上，聊了約兩個小時之久。」

「那總共是八小時對吧。」

「黑澤先生，你應該覺得我很傻吧。」若林繪美笑道。「不過是短短八小時的回憶，竟然珍藏了五十年之久。」

不。黑澤馬上搖頭否認。「以前我曾見過田徑名將卡爾．路易士的百米短跑，雖然只有短短十秒左右，但至今仍歷歷在目。回憶與時間並無太大的關係。」

「竟然拿我和卡爾．路易士相提並論。不知道該不該高興。」

「總之，妳很在意那個男人對吧。」

「是啊。因為我很擔心，像他這種老是說些危險言論的人，是否還能好端端地活著。當時有好一陣子，我每次看報紙，都很關心上面會不會提到關於他的事。」

「提到有人撿到金幣的新聞是嗎？」

「是啊。或是遭人暴力相向，恐嚇威脅。不然就是被懷疑是間諜。」

「間諜？」

「因為他就給人這種感覺。」

「那應該全是他胡謅的。」

若林繪美並未顯現驚詫之色。「黑澤先生，你對他的事調查得可真仔細。」

「這是因為……」黑澤顯得若無其事，事實上，他確實也沒做什麼多了不得的事，他接著說道：「剛才我不是說過嗎，我見了那位第二代社長。」

「哦，對我有好感的那位。」

「就是地位相當於蒙布朗的男子。」

若林繪美笑道：「他怎麼了嗎？」

「他當時發現自己喜歡的女孩不知從什麼時候起，開始會踩著輕快的步伐離開公司，對此相當在意。」

「那是我嗎？」

「正是。」

黑澤持續調查，查出第二代社長，是一個月前的事。突然不請自來的黑澤，問及五十年前的事，起初社長也很不知所措，但旋即便開啟了話匣。雖說他才剛開始經營與果樹栽培有關的公司，但他妻子已經過世，而兩個孩子似乎也都生意失敗，忙著處理債務。父子都被欠債壓得喘不過氣來。他自嘲這或許是DNA的關係吧，看他說這話的模樣，與其說這是大而化之，豪放不羈，不如說是他早已厭倦消極沮喪。那是強顏歡笑。因此，若林繪美的事對他來說，或許出現得正是時候，有點脫離現實的感覺。他不勝欣喜，就像緊抓著不放似的，滔滔不絕地說個不停。

「記得當時我好像在後頭跟蹤她。」第二代社長如此說道，臉上不顯一絲罪惡感。

「跟蹤我？」

「是的。他說，因為繪美看起來喜上眉梢，而且一直哼唱著水兵〈Liebe那首歌。甚至還踩起了舞步。所以下班後，才會展開跟蹤，看繪美究竟要去哪兒。」

結果竟然來到了銀座。第二代社長敞開雙臂，做出對眼前華麗的街道大感驚詫，眼中散發出光輝的模樣。

「她馬上便走進三越裡頭。接著她走進洗手間，出來時已換上另一套服裝。是一件紅色連身洋裝。連我也大為吃驚。後來她在獅子銅像前與一名男子見面，一起離去。」

「你的單戀就此破滅對吧。」黑澤語帶嘲諷地說道，第二代社長則是伸手揉著鼻子說道：「因為我這個人向來很不死心，所以我有不同的想法。」

「不同的想法？」

「我心想，啊，她一定是被男人騙了。因為那名男子戴著可疑的眼罩，而且兩人哪兒都沒去，就只是坐在日比谷附近的長椅上聊天。對方該不會是想用花言巧語來騙錢，或是騙她去當豔舞女郎吧。」

「你想得可真多。」

「或許我單純只是不想承認繪美有男朋友。所以才會在他們兩人道別後，我還在男子身後跟蹤。」

那場跟蹤其實並不費事。男子雖然坐上地鐵，但他沒到其他地方閒晃，而是直接返回自己的小公寓。第二代社長可能是一時衝動，毫不猶豫地前往敲男子走進的那扇門。前來應門的男子怯生生地問他有什麼事，第二代社長劈頭就對他說：「你到底想對那女孩怎樣？」

「我信口胡謅，說我受人之託，負責養育那個女孩。並警告他不准再和那女孩見面。」

「這太過分了。」黑澤為之一愣。他這麼做，會令一個女孩才剛萌芽的戀情就此戛然而止。就像猛然從旁吹來一陣強風，害火車從軌道上翻覆。

「結果那名男子也對我說道：『我知道了，我會聽你的話，不再和那名女孩有任何瓜葛。其實我在她面前一直打腫臉充胖子，淨說些不合我身分的謊言，正在苦惱該如何是好。』看來，好像是因為他說自己是東大醫學院的學生。」

「他不是嗎？」

「東大的醫學院學生又不是多到滿街跑。」第二代社長笑著道。「另外，他明明對政治一無所知，卻又講得一副很了不起的樣子，他對此深感後悔。不過，男子低頭向我懇求，請我再讓他見繪美一面，要親口和她道別。因為他們已約好明天晚上見面。他不忍讓繪美空等，讓她覺得不安。他求我明天再讓他見繪美一面，為兩人見面的事畫上句點。如今回想，或許他是個正經人。」

就是這麼回事。黑澤說明完畢後，若林繪美大為驚訝。「那位社長的兒子真的那麼做？」她圓睜著雙眼發出「哎呀」的一聲驚呼。想必是遲遲無法整理腦中紊亂的思緒吧。

「不過，就算第二代社長沒從中阻撓，妳和那位男子可能也不會順利交往。他扯謊說自己是東大醫學院的學生，而妳自己也是。」

「說我是翻譯家對吧。」繪美瞇起眼睛。「一再以謊言去掩飾謊言，最後是非都分不清了。不過，像他這樣阻礙別人的情路……」

「他沒被馬踢[8]，反倒是被債務給壓垮。」黑澤聳了聳肩。「不過，託那位第二代社長之福，我才得以查出那名男子的下落，這也是事實。」

「咦，真的嗎？」

「因為他記得男子的公寓。正確來說，是他記得公寓和房間的位置。所以我前往該處，向周遭的人打聽。當然了，當時那棟公寓已經不在了，同一處地點現在改建成一棟出租大樓。雖然房東也已換人，但他是當時那位房東的兒子。」

「哎呀。」

8. 出自日本的一句慣用語，「阻礙別人情路者，會被馬踢死」。

「原本那位房東似乎是位一板一眼的人，以前的合約書以及房租的收據，他全都保留了下來。」

「連以前的也保留嗎？」

「沒錯。他有一本手寫的帳本。我發現了當時他對那位住戶的描述。」

「雖然是老舊的資料，但畢竟是個人資料吧？他竟然肯借你看。」

「是啊。」

當然了，黑澤就算前往拜訪，對房東說「我想知道你們以前房客的資料」，房東也不會答應。房東沒必要對不請自來，長得又不討喜的黑澤這麼做。賞他一頓閉門羹，可說是一般會採取的對應方式。黑澤還有另一個方法，就是付錢與他交涉，但對方一直都採取傲慢且固執的態度，所以黑澤沒用這個方法。他改採自己慣用的做法。觀察對方的生活模式，看準其外出的時機，悄悄潛入屋內。發現那本帳冊後，他找尋自己想要的資料。並從藏在衣櫃裡的信封中找到人稱「私房錢」的厚厚一疊鈔票中，抽出幾張放進自己口袋。他留下一張像收據般的紙條，上頭寫有他竊取的金額，就此離去。闖空門和當偵探，到底哪個是副業，黑澤已逐漸分不清了。

「不過黑澤先生，你接下來是如何找出那名男子的住處呢？你從帳冊裡頂多只能查出人名吧？」

「上頭寫有他當時工作的地點。」

「所以後來你就跑去拜訪他是嗎？黑澤先生，真是辛苦你了。」

「真是的，我很想看看委託我這項工作的人會是什麼表情。」黑澤豎起食指，指向繪美。

「他之前到底在哪裡工作啊？」

「那家公司叫做田口廣告。」

「是廣告代理店？」

「如果說是代理廣告的話，或許也說得通。」

「你說代理廣告是什麼意思？」

「當時好像常有三明治人[9]會走在銀座的街上。田口廣告承接的業務就是那個。」

若林繪美可能是一時間沒意會過來，表情為之一愣，但她旋即笑道：「哎呀，他真的不是東大的醫學院學生呢。」

黑澤頷首。「就像妳不是翻譯家一樣。」

黑澤這時改變語氣問道：「如何？要繼續聽下去嗎？」

「還有後續啊？」

「因為花了兩個月的時間調查，要是只報告這麼一點東西的話，那就太愧對妳了，所以我自己也想了個有趣的故事。」

9. 將兩片廣告木板掛在肩膀上的人。

「看你的樣子，不像會說什麼有趣的事。」若林繪美很犀利地指出這點，站起身。

「請等我一下。」她走向床邊。把耳朵貼向丈夫鼻子前方，就像在確認他的呼吸般，接著觸摸他周遭的器具，重新幫他蓋好被。「在他吃晚餐前還有一些時間，你就說來聽吧。你說有趣的故事是什麼？」繪美重新坐回椅子上。

「妳要是太期待的話，我可就傷腦筋了。」黑澤繞動頸部。「那只是我個人的聯想。」

「你個人的聯想？」若林繪美誇張地露出失望之色。

「其實我是從妳說的故事中出現的關鍵字，去展開思考。」

「關鍵字？我說的話當中有這種東西？」

「不，是我自己擅自擷取的。例如妳第一次在銀座與那名男子說話時，聊到的話題是什麼？」

「是什麼？金幣嗎？」

「是柳樹才對吧。」

「啊，對喔，是柳樹。」

「柳樹是植物，所以會吸收二氧化碳，排出氧氣。」

「黑澤先生，那件事你記得可真清楚。」

黑澤皺起眉頭，心想，這句話是我說的才對。「後來妳不是說過嗎，那個男人的牙齒很好看。男子也說，好在門牙沒斷。」

「那又怎樣？」

「就是那句話。讓我決定利用妳六十年前的那件回憶。」

「六十年前的那件回憶？什麼啊？哦，是我迷路的那件事對吧。我還在念小學的那一次。你說利用，到底是怎麼利用？」

「妳在遊樂園遇見那名迷路的少年，是因為蟑螂對吧？」

「才不是呢。是遇見他之後，發現一隻蟑螂，他一腳把蟑螂踢飛。」

「哦，這樣啊。附帶一提，妳知道用來殺蟑螂的道具是什麼嗎？好像以前人們常用。」

「不是殺蟲劑嗎？難道是硼酸丸子[10]？」

黑澤嘴角輕揚，豎起食指。「就是它。」

「黑澤先生，我不知道你到底想說什麼……」

「妳很快就會知道了。後來你們這對迷路的小情侶一起吃炭烤雞肉串。妳是這樣說的對吧？」

「沒錯。」

「妳知道炭裡頭含有什麼嗎？答案是碳。」

「咦？」

黑澤加快說話速度。「你們這對小情侶在離開時，沒能說再見。因為少年跑去上廁所。應該是去小號吧。說到小號，那就是阿摩尼亞。妳知道阿摩尼亞的化學式嗎？是

10. 用硼酸加麵粉、砂糖等做成的丸子，以遲效毒性殺蟑。

NH3。而N就是氮。」

可能是已明白黑澤這番話的用意，若林繪美開心地展露笑顏，手掌往前一攤，那動作就像在說「請，想說什麼就說吧」。

「我們回頭來看妳在銀座說的那些話吧。就像我剛才說的，在妳與男子所談的話題中，聊到了柳樹。談到植物排出氧氣的事。接著談到門牙。」

「是氟對吧。」

「沒錯。當時應該是沒有預防蛀牙的觀念，現在都會販售含氟的潔牙粉。不過，氟到底是好是壞，似乎有兩派不同意見，總之，牙齒與氟可以聯想在一起。」

「你可真能聯想。然後呢？都湊齊了嗎？」

「夠敏銳。」

「那是因為你的說話方式很貼心。如果照順序排列的話，首先應該是硼酸丸子吧。硼酸是B嗎？」

「沒錯。如果照硼、碳、氮、氧、氟來排列，分別是B、C、N、O、F。」

「也就是我的船[11]。雖然沒有最後的Ne。」

「Ne是霓虹。銀座一定很多。」

若林繪美以輕快的節奏哼唱著〈水兵Liebe我的船〉，還輕輕拍手鼓掌說道：「拍手，真是太厲害了。」

「妳告訴我的回憶，裡頭恰巧具備了『我的船』所有元素。」

「那是你個人的聯想。」

「驚訝嗎？」黑澤說。「完全照化學元素排列。這是個大發現呢。」

「不過黑澤先生，這真的太牽強了。炭烤說是碳，因為牙齒好看，所以是氟，這些全都是你自己硬把它們聯想在一起吧？」

「說得也是。只要有心，任何人也都能辦到。」黑澤坦然承認。「不過，很有趣對吧？」

「確實很有趣。」若林繪美如此說道，吁了口氣。「黑澤先生，我們回到原本的話題吧。」

「要回到原本的話題是嗎？我好不容易才得到這個大發現，妳不在這樣的氣氛裡多待一會兒，真的沒關係嗎？」黑澤忍不住笑了出來。

沒關係、沒關係，若林繪美也笑了。「黑澤先生，你的報告還有後續嗎？」

黑澤從他的手提包裡取出數位相機。

「那台相機是做什麼的？」若林繪美問。「哦，原來如此。你與當時銀座的那名男子見面後，拍了他的照片，是這樣沒錯吧？讓我看看。他現在變成什麼樣的人呢？真教人期待。」若林繪美站起身，來到黑澤身旁後，身體緊貼著他，想窺望相機裡的照片。

「不，」黑澤搖了搖頭。「我沒拍。」

「拜託，拍個照片應該不成問題才對。」若林繪美嘴巴上這麼說，但似乎不是真那

11.「我的船」日文原文為「僕の舟」，發音為 bokunofune。

麼生氣，看起來像在開玩笑。「你要打混也得看情況吧？」

「沒錯，或許我應該拍張照才對。」黑澤打開相機電源，擺好拍照的姿勢。他的前方是若林繪美的丈夫躺臥的病床。他按下快門後，發出宛如清泉濺起水花般的聲響，擷取室內景象的亮光閃過。

「你這是在幹什麼？試拍嗎？」

黑澤按下按鈕，在數位相機的液晶螢幕上顯示剛剛拍下的病床。並將相機交到若林繪美手上。「喏，就是這個。」

「這什麼意思？」

「他就是妳要找的男人。」

若林繪美臉上首次浮現不悅之色，那模樣就像在說自己被人輕視、瞧不起，她先是朗聲叫道：「喂，你別開玩笑好不好。」但接著卻又側著頭發出「咦」的一聲，重新坐向黑澤前方的椅子問道：「等等，這到底是怎麼回事。」

「我調查了五十年前那棟公寓的帳冊。得知那個男人的名字叫若林順一，在田口廣告工作。怎樣，和妳先生同名同姓對吧？」

「這怎麼可能。」繪美撇著嘴，兩鬢青筋浮凸。「黑澤先生，你這是在嘲笑我嗎？」

「我沒理由嘲笑妳。當然了，這也可能是同名同姓，或許純屬偶然。就只是剛好與妳五年後相親結婚的男性同名同姓。」

「有沒有可能是我們彼此都沒發現？」

「只有四天的相處，都在昏暗的晚上，而且還戴著眼罩。重點是兩人都捏造自己的工作，享受那場銀座之戀，所以應該是無法處在平靜的精神狀態下才對。記憶往往會被加工、美化。若林順一當時應該只是剛好被街上的醉漢給纏上吧。但因為模樣難看，所以才捏造了那套說詞。他邀妳一起去酒吧，又被妳拒絕，令他覺得顏面無光，所以才會想要虛張聲勢。應該就是這麼回事吧？」

「他為什麼要那麼做？」

「應該是想和女人有親密關係吧。」

「他？他才不是那種人呢。他的個性一板一眼。」

「就是因為這樣，所以就連婚後也不敢對妳說。」

「這有可能嗎？一般都會講出自己年輕時的事啊。」

「那妳自己呢？在銀座的那四天，與那名神秘男子之間留下的回憶，妳可曾告訴自己先生？」

若林繪美沉默片刻後，極力堅稱道：「可是我曾經跟朋友說『別看我這樣，我也曾經有過一段浪漫史呢』。」

「他也一樣。」黑澤指著病床。「我找到他以前的朋友，聽他們提過。我見了三個人，從其中一人口中問出，若林順一在喝醉時，似乎都會向人炫耀，說他年輕時擔任三明治人的時候，有過一場宛如《請問芳名》真實上演般的邂逅。」

「等等！」若林繪美伸出手，做出像是要求暫停的動作。「請讓我靜下來好好思考一下。這句話的意思是，我先生當時也沒發現我是假冒的翻譯家囉？」

「應該吧。」黑澤道。「他現在躺在那裡聽這件事，應該也很驚訝。」

若林繪美也轉身面向身後。「老公，這是真的嗎？我很驚訝呢。」

臥病在床的丈夫一動也不動，但黑澤一直靜靜凝視著他。「剛才我提到的化學元素關聯性，那才更應該吃驚呢。」他正經八百地說道，望向手錶。會客時間已即將結束。

「最後還有一件事。」

「什麼事？」

「剛才我也說過，這次我並沒做什麼特別的調查，稱不上是件困難的工作。」

「那你一定很開心吧。」若林繪美笑道，但可能現在不是談這個的時候，她站起身，急促地在室內來回行走。「這到底是怎麼回事？到頭來，我和銀座的那個男人結婚是嗎？」

「因為機會難得，我一併也調查了妳的初戀對象。」

「咦？」

「這就像隨贈服務一樣。我也去了一趟六十年前的那座遊樂園。幾乎已全部換新，連管理大樓也變得很漂亮。」

「我猜也是。話說回來，你真的自己一個人去了？」

「很厲害吧。」

「為什麼去呢？」

「我想去看看，能否找到六十年前那個迷路的男孩。」

「騙人。那裡應該什麼也沒留下了吧？」

「不，以前的那座管理大樓還是留了下來。以資料館的名義保留至今，一座破舊的木造房子。」黑澤操作手中的數位相機。響起一陣輕快的聲音。他顯示出半個月前拍的照片。「希望可以看得很清楚。」

「看什麼？」

「那棟管理大樓的牆壁。」

「牆壁？」

「妳一開始委託我時，不是說過嗎。你們這兩個迷路的小孩，在管理大樓的牆上塗鴉。我望向那棟建築，發現牆上確實畫有許多愛情傘。」

「真的？」

「只要以孩子的身高去想，就能縮小尋找的範圍。當時應該是以尖銳的石頭在牆上刻字，一直都留在那裡。」

「不會吧？」若林繪美再度來到黑澤身旁，望向相機。

「連我看了都笑了。在『繪美』的名字旁寫了什麼字，妳知道嗎？」

那已是六十年前的事了，我怎麼可能知道——若林繪美如此說道，但她馬上表情為之一僵，張口道：「啊，難道……不可能有這種事吧。」定睛注視著黑澤的側臉。

黑澤操作相機的按鈕，將顯示的影像放大。若林繪美望向螢幕。她可能已在腦中想像上面會寫的名字，手指微微顫抖。

「我不知道是湊巧同名，還是說，這真是個小小世界。如果是後者，那妳其實一直都坐在這個男人的『我的船』上。」黑澤指向病床。

稍頃過後，若林繪美重重嘆了口氣道「真是的」。接著她說：「這種心情，不知道該說是高興，還是沮喪。我珍藏的回憶，全被我先生給毀了。」並指著相機道：「而且從這個角度看，上頭畫的傘就像一艘船呢。」只見她的表情轉為柔和，接著兩行淚順著臉頰滑落。

黑澤站起身，將一個信封放在小桌子上，說道：「不管怎樣，調查費用的匯款帳戶我已寫在裡頭。」就此步出病房。

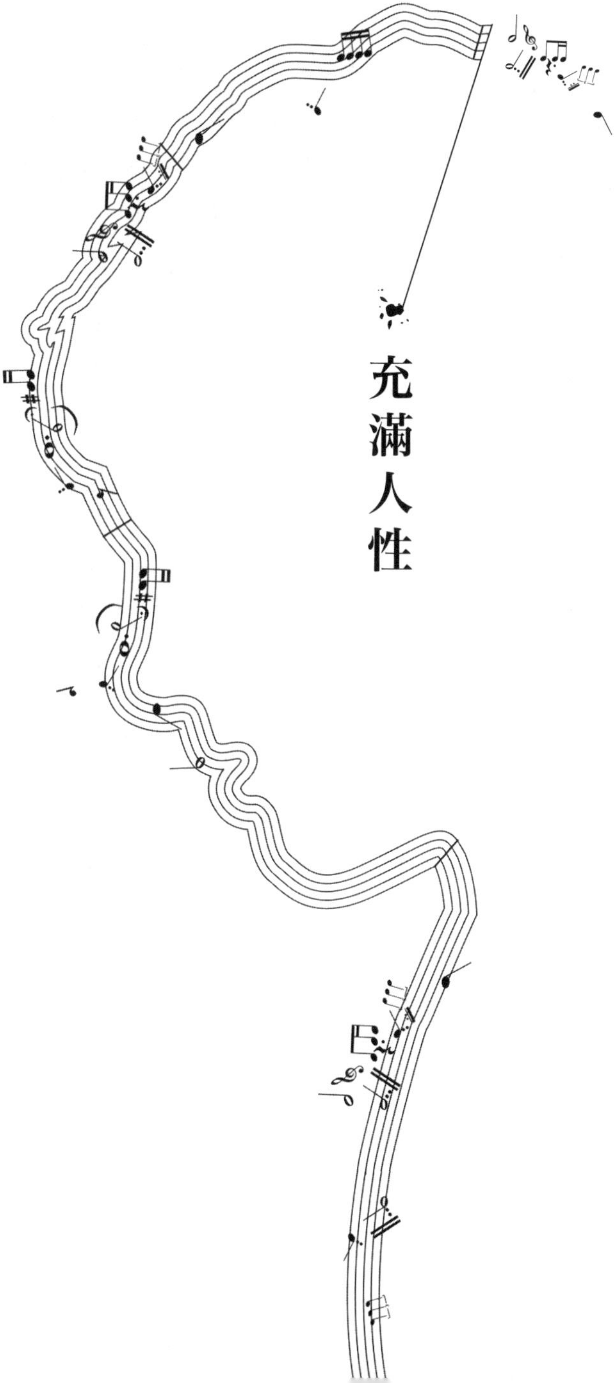

充滿人性

根本就沒有神佛的存在。委託人在黑澤身旁說道。

那名年近五旬的家庭主婦並不是在回答「是該認同神佛的存在，還是抱持質疑」這樣的問題，這是她由衷的感嘆。與西洋電影中的主角陷入危機時，脫口說出「Jesus」、「Oh my God」的情形很雷同。

這裡是位於仙台車站東門巷弄上的釣魚塘。一個像小型游泳的水槽，四周擺了幾張長椅。最近黑澤一有空就拿著釣竿在這裡釣鯉魚。他既不熱中，也不專心，就只是漫不經心地在岸邊垂釣。平日白天幾乎沒客人上門，所以他自然就與常看到的這些人混熟，而這名女子也是其中之一。

在得知黑澤對外承接偵探工作後，女子前來對他說：「我想拜託你一件事。希望你幫我調查我妹婿在外偷腥的證據。」

釣竿前端的浮標突然潛入水中。黑澤反射性地翻轉手腕，將釣竿往上拉，但感覺輕飄飄的，看來釣餌已被搶走。他收回釣線，以手指捏好釣餌，裝在魚鉤上。

「雖說是我妹婿，但我實在不想這樣叫他。」坐他身旁的女子手持釣竿，自顧自地說道。「如果他不是我妹妹的先生，他根本就只是個讓人看了就覺得不舒服的男人罷了。」

接著女子就像在講述自己的前半生似的，滔滔不絕地向黑澤說起那位小她五歲的妹妹。

「我妹妹年輕時是位護士，與一位住院的患者結婚。交往時，她應該是很享受兩人的戀情吧。那名男子一再對她灌迷湯，說什麼我愛妳、我眼中只有妳，最後終於成功娶到她。」

「是這樣嗎？」「咦？」「他真的那樣說？」

「這我不知道，不過一定是這樣。而結婚後，男子的態度起了一百八十度大轉變。俗話說，釣到魚之後就不再餵餌，他就是個典型的例子。」

「不過，光吃餌卻又釣不到的魚也不少呢。」黑澤揮動釣竿，將浮標沉入遠處的水中。

「黑澤先生，你怎麼老說些無關緊要的事啊。」女子也抬起釣竿。魚餌被吃掉了。

因為魚鉤沒有倒刺，就算鯉魚咬住釣餌，也很難釣上岸。「我又不是在談鯉魚的事。」

是戀情，不是鯉魚[12]——這句俏皮話從黑澤腦中閃過。「他們結婚後，情況怎樣？」

「一看就知道那個男人的態度變得很冷淡。他在一家知名企業上班，原本就很忙碌，幾乎很少回家。後來過沒多久，竟然開始與公婆同住。親家公好像原本就有老年失智，而且一直臥病在床，所以照這樣來看，不禁讓人覺得他一開始就是打這個主意。」

「打這個主意？」

「他心裡一定是想，我妹妹是護士，正好適合當看護。一定是這樣的。」

「讓釣到的魚當看護是吧。」

「黑澤先生，你很愛拿魚來當譬喻呢。」

「在釣魚塘不適合這樣說嗎？」

「時間、地點、場合為何，根本不重要吧。」

她妹妹負責一切家事，公婆也很習以為常。一會兒嚷肩膀痠痛，一會兒說想吃甜

12.在日文中，戀情與鯉魚同音，都念作「こい」。

點，一會兒又說因為吃甜點而牙疼，極盡任性之能事。

「不過，我妹妹為人認真，個性又溫柔，所以儘管對此傷透腦筋，她還是盡力做好一切。」

「那她先生呢？」

「當然是什麼也不做啊。他不管事的程度，已到了令人驚嘆的地步，忍不住心想，竟然有人可以像他這樣什麼都不做。我妹妹找他商量，他不理會，也完全不懂得體恤我妹妹的辛勞。」

「妳妹婿有兄弟姐妹可以幫忙照顧父母嗎？」

「有啊。他有哥哥、姐姐，以及弟弟。全部都有。可說是一應俱全。」

「這種情況用一應俱全的說法是否正確，姑且先不討論。」

「不過他們都不回老家。簡單來說，因為不想惹麻煩，所以全都丟給我妹妹一個人處理。而事實上，我妹妹也很認真照顧她公公。不過，看在我這種外人眼中，覺得她實在被折磨得不成人形，看了很不忍心，也曾建議她，要不要考慮送她公公去安養院。」

妳覺得這麼丟臉的事能做嗎！

「我妹妹被狠狠罵了一頓。」「被誰？她先生嗎？」「沒錯。還有她先生的兄弟和姐姐。」「那不就一應俱全了嗎？」

最後還是沒能送進安養院。過沒多久，她公公便過世了。

黑澤拉起釣竿，又落空了。他重新裝設魚餌。

「從那時候起，她母親就……啊，應該說是她婆婆才對，她婆婆似乎就此對她敞開心房。也對啦。因為除了我妹妹外，她婆婆已沒其他可以親近的人。」

而另一方面，說到那位妹婿到底在忙些什麼呢，原來他竟然和外面的女人大搞不倫戀。

「看來他很活躍嘛，真好。」

「是爛透了才對吧。把照顧父母的工作丟給妻子，自己在外頭拈花惹草。前不久她婆婆也過世了。最後住院時，她好像還很感謝我妹妹。聽說一直到她嚥下最後一口氣為止，都緊緊握住我妹妹的手。」

「真是感人。」

「我倒不覺得。不過到目前為止，我還能用平靜的口吻說給你聽。」

「還有後續是嗎？」「後續發展很驚人呢。」「像《鼴鼠》（El Topo）[13]那樣嗎？」「這什麼啊？」「是一齣電影。是用來表示前半和後半完全不同的一種譬喻。」

「那齣電影裡頭有魚嗎？」「這個嘛……」「你不是很注重時間、地點、場合嗎！」

她妹妹的故事後半段如下。

妹妹的丈夫提出離婚的要求。丈夫對她之前照顧自己雙親的事視若無睹，只顧著享受自己放蕩不羈的人生，最後還對她說「我有別的女人，所以我們離婚吧」。那既非商量，也非提議，而是近乎宣告和命令。

13. 七〇年的墨西哥電影，另有其他譯名為《遁地鼠》，導演為佐杜洛夫斯基。

「聽說那個男人的父親是地主，所以留下不少遺產。」

「遺產繼承的問題登場了是吧。」

「說到繼承，向來都是父傳子，與媳婦沒關係吧？這點說來實在奇怪。照顧老人的，明明都是媳婦。而且一旦離婚後，便完全形同陌路。當然了，我妹妹並不是為了能分到遺產才照顧公婆，而且對這些辛勞她不曾發過半句牢騷，但我實在看不下去。因為她這就像是耗損自己人生的寶貴時間來照顧公婆，但最後換來的卻是一句『我們離婚吧，再見』。真的完全把她當看護看待。」

黑澤只回了一句「原來如此」。

「而且聽說她婆婆很感謝她，還以書面提及遺產繼承的事。上頭清楚寫著『比起那些不懂得關心我的親生孩子，我希望能將遺產多分一些給我媳婦』。」

「真感人。」

「不過，重點是那並不算正式的遺書，所以法律上完全無效。」

「太可惜了。」

「明明是她婆婆本人吩咐的，卻完全無效，很奇怪對吧？」

女子的妹妹甚感哀傷，而另一方面，女子無法原諒那名利用她妹妹人生的男人，想對他報一箭之仇，所以才來委託黑澤「拍攝可以證明妹婿外遇的照片」。她說「一定要讓他多付一點贍養費」。

黑澤沒理由拒絕。釣竿前方的浮標靜靜漂浮在水面上。

「不過，他到底是在想些什麼呢？」女子也靜靜凝視釣竿前端垂放的釣線。「他難道完全沒半點歉疚或罪惡感嗎？真想問他一句，你這樣還算是人嗎？」

「儘管這樣，他應該還算是人吧。」

「活得很沒人性也沒關係是嗎？」女子像在自言自語般地發著牢騷，黑澤注視著她，心想，怎樣才算有人性呢？

根本就沒有神佛的存在。女子再度嘆息道。浮標陡然沉沒，女子迅速拉起釣竿。鯉魚沒上鉤。但因為拉竿的力道過猛，釣鉤卡在上頭的柱子上，女子叫店員前來處理。

一名老師負責少數的學生，這樣能提升學習力。

補習班提倡這種做法。這裡位於杉並區某車站後方，一棟剛蓋好的大樓二樓角落的小教室。

他開始到這家補習班上課，是國三那年在足球社的夏季大賽二回戰落敗後的事。他正打算要認真準備考試時，剛好家中收到一張傳單，於是便選了這家補習班。

但他在那裡學到的，不是考試所需要的英語文法或方程式的解法，而是完全不同的另一件事。

標榜小班制的這家補習班，除了他之外還有三名學生。不同於他所就讀的公立國中，這三人念的是私立國中。

其中一人體格不錯，雖然也稱不上高大，但他肩膀寬闊，髮型相當講究，名叫大河內。可能是用了髮膠，頭髮看起來光澤水亮。

其他兩人分別是小嶋和中山，兩人個子都不高。可能是校內流行吧，他們都和大河內留著同樣的髮型，前面蓄著長長的頭髮，偏向一旁。

開始到補習班上課後，一開始幾次還相安無事。他聽補習班老師上課，自己騎腳踏車回家。

一切的開頭，在於一塊橡皮擦。

某天上課時，他的橡皮擦掉向腳邊。他想彎腰撿，但怎樣也搆不著，費了好大一番工夫，這時小嶋突然撞向他。小嶋舉手對老師說「我想上廁所」，換句話說，小嶋假裝要上廁所，刻意撞他。

啊，不好意思——雖然小嶋馬上向他道歉，但小嶋的膝蓋撞向他弓起的背部，體重全加諸在上頭，令他一時痛得無法呼吸。

不要緊吧——老師出聲詢問，但沒走過來關心。

喂喂喂，你不要緊吧？小嶋蹲下身詢問，但臉上表情明顯帶著笑意，並很仔細地按壓他的痛處。他痛得全身扭動。

接著換坐前面的中山站起身詢問「你沒事吧」。中山旋即勾到他的桌子。中山是故意這麼做，但當時他當然萬萬也沒想到他這是刻意之舉。

桌子就此翻倒，朝倒在地上的他撞了過來。中山哇的一聲，發出做作的大叫，簡言之，他們是為了表現出「這純屬意外」、「不是故意的」才出聲關心他，但中山自己還全身壓在倒落的桌子上，對他施加更大的重量。

你不要緊吧？你不要緊吧？儘管一再傳來擔心的問候，但疼痛和痛苦卻不斷加諸在他身上。他搞不清楚是怎麼回事。感覺就像溺水，但周遭明明沒有水。就只有「你不要緊吧？」這句話覆在他身上，那重量幾欲將他壓垮。

過了一會兒，他才勉強起身。

老師始終沒離開過講台半步。「你不要緊吧？」他就只是出聲詢問，連「走路」的力氣都捨不得花，想光靠出聲來盡他的責任。

「好像引發了一場不小的騷動呢。」說這句話的，是坐在位子上的大河內。他穿著一件顏色多樣的襯衫，就像在仿效彩虹的顏色般。「老師，我們快點繼續上課吧。」

小嶋與中山快步回到座位上。而他也站起身，重新將桌子立好。

「你們要專心上課。」老師說。

他望著一旁打開筆記本、目視前方的小嶋，心裡不禁產生疑問：「你剛才不是說要上廁所嗎，為什麼又坐回座位上了？你的尿意跑哪兒去了？」

還真是左右不分呢。身為作家的男子，在黑澤面前說道。

以本名窪田發表小說的他，在仙台市內獨居。年約三十五的他至今仍單身，似乎沒有結婚的打算，給人一種生活過得很悠哉的感覺。

之前與出版社鬧糾紛時，他曾委託黑澤幫忙將文件取回，兩人因此結識。

他搬遷到仙台市外圍，一處順著國道往西行，鄰近山形縣縣界，位於山腳下的小透天厝，他曾對黑澤說：「黑澤先生，你要是到附近來，一定要來我家裡坐坐。」可能因為黑澤也是單身，所以他有一份特別的親切感，但這對黑澤來說，卻只會造成他的困擾。

「哎呀，我真是太高興了。」面對黑澤的突然來訪，窪田非但沒流露嫌棄之色，反而還顯得喜上眉梢。

「因為工作的關係，到作並溫泉來一趟當天往返的溫泉之旅，沒想到竟然就此回不了家。」

「明天道路應該就能通行了，聽說災情慘重呢。我這裡有空房，儘管留下來過夜沒關係。」

突然天候不佳，下起大雨。原本開車只要三十分鐘就能通往市街，但似乎因為發生小型的山崩，道路無法通行，於是黑澤想起窪田的住家。

「自己一個人住這樣的透天厝，有點太浪費了。」黑澤這是真心話。

「為了飼養鍬形蟲，我想造一座溫室。」

「什麼蟲？」

「鍬形蟲。咦，我沒對你說過嗎？我這些年來，一直都從事鍬形蟲的Breed（飼養）工作。」

「Breed。」黑澤將這句陌生的名詞重複說了一遍。

「為了保有飼養空間，我才從大樓搬到這裡。」

如果是國產的鍬形蟲，可以在常溫下飼養，但如果是國外的鍬形蟲，則必須很注意溫度控管。由於幼蟲和成蟲的飼育盒很占空間，所以他遷往占地較大的房子，備有飼育房。

坐向客廳沙發後，電視畫面上顯示暫停的電影畫面。

「我剛好正在看電影。」窪田拿起遙控器，操控按鈕。

黑白影像又開始動了起來。

黑澤開口道：「是《救火員》（The Fireman）。」

「黑澤先生，你可真清楚呢。」

「這段馬後退走的場景，我印象很深刻。」

卓別林乘坐的馬車倒著走，就像車子在停車場倒車一樣，動作相當流暢。當然了，這並不是馬真的倒退走，而是影片倒帶。

電影結束時，窪田說了一句：「當真是左右不分呢。」

「拿筷子的是右手。」

窪田微微一笑。「前不久，某家雜誌社委託我為他們寫隨筆。」

他留著一頭髮梢微鬈的頭髮，有一顆大鼻子，有時看起來相當年輕，但換個角度的話，可以清楚看見他的皺紋，顯得有些老態。「我在隨筆中寫了一篇〈和平真好〉。其實也沒什麼深遠的含義。喏，最近有幾個亞洲國家不是常實驗新武器，放出不少危險的消息嗎。所以我才會寫下和平真好這樣的文章。」

「寫和平真好這種文章，還有錢可拿，這工作真好呢。」

「結果我到東京時遇見一位同業，他對我說『你寫那種懦弱的文章實在有問題』『你這是左翼思想』。」

「這樣啊。」

「怎麼會說我是左翼思想呢？」

「如果查字典的話，那應該是指共產主義吧。」

「就是說啊。」窪田皺著眉頭頷首。「不過，我是徹徹底底的資本主義呢。如果可以的話，我甚至希望能成為一位金錢至上主義者。」

黑澤很同意他的想法。雖然不清楚窪田的工作有多賺錢，但只要看他停在屋外的國產高級車，便可清楚感受到他想和資本主義交好的想法。

「而且那位同業還說：『像你這種以為和平唾手可得的人，只會講一些沒半點志氣的話，根本就沒為這個國家著想。』不過坦白說，我覺得我比他更愛這個國家。我喜歡這個國家的風土，喜歡那造型簡單的國旗，更喜歡重視協調的國民性。因為想對日本企業有所貢獻，所以我都儘可能買日本貨。相較之下，我那位同業買的都是進口貨，而且他聽的音樂、玩的遊戲也都是非法下載。」

「企業和國家或許是不同的兩件事。」

「不過，講得極端一點，再也沒有比戰爭更能讓自己國家經濟惡化的活動了。不但耗費成本，也無法有什麼像樣的經濟活動，平時就已經少子化嚴重了，要是再有年輕人戰死，那該怎麼辦？」

「戰爭到底是怎樣，我是不太清楚啦。」黑澤在一旁附和道，不過他對此並不感興趣。「我對戰爭也不太了解，不過看過那個之後就明白了。」「哪個？」「《搶救雷恩大兵》開頭的三十分鐘。」

「哦！」黑澤搖了搖頭。「看起來很慘。」

「我看過那齣電影後學會一件事，那就是戰爭真的很慘不忍睹。年輕的士兵們轉眼便丟了性命，讓人搞不清楚孰是孰非，這就是戰爭。」

「這是向史蒂芬・史匹柏學來的是吧？」黑澤語帶調侃地說道。「不過，我記得那次搶灘對德國碉堡轟炸失敗，所以同盟國方面才會損失慘重。所以那也許也不算是標準的戰爭。」

「不，黑澤先生，就算真是這樣，也很慘烈。分不清究竟是誰戰勝，好像兩邊都輸了一樣。」

「《最長的一日》（The Longest Day）裡頭，士兵們也說過同樣的話。」

「是嗎。我只對諾曼第登陸感興趣。」

「那也是講諾曼第登陸的電影耶。」黑澤說完後，想起《最長的一日》最後一幕出現的士兵。黑澤告訴窪田，那名士兵以空降部隊隊員的身分降落，卻「連一槍都沒開」。「他以降落傘降落後，拚命地東奔西跑，以為那邊正在展開槍戰，趕了過去，結果槍戰已經結束，留下他獨自一人，不知如何是好。」黑澤擺出不知所措的神情，如此說道。

我就像那名士兵——黑澤不時會有這種想法。

明明也不是沒有幹勁，但總是出現在不對的地方。努力想了解別人的想法，但總是猜錯。雖然想開槍，卻完全錯失開槍的機會。想和大家一同並肩作戰，卻無法一同出擊。

「為什麼動不動就會被人分成左派右派呢。」

「現在應該沒人會那樣說了吧？」

「就有人這樣說過我。」窪田一副很不服氣的模樣，像孩子般鼓起腮幫子。

「放心吧。」黑澤無意安撫他。「愛國者和反對戰爭，這兩者的立場並無矛盾。倒不如說，大部分人都是這樣。」

「是這樣嗎？說到愛國者，給人的形象好像都是不畏戰。」

「這也是偏見。」

「我並不討厭所謂的右翼人士。之前在仙台市內的斑馬線上，有位老太太昏倒，結果最先下車衝過去幫忙的，是街頭宣傳車上的年輕人。他的行動力和正義感令我敬佩。不過，確實就像你所說的，既是愛國者，又反對戰爭，這樣的人確實存在。希望你別誤會，我也認為，如果戰爭是唯一保護國家的方法，那麼戰爭也是無可奈何的結果，不過那是最後手段。我這並不是在提倡博愛思想，要大家關愛彼此，和睦相處。但那些主張好戰言論的人，真的在替這國家著想嗎？我不覺得。因為戰爭就各個層面來說，對國家都是最大的傷害，不是嗎？」

「或許吧。」

「我認為學校應該教過不少過去戰爭中的慘痛案例。每次一提到日本參與的戰爭，當中便會牽扯許多複雜的問題，所以得用其他國家的戰爭為例，讓大家明白戰爭有多可怕，一旦失去秩序，一般市民的生活會變得多糟，又會對國家帶來多大的損害。」

「這麼做的話，會帶來什麼好處嗎？」

「這樣會減少其他的損害，真要說的話，人們會懂得思索如何運用巧妙的方法來贏得勝利。這樣才是國家之福。雖然有人說戰爭可以帶來利益，但那指的是自己國家不是戰場，而且戰爭的時間不會拖長的情況。沒考慮到這個層面，便隨口提出激進的言論，這種人無法信任。反對戰爭就表示沒有愛國心，這種說法不太對。因為如果真是為國家著想，就應該先選擇可以將損害減至最低的戰略。」

黑澤聞言後說道：「你提出的和平真好這種論點，可以從中聞出四海之內皆兄弟的這種粉飾太平的味道。所以不太引起共鳴吧？」

「這樣不就像那個嗎？我高中時代，班長一再向同學們勸說『大家要和睦相處』，但大家都覺得掃興，可是當足球社的加藤站出來說『那個學校的人個個都很跩，我們好好教訓他們一頓吧』，大家馬上就顯得鬥志昂揚。」

「這可能也和加藤的人望有關。」

「那位加藤目前在一家電影製片公司上班，拍攝殺戮電影。」

「那可真是適材適用呢。」

「不過，我不認為這種不顧後果的好戰人士，他們的戰鬥有其目的，而且懂得如何獲勝。」

「真要說的話，選擇站在膽小而且謹慎的男人那邊，活得比較久。」

「與其感情用事地展開攻擊，不如冷靜思考，這樣才比較有人性。」

「有人性是吧。」黑澤就像在細細咀嚼這番話的含義般，緩緩說道：「不，人類應該也和動物一樣。並不全然都會冷靜且理智地展開行動。洛倫茲[14]曾引用過一句烏克蘭諺語『當軍旗翻飛時，理性便會吹響號角』，這同樣可套用在動物和人類身上。」

「號角？這什麼意思？」

「狂熱會產生攻擊性。而要引發狂熱，最簡單的辦法就是……」黑澤表情不變，「製造敵人。我們要是繼續這樣會有危險，會被人打敗，以此煽動人們的恐懼。憤怒只是暫時，但恐懼會一直持續。為了與恐懼對抗，狂熱就此而生。更進一步來說，就算沒有敵人也無妨。洛倫茲也說過，只要準備一個虛構的敵人，揮舞旗幟，理性便會吹響號角。就是這樣的結構。」

不知道這番話窪田是否聽進了耳裡，他說道：「就攻擊性這個意涵來說，鍬形蟲的確有很強的地盤意識，基本上若是不每一隻分開飼養，就會馬上起衝突，造成死傷。」接著他提高音量說：「黑澤先生，和我一起去看看鍬形蟲的飼育房吧。」

「不，不用了。」

雖然黑澤如此回答，但窪田已開始走上通往二樓的樓梯。「請往這邊走。」

上完課後，他走下樓梯，步出大樓，解開腳踏車的車鎖，這時，身後有人朝他喚了一聲：「喂，你。」那裡是大樓後方，從車站前的大路轉進的一處巷弄，仔細一看，大河內就站在那裡，後頭跟著小嶋和中山。

他問了一句：「什麼事？」結果大河內板起臉孔，遞出一個像信封的東西說道：「喂喂喂，別跟我裝糊塗喔。」

他接過來往信封裡窺望，發現裡頭放了一張紙，上面寫著「請款單」。有一行手寫字，寫著「三人份授課費，共五千日圓」。

「咦？」

「你應該知道補習班有授課費吧？我們大家都是繳錢來上課的。但今天你自己一個人唱獨角戲，妨礙我們上課，所以這部分的損失，由你來填補，很合理吧？」

「我一個人唱獨角戲？」他聽得一頭霧水。補習班收費這件事他能理解，但說什麼他妨礙上課，要他填補損失，這是哪門子道理？再說了，撞他的人是小嶋。可能是他的想法顯現在臉上，小嶋面無表情地說道：「我的份已經付了。」

這是騙人的吧。但他無法拆穿對方的謊言。

「這五千日圓要交給誰？」

「我們三人。」

小嶋也算在裡頭，不是很奇怪嗎？他馬上面露苦笑。而且如果這筆錢是三人份的

14. Konrad Zacharias Lorenz，一位著名奧地利動物學家、鳥類學家、動物心理學家，也是經典比較行為研究的代表人物，生於維也納。

話，這金額除以三根本就除不盡，擺明著是亂掰。

所以他回了一句：「這實在太奇怪了。我怎麼可能付錢。」

接著他突然眼前一亮。不，不是變亮，而是一時間變暗，然後又恢復原狀。

他挨揍了。

左頰遭受一道來自後方的衝擊。他頭部一陣搖晃，同時身體失去平衡。他睜開眼後，看見大河內脹紅著臉，正擺動著身體。光這樣他就已往後一陣踉蹌，而這時小嶋還朝他衝撞而來。

他無力抵擋，就此一屁股跌坐地上。堅硬的地面，令他身子一陣搖晃。

接著是中山，見他倒在地上，跑來一腳踩向他胸膛。大河內則是以鞋尖踢他側腹。之後他被一把揪住衣領提了起來。應該是他們判斷，要是被人撞見他倒地的情況，會惹來不必要的麻煩。

「你身上沒帶什麼錢嘛。」中山在一旁打開他的錢包。他原本放在褲子後方口袋裡。三人搶走兩張千圓鈔後，將錢包丟在一旁，就此離開。

他確認身體沒有外傷，拍除沾在衣服上的沙石。走起路來步履虛浮。比起肉體的疼痛，一種心底被人刨空的感覺，更令他感到無力。對屈辱的憤怒，以及窩囊感，開始不知不覺令他眼中噙滿淚水。他從自行車架上取下車，坐向椅墊，但這時有人對他說道：

「在你之前有個學生。」

他拭去眼角的淚水，回身而望。是一名從沒見過的女性，個子不高，膚色白皙。她有一雙小眼，眉毛稀疏，聲音輕細。非但看起來形影薄弱，就連輪廓也顯得模糊。彷彿「健康」兩個字從她身上蒸發消失一般。

「在你到這家補習班上課之前，有另一名學生，被他們整到瀕臨死亡。」女子口出驚人之語。

這是怎麼回事？他聽得直眨眼。甚至懷疑這是在邀他加入詭異的團體。

「在你之前也有一位學生，就坐在同一個位子上。」

「哦！」

「不過，他被他們整得好慘。」

他們指的是大河內他們三人，這點可以理解。「被整？瀕臨死亡？」

「真的是瀕臨死亡。我發現他時，身上的骨頭都折斷了。」

「咦！」

「他們的攻擊愈來愈激烈。有一次那孩子遭他們衝撞，整個人被夾在房門上，鼻梁斷掉，身體被壓扁。」

「那樣不就已經是犯罪了嗎？」

「如果規則適用的話。」

「規則？妳是指法律嗎？」

「它更勝於法律。舉例來說，善有善報，惡有惡報，你小時候沒學過嗎？」

「是像勸善懲惡那樣的意思嗎？」

「你覺得怎樣？」

「如果真有這樣的報應就好了，但應該沒有吧？」

「你為什麼會這麼想？」

因為——他差點笑出聲來。那三人那樣肆無忌憚地動用暴力，還把其他學生整到瀕臨死亡，卻還是一樣若無其事地過他們的日子，所以很難令人相信「勸善懲惡」的規則能發揮任何功能。這樣的規則，最後只會被他們趕跑，換來一句「又沒人叫你」。

根本就沒有神佛的存在——他語帶不滿地說道。

一般來說，鍬形蟲是每個盒子裡養一隻，這是基本原則。

領著黑澤來到二樓裡頭的房間後，窪田如此說道。可能是貼近屋頂的緣故，傳來豪雨打向屋頂的聲音。黑澤開始心想，也許今天是真的回不去了。

六張榻榻米大的房間裡，層架貼著牆壁擺設，上頭擺了許多園藝用具，層架上方擺了一排盒子。房間中央有一張長形的書桌，窪田語帶自豪地說道：「我都在這張桌子上觀察鍬形蟲，清理盒子。」

「架子可以分別調節溫度。國內的鍬形蟲可以在常溫下飼養，但國外的鍬形蟲就非得要調節溫度不可。」

「看你很擅長這種整理和作業的工作呢。」

「是啊。不過像平板電腦或智慧型手機，我可就不擅長了。老是都學不會怎樣使用。」

「你這裡也有國外的鍬形蟲啊。」

「當然！」窪田顯得朝氣十足，伸手指向一個層架。「那個是安達祐實大鍬形蟲，這個是羅森伯基黃金鬼鍬形蟲，那個是鹿角鍬形蟲。」

「鬼鍬形蟲、鹿角鍬形蟲。」黑澤隨口附和。「你會持續讓牠們繁殖對吧？不是夏天一結束就會死嗎？」

「不，獨角仙會在那個季節死亡，但鍬形蟲則是進入冬眠，有不少都能活兩、三年之久。」「這樣啊。」「獨角仙和鍬形蟲是完全不同的。」

窪田略微撐大鼻孔，滔滔不絕說個沒完。他說，獨角仙打從羽化後便活力充沛，忙著交尾，每天也都會吃掉大量食物。

有一種商品叫做昆蟲用果凍，只要每天更換就行了——窪田一併告訴黑澤許多他不想知道的資訊。

「相較之下，鍬形蟲就安靜多了。大鍬形蟲屬的大鍬形蟲或小鍬形蟲，大多是住樹洞裡，所以是半夜悄悄跑出來吃果凍。而且和獨角仙相比，牠們的食量小多了。獨角仙一天就得換一次果凍，鍬形蟲則是一個禮拜換兩次，最多三次。」

「推銷自己公司產品的人，才會用這種說話方式。」我們的產品比別家好喔，比起獨角仙，不如選擇鍬形蟲，就像這樣。「你該不會說獨角仙帶有致癌物質吧？」

窪田沒回答他這個問題，就只是說道：「大鍬形蟲的交尾也很優雅喔。」

「我就知道你早晚會提到鍬形蟲交尾的事。」

大鍬形蟲的雄性和雌性先靠在一塊，然後尾部慢慢接在一起。從上方看起來，就像V字形一樣，而且牠們不會亂動，一直保持靜止。獨角仙的雄性則是趴在雌性身上動來動去，模樣低俗極了，鍬形蟲和牠們完全不一樣。窪田說得無比陶醉。最後又強調一次，鍬形蟲與獨角仙完全不同。

「對了，剛才你提到過，鍬形蟲的地盤意識很強烈對吧？」

「啊，沒錯、沒錯。」窪田頷首。「剛才我說過，得一隻一隻分開來飼養才行。若不這麼做，說得可怕一點，牠們會互相殘殺。」

「有那麼嚴重？」

「前不久，我曾經試著將大鍬形蟲和小鍬形蟲養在一個較大的水族箱裡。兩隻都是雄性。」窪田指向一個盒子。

「一次養兩隻大鍬形蟲不行嗎？」

窪田的表情為之一亮，就像在說，這問題問得好。「大鍬形蟲之間一定會打架，小鍬形蟲也是。不過，大鍬形蟲和小鍬形蟲的體型截然不同。以身長來說，大鍬形蟲是小鍬形蟲的兩倍大。」

「這樣的話會怎樣？」

「照理說，小鍬形蟲會膽怯，不敢主動找大鍬形蟲挑釁。」「是這樣啊？」「我是這麼認為。」「原來如此。」「當然了，我準備了兩個樹洞供牠們住。也準備了兩個地方放果凍。」

「兩戶住宅是吧。」

「盒子也相對大一些，這麼一來，應該就能和平共處了。事實上，這兩隻各自住進自己的家中，似乎住得相當習慣。」

「前提是你真的有辦法問到牠們的感想。」

「不過，實際飼養後，卻不如我所預期。」窪田的表情顯得有點落寞。

「牠們互相殘殺嗎？」

「小鍬形蟲前往挑釁。牠故意進入大鍬形蟲住的樹洞裡攻擊牠。個性溫馴的大鍬形蟲，一見別人進入自己的地盤，馬上就兇性大發。小鍬形蟲身體被咬穿，當場斃命。」

「你就一直靜靜在一旁觀察嗎？」黑澤問。「你的工作，還是和我之前遇見你的時候一樣嗎？」

「我的工作是寫小說。」

「可以一面觀察鍬形蟲，一面寫小說？」

「不，隔壁是我的工作室，我在那邊工作。不過夜裡要是寫作遇到瓶頸，就會到這個房間來，以光線微弱的手電筒觀察飼育盒。」窪田所指的前方，擺著一個用紅色玻璃紙罩住的手電筒。「藉此得到療癒。」

「功效就像精油蠟燭是吧？」黑澤這麼說，意在嘲諷，但窪田卻頻頻點頭，就像在說「你真了解我」。

「因為這樣，我對小鍬形蟲有點抱歉，接下來我又想了個不同的策略。」

「真是學不乖啊。」

「這次我想將沒那麼強悍的鍬形蟲養在一起。」

「有這種鍬形蟲嗎？」

「有的。鍬形蟲用來夾東西的部位稱作大顎，從大顎的形狀來挑選較沒殺傷力，也就是個性比較不兇悍的鍬形蟲來飼養。」

「不管是什麼個性的鍬形蟲，只要養在一起，就會打架。」

「因為牠們和人類不一樣。」

「人類的攻擊性是本能。」

「你是想說，為什麼人類的霸凌現象始終無法消弭嗎？」

一樓傳來笛聲。「開水燒好了。」窪田如此說道，邀黑澤到一樓一起吃點心。

再次前往補習班時，一走進教室，他頓時感受到一股內臟糾結的緊張感。體內的每一個細胞，似乎都還記得上次的恐懼。

但出乎意料地，大河內、小嶋、中山這三人，卻只是沉著臉向他打招呼，沒找他麻煩，老師一進教室便開始上課。

他開始心想，難道前幾天的那件事是我自己的錯覺？還是我作夢？不過，當上完課，他去上廁所時，大河內他們大搖大擺地走進，完全展現他們嗜虐的一面，臉上浮現亢奮的笑意，他這才了解，先前的霸凌果然還有後續。

他全身冷汗直冒，寒毛倒豎。「有危險，快逃，或者是躲起來。」腦中一再向他下達指令。但原本理應勇敢採取行動的肌肉和關節，卻已完全怯縮。他心裡的士兵變得怯懦，就此癱坐原地。

「到那間廁所去。」大河內他們命他坐在廁所的馬桶上。「靜靜地坐著別動。」他們按住他。「你可以坐著大便沒關係。」

他們並肩站在廁所前，依序高喊一聲「我要踢嘍」，以鞋底踹向他的上半身，並順勢踩了他幾腳。

大河內他們一面大呼小叫，一面接連出拳毆打他。

他正要站起身時，又被踢了一腳。

「我要使出最後一擊了。」大河內如此說道，像在吊單槓般抓住廁所上方的門框，抬起雙腳，朝他臉部使出一記飛踢，再加踹一腳。感覺臉部破裂，腦袋飛了出去。

當他視線恢復正常時，大河內就站在他面前，皺著眉頭說道：「好髒啊，我的手摸到馬桶了。」然後伸手朝他的臉頰抹了幾把。

隔了一會兒他才站起身。那三人似乎也玩累了飛踢遊戲，不再展開攻擊。

「我說，這小子之前的那個人是誰啊？」大河內向一旁的小嶋說道。

「哦，是那個脊椎骨折的小子。」小嶋笑道。「他缺鈣。」

他馬上想起前幾天在腳踏車停車場，那名主動向他搭話的女子。她曾說過，在你之前有個學生，被整到瀕臨死亡的地步。

「那是真的嗎？」他低語道。

「咦，你說什麼？」中山手靠向耳邊，動作誇張地反問。「我聽不到。」

「你剛才說的是真的嗎？」「你應該說，那是真的嗎，請你告訴我，這樣問才對吧？」「那是真的嗎，請你告訴我。」「是真的。我們不過是稍微撞他一下，他就被抬進醫院了。真傷腦筋，未免也太弱了吧。我們反而才是受害者呢。」「就是說啊。」「一點都沒錯。」「順便告訴你，就算你跟別人說也沒用。」「沒錯。之前那個傢伙，最後被當作是意外受傷，和我們沒半點關係。」

「你們為何又要這麼做？」

大河內盤起雙臂，就像對這樣的社會結構深有所感般，用力點著頭。「該說這是弱肉強食，進化的法則，還是物競天擇呢？我們打算在你的人生被徹底粉碎前，一直折磨你。」

他這時覺得很想仰天長嘆。

根本就沒有神佛的存在。

這個想法再度浮現腦中。

這時，他們所處的空間形成一道縫隙。

大河內消失不見了。突然就此從原地消失，感覺空間變得開闊許多。

「咦？」小嶋和中山互望一眼。他也往前探頭，頻頻眨眼，思索到底發生了何事，但百思不得其解。

大河內為何會消失不見呢？

想得到的可能性並不多。

大河內是以「目不暇給」的速度離開現場嗎？

否則難道是他們一時失去意識，而大河內在這段時間消失？

還是說，他們一頭鑽進了像時空扭曲的現象中？

小嶋和中山也因為大河內突然消失而感到慌亂，對此納悶不解，就此離開廁所。

他同樣也在思索究竟發生何事，就此來到廁所外。「該不會……」在他走出建築外，解開腳踏車的車鎖時，突然想到這個可能性。

該不會大河內這個人原本就不存在吧？

雖然他還不至於會是妖怪，但可能是極具真實感的一種幻覺吧？

儘管心裡也覺得不可能，但也只能做這樣的揣測了。

再次上補習班時，他緊張萬分。他在心裡想像，大河內的桌子該不會就此消失吧？或者是與大河內有關的任何資訊全部都平空消失？

但結果證明是他自己杞人憂天。

當他再次前往補習班時，大河內人就坐在教室裡，頭上纏著繃帶。

剛才我說過，洛倫茲有本名叫《攻擊》的書——黑澤說。

「看了會有什麼好處嗎？」

以執筆為生的這名男子竟然提出「看了會有什麼好處嗎」這樣的問題，對此，黑澤感覺就像開染房的卻穿白褲，當醫生卻不重養生，見賢不懂得思齊，總之，充滿了矛盾。「洛倫茲在書中寫道『有定居習慣的動物，全都很在意自己的同伴是如何分布』。簡言之，動物都很在意自己的地盤。剛才你說的鍬形蟲也是一樣，而人類也是。」

「人類也是嗎？」

「當然。因為人類的攻擊性是本能，不是後天所養成。並非只要好好養育，就能誕生出完全不具攻擊性的人。根據書中所言，美國的教育學者似乎以前就是這麼認為。」

「怎麼認為？」

「認為只要讓孩子們在沒有挫折和壓力的環境下成長，就不會神經質，也就是能養育出個性大而化之、不具攻擊性的人。」

「嗯，我也這麼覺得。結果怎樣呢？」

「最後從中得知，就算刻意這樣養育，還是會很自然地產生攻擊性，這是不爭的事實。攻擊的衝動，並不是在學習中發生。它就像性欲和食欲一樣，無法控制。而且愈是想壓抑其攻擊性，愈是麻煩。」

「愈是麻煩？」

「如果想壓抑本能，本能就會為了找出宣洩的出口，而降低標準。」「這是洛倫茲先生說的嗎？」「沒錯。舉個例子來說，沒有交尾對象的動物，會對類似雌性的玩偶發情。」「這樣啊？」「應該說，本能的扳機很容易會被扣引。如果一再壓抑攻擊性，只要一點點小刺激，就會不顧一切地往前衝。」

「意思是馬上就會抓狂是吧。」

「所以我認為，學校裡會出現霸凌現象是理所當然的事。大家都被關在教室裡，暴力受到抑制，被迫每個人都得和睦相處。還被強迫要溫柔對待和自己沒說過幾句話的同學。」

「可是這樣並沒錯啊。」

「你說得對，是沒錯。為了維持這個共同體，這是必要的，剛才我們談到的『和平真好』，並不光只是一句好聽話，而是所有人的真心話。只是，存在於本能中的攻擊性，不找地方宣洩是不行的。」

「用運動宣洩不行嗎？」

「真是一針見血。」黑澤如此應道，窪田像少年般瞇起眼睛，面露喜色。「你說得對，運動並不壞。洛倫茲也說過。在完善的規則下，認真追求勝負，是讓攻擊性得以宣洩的正確管道。為了培育健全的青少年，推薦他們運動，這樣也不算有錯。不過我認為，運動這種事，不擅長的人並不會想從事。有時反而會產生自卑感。我沒說錯吧？而且，有人認為運動是很健全的活動，但也有人瞧不起運動，避之唯恐不及。」

「因為人們不喜歡麻煩對吧。那這樣該怎麼辦？」

「如果是我，我建議玩生存遊戲。」

「咦？」

「在學校裡分組，給學生們遊戲用的武器，讓他們玩生存遊戲。」

「真虧你想得到。」

「恐懼、興奮、攻擊性，都可以在遊戲中得到宣洩。比那些特定的運動還要容易參加。」

「女生也一樣嗎？」

「任何人都有攻擊的本能。想藉由虐待他人來確保自己的地盤，這個念頭無關乎性別。只要在生存遊戲中宣洩攻擊性，應該就能減少霸凌的情形。這實在應該列入學習指導要領中才對。」黑澤這才微微浮現笑意。他說這番話到底有幾分認真，似乎連他自己也不知道。

「這應該是不可能實現吧。一定會有很多人向文部科學省抱怨，批評生存遊戲太過野蠻。」

「我猜也是。」黑澤馬上應道。「不然就辦慶典吧。」

「慶典？」

「市街上的居民，每年都應該舉辦類似和可怕妖怪戰鬥的慶典。類似模擬戰爭，但一樣可以宣洩攻擊性。話說回來，慶典原本不就是有這樣的一面嗎？目的就在於宣洩人們壓抑許久的欲望和壓力。現在或許都是在網路上宣洩心中的積怨。應該也能看作是一種模擬戰爭吧？」

「說到攻擊性，我想延續剛才的話題。」

「左派右派的事嗎？」「不，是關於鍬形蟲。」「關於飼養殺傷能力低的鍬形蟲那件事嗎？」「對，就是那個。」窪田又開始變得神采奕奕。既然談鍬形蟲的事，比談書本還要意氣風發，那乾脆換工作算了，黑澤心裡這麼想，但沒說出口。

窪田朝頭頂伸直雙手。「有一種長這個樣子的鍬形蟲，叫做美他利佛細身鍬形蟲。

身體帶有金屬光澤。雖然牠的下顎足足有這麼長，但沒有威力。就算被牠夾中也不會痛。感覺就像被筷子夾住一樣。」

「原來如此，這樣的話，就算打架也不會造成致命傷對吧？」

「再來是彩虹鍬形蟲。全身呈綠色，看起來金光閃閃。」窪田如此描述，還彎曲雙肘，擺在身體前方。模樣就像拳擊手為了防止敵人朝他臉部出拳所採取的防禦架式。

「牠的下顎是長這樣。」

「這樣有辦法夾嗎？」與一般鍬形蟲的形狀截然不同。就像長了兩根獨角仙的小角一樣。

「牠要攻擊時，也只能用推的，或是由下往上頂。」

「以牠這樣的外型，確實沒辦法。」黑澤指著窪田的手臂形狀說道。

「我心想，如果是這種鍬形蟲，就算將雄性放進同一個盒子裡，應該也能和睦相處。啊，另外還有印尼金鍬形蟲。」

「這是你即興想出來的名稱吧？」

「我如果這麼有天分的話，我的小說早就大賣了。」「說得也是。」「牠又簡稱為印尼金鍬。印尼金鍬是彩虹鍬形蟲的縮小版。只有小指第一節那般大。」

「下顎也是長這樣嗎？」黑澤做出拳擊手的防禦架式。

「顏色很漂亮，長得也很可愛。總之，我將這些鍬形蟲養在較大的飼育盒裡。各養一隻美他利佛細身鍬形蟲和彩虹鍬形蟲。因為印尼金鍬體型小，所以我養了兩隻。果凍分別放在三個地方。我心想，這麼一來就能營造出自然的景象了，心裡相當開心。」

「也不知道這樣算不算真的是自然的景象。」

「感覺就像在創造宇宙。不是有這麼一個故事嗎？好像叫費瑟登的故事什麼的[15]。」

「費瑟登鍬形蟲是嗎？」

「是小說裡的登場人物，關於某個人創造宇宙的故事。創造宇宙的這項工作果然很有趣。」窪田就像在聊什麼全人類共通的嗜好般，但黑澤卻完全沒有共鳴。

「結果怎樣？牠們能在水族箱裡和平共處嗎？」

「不，」窪田搖了搖頭。「不行。」

「不行？」

「一開始，彩虹鍬形蟲和美他利佛細身鍬形蟲在餵食處互相對峙。牠們互相牽制，像在相撲般扭打在一起。那正是我想看的場面，所以我看得很興奮，開心極了。不過，彩虹鍬形蟲遠比我想像中來得強。」

「你不是說牠沒什麼夾合力嗎？」

「嗯，牠只能輕輕夾住，夾住之後，再使勁將美他利佛細身鍬形蟲拋飛。美他利佛細身鍬形蟲因為下顎很長，所以就此被翻面。沒錯，鍬形蟲要是翻面就糟糕了。」

「糟糕？」

「牠只能揮著腳掙扎，白白浪費體力。往往最後就這麼死了。」

「沒辦法自己翻面爬起來嗎？」

「在平坦的地面上很難辦到。所以我儘可能在盒內放進樹枝或葉子，讓牠們在爬起身時有個施力點。不過，我不時會往內看，常發現牠們被翻面，一直揮著腳，心裡很慌張。」

「誰慌張啊？」

「我。翻面是很嚴重的問題。所以我只要一看到牠們翻面，就會幫助牠們恢復原狀。」

「就像上帝一樣。」黑澤此話一出，窪田為之一愣，他很驚訝自己怎麼會被當作上帝。

「站在自認已經完蛋，正為此發愁的鍬形蟲立場來看，那打開蓋子伸手進來將牠翻正的力量，感覺不就像上帝的力量嗎？」

「可是我和上帝差得遠了。」窪田苦笑道。「我又沒辦法一直盯著盒子看。」

「是趁工作間的空檔對吧。」

「是趁我專注力用盡的時候。」

「你竟然也會有專注力用盡的時候。」黑澤挑明著以挖苦的口吻說道。「當然也會有啊。」窪田一本正經地點頭。「總之，美他利佛細身鍬形蟲被彩虹鍬形蟲翻面，而那些小隻的印尼金鍬也騎到牠身上，所以牠變得很虛弱。」

「印尼金鍬也站在彩虹鍬形蟲那邊嗎？」

「就我所見是這樣沒錯。雖然我不知道牠們是否有結盟，不過真的很可怕。」

「什麼可怕？」

15. 這部小說原文為《Fessenden's World》，作者為艾德蒙·漢彌頓（Edmond Moore Hamilton）。

「起初我以為只是小紛爭。就像在爭奪餵食場的位子那樣。但仔細觀察後發現，其攻擊手法相當卑鄙。」

「怎麼個卑鄙法？」

「用力往前推，將美他利佛細身鍬形蟲長長的身軀撞向木頭的邊角，看起來就像要把牠的身體折斷般。看得我毛骨悚然。感覺得出牠的惡意。」

「沒想到鍬形蟲也會有惡意。」

大河內並沒平空消失，還是和以前一樣到補習班上課，人就在教室裡。但他頭上纏著繃帶，模樣不太尋常。

走進教室後，大河內還是一樣態度冷淡，愛理不睬地和他打了聲招呼，但可能是因為感覺到他的視線正望向自己的繃帶，顯得很不自在，神情狼狽。

「你的頭……」他問。

「受傷。」大河內不想多談。只見他眉頭緊蹙，露出威嚇的神情。

上完課後，大河內馬上收拾好書包，走出教室。就像落荒而逃一般。

到底是怎麼回事？發生什麼事嗎？

他向留在教室裡的小嶋詢問。「大河內他的傷是怎麼回事？」

小嶋幾天前才在廁所撞過他，現在他以對等的態度與自己攀談，小嶋一時間不太能接受，但還是小小聲地回答：「嗯，好像是頭部受傷。」

「他頭部受傷，看也知道啊。」他笑著道。後來小嶋告訴他，大河內全身纏滿繃帶，尾骨還出現裂痕呢，他聽了之後大為驚訝。

「他好像突然被拖往暗處，不，好像是明亮的地方，總之，就是被拖往一處陌生的場所。」小嶋雖然也不清楚，但可能是覺得可怕，聲音壓低許多。「有人用力按住他身體，打他頭部。」

「那個人是隨機犯案嗎？」

「詳情不太清楚。比起肉體上的疼痛，內心所受的衝擊好像來得更大，嚇了他一大跳呢。」

「嫌犯還沒抓到吧？」

「應該還沒。也許是他自己想多了。」

「大河內嗎？」

「是啊。因為你不覺得他感覺有點恍惚嗎？連在哪裡挨打，被什麼人打，也都說不清楚。」

原來如此——他如此應道，接著拎起背包，朝教室出口走去，但途中他突然腦中浮現一個念頭，猛然停步，對小嶋說道：「他該不會是遭天譴吧？」

小嶋靜默不語，定睛注視著他。

「他不是對我做了那樣的行為嗎？用暴力攻擊我。不光是我，還曾經害其他學生受傷，而且一點都沒反省。可能就是因為這樣，才遭天譴吧？」

「怎麼可能嘛。」

「所以你們……」也可能會有危險——他這句話只說了一半。

之後他還是繼續到補習班上課。天譴說雖然有點半開玩笑，但「只要做壞事，或許就會遭天譴，希望真是這樣」這是他心裡真正的想法。

倘若真的遭天譴的話，大河內或許可以藉這次受傷的機會，好好洗心革面。不，就算沒洗心革面，至少也會改變作風，就算沒改變作風，至少也會改一下他蠻橫的程度。

但結果並非如他所預期。

隨著大河內的傷勢逐漸痊癒，繃帶拆除，他慢慢恢復原本的態度，定期會來向他找碴。以言語加以恐嚇威脅，有時也會實際動用暴力。

「喂，你好像說我受傷是天譴對吧。」有時也會這樣咆哮，口沫橫飛。

無可奈何。他心裡已接受這樣的結果。而隨著日子一天一天過去，他也開始學會如何巧妙避免與大河內他們起衝突。而大河內他們也不再對他說出「我要粉碎你的人生」這種狠話。

一來可能也和他正值青春期，體格日漸壯碩有關。

因此，情況並不像當初他所害怕的那樣，他得以繼續平順地在補習班上課。在歲末年初這段時間，他的功課進步神速，考上他夢寐以求的好學校。

他的高中生活也都過得很認真，旋即考上國立大學的醫學院，成為一名腦外科醫生。聽說他拯救了許多受病痛所苦的人們。真是可喜可賀。

黑澤一面吃著點心，一面觀看電視上的拳擊比賽轉播。「裁判不知道在看哪裡。剛才明明使拐子！」窪田很憤慨，一再責怪裁判。的確，裁判可能是站的位置不好，多次沒看到拳王違規的小動作。「違規啦，違規！」「這裁判的注意力也太差了吧！」就連黑澤也很想這麼說。而完全沒向裁判抗議，一味忍受這些小動作的挑戰者，結果以KO獲勝。比賽結束後，記者將麥克風遞向勝利者面前問道：「拳王對你使出近乎違規的小動作對吧。」勝利者回答道：「這個嘛，連裁判也發現時，他都會提醒我注意。」

「這麼認真，真給人好感。」窪田頗為佩服。

「你是指發現違規時會提醒他這件事嗎？」黑澤問。

「啊，對了，黑澤先生，我還想請你看樣東西。」窪田突然大叫一聲，雙手一拍，再次帶黑澤前往二樓的飼育房。

儘管百般不願，黑澤還是走上樓梯，他也不禁佩服起自己，覺得自己人真好。

窪田指著擺在層架上某個區塊裡的小塑膠盒。「你看，這就是美他利佛細身鍬形蟲。」

盒內有隻下顎頗長的鍬形蟲。果真如同窪田所說，有個形狀像雙手伸長一般的長下顎，身體的部分還比下顎短。「模樣挺酷的嘛，」黑澤道出自己的感想。「還帶有光澤。這該說是黃銅色，還是黃褐色好呢？」

「我就說吧！這就是剛才我跟你提到過，被彩虹鍬形蟲翻面的鍬形蟲。牠就是那個當事人。」

「用當事人這種說法不知道恰不恰當。不過，牠還活著對吧。」盒內的鍬形蟲雖然稱不上精力充沛，但牠還會動著觸角，把頭擺在食物上。

「我之前來看牠時，彩虹鍬形蟲正朝牠衝撞，想將牠的身體擠扁，我急忙救牠脫困。移往這間個別房。」

「個別房是吧。」黑澤望著盒子。

「後來給牠香蕉吃，牠便逐漸康復了。」

「香蕉？」

「牠最喜歡香蕉了。可能是營養價值高，好像很多人都會餵即將產卵的母蟲吃香蕉。不過，香蕉很快就會發黑腐爛，所以我很少餵。」

「這麼說來，這傢伙還算幸運呢。」黑澤說完後，望著那隻只會動觸角的鍬形蟲，補上一句「雖然之前一度瀕臨死亡」。

「主動攻擊的彩虹鍬形蟲，一定作夢也沒想到，這隻美他利佛細身鍬形蟲會住進VIP套房，還有香蕉可吃。」說這話的窪田，表現出超越彩虹鍬形蟲的滿足感，一旁的黑澤看傻了眼，對他說道：「這兩種鍬形蟲不都是你養的嗎？」明明就是你自己擅自讓牠們住在一起，讓牠們引發衝突，然後又擅自袒護其中一方。

「話是這樣沒錯啦，不過，那隻彩虹鍬形蟲實在太桀驁不馴，一副霸凌者的模樣，所以我看了就有氣。」

「那只是你自己個人的解釋吧？」

「為了略施薄懲，昨天我還讓牠和其他彩虹鍬形蟲住一起呢。」

「又讓牠們多隻住在一起？」

「因為是體型比之前那隻彩虹鍬形蟲還要大上一圈的大傢伙，能和牠好好較量一番，這樣就能讓牠明白別人的痛苦。」

「你到底是想怎樣啊。」黑澤嘆了口氣。「動物爭奪地盤的行為是制止不了的。這樣只會讓牠們再次大打出手。」

「這個囂張跋扈的傢伙，我只是想教訓牠一下而已。」

「結果呢？」

「我現在正想確認情況。」到底是怎樣呢，窪田喜孜孜地說道。就在層架與人的視線切齊的高度，擺著一個寬約五十公分的盒子。窪田湊近後，發出「啊」的一聲驚呼。

「怎麼了？」

「黑澤先生，你看。當真是現場實況呢。」

「什麼樣的現場實況？」

「衝突啊。現在就像你所說的，正在宣洩其攻擊性。」

黑澤走向房內。盒內的擺設一樣有泥土，上頭長有青苔和小草，並交錯地擺放木頭，應該是漂流木吧，形成一座箱庭森林。黑澤定睛細看。感覺就像《搶救雷恩大兵》開頭三十分鐘的光景陳列在眼前般，一時為之躊躇，但他旋即發現鍬形蟲的所在地。因為那亮眼的綠色光澤無比獨特，而且就在角落攢動。

盒子角落有一隻翻面的鍬形蟲，還有另一隻同樣綠色外型的鍬形蟲正朝牠衝撞。形狀與一般的鍬形蟲不同。黑澤心想，原來這就是彩虹鍬形蟲啊。牠有兩根像獨角仙一樣的角，由下往上翹。此時牠正用那兩支角推著翻面的鍬形蟲。

另外還有一隻小型的苔綠色蟲子，在路過時朝那隻居於劣勢的鍬形蟲踩了一腳。

「啊，黑澤先生你看。印尼金鍬就像這隻彩虹鍬形蟲的手下般，使出攻擊呢！這隻壞人的跟班。」窪田失去冷靜，手摀著嘴，微微顫慄。那模樣就像在說「真不敢相信」。

「這隻被撂倒的鍬形蟲是？」

「是我後來放進去的彩虹鍬形蟲。雖然體格不錯，但畢竟原本這裡就住著一名前輩，還是前輩比較強。」窪田說完後，朝盒子伸手，掀開透明的蓋子。

黑澤望著他，不知他想幹嘛。

窪田先一把抓住躺在盒內的那隻鍬形蟲，讓牠到稍遠處的木頭後面避難。接著改為將主動攻擊的那隻鍬形蟲取出盒外。「喏，就是牠。」窪田以右手抓住鍬形蟲背部，讓黑澤觀看。

「雖然你把牠講得好像是萬惡的根源，但牠只是區區一隻鍬形蟲。不過牠確實是一隻金光閃閃、美麗動人的鍬形蟲。」

「既然做出這樣的壞事，就得好好加以導正才行。」窪田話語方歇，已將那隻彩虹鍬形蟲擺在桌上，伸指朝牠背後一彈。就像小孩子常玩的那種彈額頭的遊戲般，朝鍬形蟲背後彈了兩下。鍬形蟲因承受衝擊而全身緊繃。

「你這樣做好嗎？」跟昆蟲生氣，還用手指加以攻擊，這模樣滑稽，同時看起來也有點反應過度。

「因為沒這樣教，牠不會懂的。就得給點教訓才行。」

「對孩子的教育，和對狗的管教是不同的。」而且對方還是鍬形蟲呢。那不過是牠本能的行為罷了。「而且這還是你造成的情況。」

窪田為之一驚，滿臉通紅，表情扭曲。「啊，說得也是。我小時候常挨父母打。果然和這個有關。」神情轉為沮喪。

「不，其實也不全然是這個緣故。人們不時都會生氣。當腦幹的某個部分開始活動，就會產生攻擊性，而變得激動。這種情況誰都會發生。並不全然是你小時候的經歷造成。當然了，你要把原因歸咎在小時候，我也不反對。」

窪田回了一聲「哦」，將彩虹鍬形蟲放回盒內。他已恢復冷靜，顯得無精打采。

「多隻鍬形蟲一起飼養，果然還是沒辦法對吧？」

「你問我也沒用啊。」

這時黑澤的手機傳來簡訊。是委託他的那名女子所傳來。黑澤接起後，女子問：「你現在在哪兒？」「在鍬形蟲的家。」「喬行從是誰？」「不，我人在作並溫泉附近。就是因為妳妹婿和女人到外頭過夜，所以我跟去拍照，現在在回來的路上。怎麼了嗎？」

「你還在作並附近嗎？那正好。剛才我妹妹聯絡我，我希望你去看一下她的情況。」

「怎麼了嗎？」

「我妹妹現在很慌亂，說起話來語無倫次。你去旅館看看她。」

感覺天候已平靜許多，但車頭燈一開，便可看出雨滴形成無數道線條。

通往仙台市街的道路似乎仍禁止通行。話雖如此，反方向通往作並溫泉的馬路則暢通無阻。離開窪田家，開不到二十分鐘，已隱約可以望見溫泉旅館。

夜幕低垂，四周一片昏暗。一盞盞林立路旁的路燈，照耀著馬路。駛進左邊的小路，繼續往深處前行後，已看到他要前往的那棟旅館，鮮豔的紅色喧鬧地在空中舞動。是紅色的警示燈，沒有警笛聲。一輛救護車停在旅館前，以紅光撫遍四周的黑暗。

黑澤把車停在路肩。定睛望向旅館的方向後發現，儘管已是深夜時分，卻還是有人在外頭走動。從他們身穿浴衣的模樣來看，或許是住宿的旅客。在看熱鬧的心態驅使下來到外頭。

去問問看是怎麼回事吧，黑澤作此打算，正準備走出駕駛座時，突然想起之前與窪田的對話。

「下雨沒關係吧？」剛才窪田一臉擔心地送他來到大門外時，對他說道。「黑澤先生，上帝也許就是這樣。」

「上帝？」黑澤蹙起眉頭，感到納悶，不知他到底在說些什麼。

「就像剛才的我一樣。站在鍬形蟲牠們的立場來看，在盒子外忙碌，觀察牠們的，不就像上帝一樣嗎？或許應該說，與牠們的世界是完全不同的層次。你也曾經說過不是嗎？當我提到自己會悄悄將翻面的鍬形蟲翻正時，你說這樣就像上帝一樣。」

「不過你自己否認了這點，還說『如果是上帝的話，應該會一直守護著牠們』。」

「這就是重點。」

「重點？」

「到頭來，上帝不也和我一樣嗎？我剛才突然有這樣的想法。」

「你和上帝一樣？又是一句驚人之語。」

「不，我一直都在工作，而在工作的空檔，如果一時興起，就會去隔壁房間確認鍬形蟲飼育盒的情況。」

「想藉此得到療癒。」「沒錯。這時，如果鍬形蟲翻面，就將牠翻正，如果牠們之間引發不合理的衝突……」「就出手相助。」「以手指敲打不乖的彩虹鍬形蟲。而這也就是……」「也就是什麼？」「天譴。」「原來如此。」「而那差點被幹掉的可憐鍬形蟲，會被我隔離，給牠香蕉吃。」

「這叫做神明的庇護對吧？」黑澤認為應該早點結束談話，前往作並溫泉才對。

「如果站在鍬形蟲的立場來思考的話……」

「作家果然就是不一樣。連昆蟲的心情都能理解。」

「舉個例子吧，像那些被彩虹鍬形蟲欺負的其他鍬形蟲，應該會在心裡想：『神啊，請救救我！您為什麼不救我呢？』而那隻被翻面的鍬形蟲也一樣。牠一定在心裡吶喊著：『為什麼我會遭遇到這種事？我明明沒做壞事啊！竟然就這樣無法動彈地死去。我到底是哪裡做錯了？』」

「感嘆這世上根本沒有神佛的存在。」

「沒錯。但上帝其實是存在的。只是祂在隔壁的房間工作。要是一時興起，往盒內窺望，發現情況不對，就會出手相助。」

「懲罰壞蛋。」

「只要這麼想，不就鬆了口氣嗎？上帝並非一直看顧著我們。雖然這點教人有點沮喪，但如果祂看到我們的時候，就會採用那套規則。若有人違反規則，或是有不公平、不合理的偏差行為，上帝就會加以導正。給壞人天譴，給好人……」

「香蕉。」

「勸善懲惡的法則並非不存在。想到這點，便有種得到救贖的感覺。」

「上帝不時會看顧著我們是吧。」

「應該說，天網恢恢，難免有疏漏。」

「難免有疏漏是吧。」黑澤不禁面露苦笑。「下次你乾脆以此為題材，寫本小說如何？你應該正為沒有靈感而發愁吧？何不用描寫人類的手法來描寫鍬形蟲呢？這種叫做擬人化對吧？可以用寓言的方式。」

「以上帝的存在方式為主題嗎？」

「先不談論這麼深奧的問題。」現在就連上帝在隔壁房間工作所代表的含義是什麼，都還沒搞清楚呢。「總之，要寫得讓它充滿人性。」

我哪寫得出來啊——窪田如此應道，表情相當認真。

黑澤在旅館前走近一名低頭玩智慧型手機的白髮男子。男子披著印有旅館名稱的浴衣。

「這救護車是怎麼回事？」

仔細一看，旅館旁還停著警車。儘管黑澤今天並沒做什麼違法的事，但還是感到坐立難安。

「屋頂有個家庭池，好像有一對男女從那裡掉落。」白髮男略顯亢奮。

「掉落？」

「底下是山崖。」

「在這種有可能引發土石流的豪雨下，他們還跑去泡露天溫泉嗎？」

「只有這座旅館周邊沒下雨。」

不可能有這種事——黑澤不想這樣否定對方。對方沒理由說謊騙他。

光著身子，和外遇對象一起墜崖，這究竟是天譴，還是獎賞呢？接著黑澤想到財產繼承的事。

如果是發生在離婚前，「婆婆的財產」或許會從兒子轉移到他妻子。

「不過，」白髮男側著頭感到納悶。「那個家庭池設有很高的柵欄，不可能會失足跌落啊。」

「那可能是……」黑澤回答道。「剛好隔壁房間的工作做膩了，跑過來觀看的結果吧。」

「誰啊？」

就連黑澤也為之躊躇，沒說出對方的名字。兩隻巨大的手指從烏雲間穿出，一把捏住泡在浴池裡的男子頭部，這幕畫面從黑澤腦中掠過。

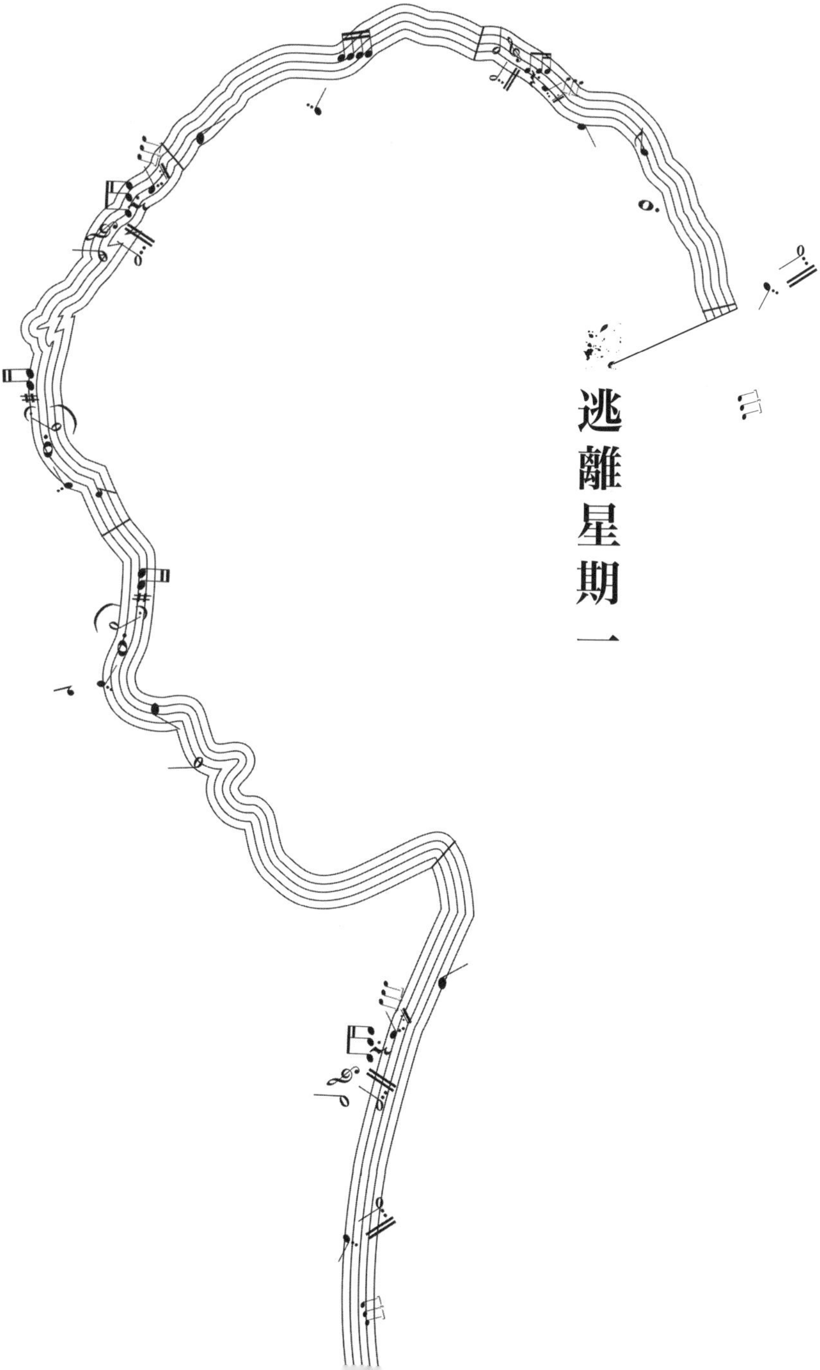

逃離星期一

星期一

釣魚塘裡的客人空空如也，但鯉魚的肚子可沒隨之空著。

因為是平日，幾乎沒客人上門。黑澤以為是自己剛才沒注意到浮標的反應，拉起釣竿檢視，結果魚餌仍掛在魚鉤上。坐在長椅上的黑澤為之無言，再度垂下釣線。

難道是客人變少，鯉魚也沒了幹勁嗎？

最近只要是沒有預定行程的日子，也就是「沒為顧客當偵探」，以及「沒為自己闖空門」的日子，他大多會到這裡來，花一、兩個小時釣鯉魚。在浮標沉入水中的同時，要把握那稍縱即逝的瞬間，翻轉手腕，甩動釣竿。有一種魚鉤嵌入鯉魚嘴裡的強力觸感。一股小小的滿足感油然而生，正當黑澤覺得自己很走運時，鯉魚卻跑了。

「黑澤先生，你果然在這裡。」背後傳來一個聲音。不用看也知道是誰。是從一個月前便試圖與他接觸的一名東京製作公司的人。聽說他大多製作無線電視節目，主要是紀錄性節目。

起初是在東京見面，對方可能具有相當的調查能力，不知從什麼時候起，連黑澤是釣魚塘常客的事他也知悉。

不同於高薪且具有穩定地位的電視台員工，身為下游承包廠商的電視製作公司，給人的印象是連加班費也拿不到，而且從早忙到晚，但久喜山這名男子卻穿著一件上好質料的西裝，一副氣定神閒的模樣。雖已年近五旬，但看起來還很年輕。下巴留著一撮鬍鬚，與其說顯得老態，不如說是在強調個人的時尚風格。

一個月前，黑澤從專門闖空門的同業中村那裡聽聞他的事。「久喜山可能和電視界的大人物關係緊密。所以出手才會如此闊綽。」

「他深受那些大人物的信賴是嗎？」

「與其說是深受信賴，不如說是握有他們的弱點。如果不是這樣，那就是他們一起幹壞事。有一種共犯關係。」

而實際見面後發現，久喜山似乎是個能言善道、模樣輕浮的男子，不過看得出來他這個人腦筋靈活。他擅長的不是直接命令或委託別人辦事，而是以巧妙的話術來誘使對方照他的話做。第一次見面時，他便佯裝成是在閒談，但其實是在教唆黑澤闖空門。

「我是搭今天早上的新幹線到仙台來的呢。」坐在長椅旁的久喜山道。「黑澤先生，我有件事想拜託你。」他嘴角微微上揚，分不清是在笑，還是在發愁。

「有什麼我能做的嗎？」

「當然有啊。應該說是黑澤先生你的另一面，也就是你的另一項工作。」

黑澤眉毛微微一挑。聽聞對方那驕傲的口吻，雖然知道他在打什麼主意，但心裡還是覺得不舒服。話說回來，久喜山前來見黑澤，一開始的說詞是「可以請你在電視節目裡表現闖空門的技術嗎」。不知久喜山是從哪得知這項消息，瞧他說話的模樣，充滿自信。

儘管黑澤告訴他：「我不是你要找的黑澤。我只是假裝成黑澤而已。」他還是不予理會。

不得已，黑澤只好隨口陪他聊上幾句，但黑澤不想承認闖空門的事。
「黑澤先生，有沒有可能請你在東京工作？」
「在東京？」
「事情是這樣的，那裡發生了一件令人吃驚的事。」
「如果是吃驚的事，不就是你的專長嗎？」
「我的專長？」
「電視不就是得讓觀眾吃驚嗎？一整年有數萬人自殺，卻都很少登上電視新聞，就是因為這已常態化，不足為奇。」
「說得也是。」久喜山對此完全不當一回事。「不過，這次發生的事，真的是充滿謎團呢。」
黑澤望著釣竿前端說道：「這樣不是更適合在電視上播放嗎？」
「話是這樣沒錯，但這次我是當事人。」
聽聞久喜山這番話，黑澤差點笑了出來。
他發現浮標下沉，急忙翻動手腕。釣竿反彈似的揚起，傳來釣到魚的手感。那是類似握手的觸感，一股歡悅之情在他體內擴散開來。上鉤的鯉魚在水中游動，他配合魚的動作，放低釣竿。「幫我準備網子。」
「咦？」久喜山為之一驚。突然被委派拿網子的工作，他顯得不知所措，伸手拿起立在長椅旁的網子。那是一根附握柄的網子，活像是袋棍球的球棍放大版。「我該怎麼做？」

「讓鯉魚再靠近一點。等看到牠之後，就用網子撈起來。」

鯉魚正大動作地用力拉扯，黑澤並未加以抵抗，而是一面牽制，一面左右移動釣竿，這時他向久喜山問道：「到底是發生什麼事？」

「咦？」久喜山手持網子，一臉慌張地問道。

「你不是那起驚人事件的當事人嗎？」

「哦，沒錯，沒錯。」久喜山微微頷首。「睽違好一段時日，我回到位於東京的家中後……」

「睽違好一段時日才回自己家是嗎？」黑澤在腦中想像久喜山的家庭成員構造。有年輕時就結婚的妻子，以及如今已成年，在廣告代理店工作的兒子。

「我在家裡就像是個漂泊浪子，我很少回家。」

「平時都住在年輕貌美的女人那裡嗎？」

「你調查過啦？」久喜山臉上浮現充滿戒心的苦笑。

「維基百科裡有記載。」黑澤開玩笑道。他本想再補一句「漂泊浪子這種用語也太老舊了吧」，但最後還是作罷。

「先不談這個，上個禮拜我為了拍外景而去了一趟外地。」

「然後你家怎麼了？」

「突然擺出一幅不知名的畫。」

「不知名的畫？是繪畫嗎？」黑澤話才剛說完，突然大喊一聲「就是現在」，拉起釣竿。在這突如其來的命令下彈跳而起的久喜山，不知所措地用網子朝水裡撈去。「撈到了！」他面露興奮之色，將網子移向地面。

「很大尾呢。」從水中撈出的鯉魚，就像出現在陸地上的潛水艇一樣，給人一種非現實感，頻頻扭動著身軀。黑澤以毛巾將牠抓住後，放進垂吊在水中的魚簍裡。

黑澤放回網子，重新握好釣竿。「那幅不知名的畫怎樣嗎？」

哦，久喜山取出報紙。「這是半個月前的一篇報導。」是關於東京某位美術收藏家所珍藏的一幅畫失竊的新聞。

「哦，那件事啊。」

「你對竊盜相關的新聞果然瞭若指掌。」

「那則新聞怎樣嗎？」

「這篇報導提到那幅失竊的畫，而它就擺在我家中當裝飾。你聽好了，新聞提到的那幅失竊的畫，就在我家。」

黑澤把臉轉向一旁，打量著久喜山。端詳良久後，他再度將視線移回釣竿上。「你可真會偷。」

「拜託。我怎麼可能做這種事。請別拿我和你相提並論。」

「會不會是你這位丈夫都不回家，所以妻子當起了偷畫賊呢？」

「這怎麼可能。我太太是個只要家裡有電視和網路就心滿意足的人。不管我再怎麼問她那幅畫的事，她卻不知道那是什麼時候出現在家中。因為就放在我的書房裡，她還以為是我買的。因為我原本就有幾幅畫，除此之外，還會因為工作的關係，而將電視節目上使用的道具帶回家中，所以她以為是我帶回家的。」

「是出自知名畫家之手嗎？」

「喏，就是他。一個月前才來過日本。」

雖然黑澤知道那是位外國畫家，但他沒想到對方還在世，而且竟然還來到日本。久喜山攤開的那張報紙似乎是不同的日期，上頭以斗大的標題寫著「來自西班牙的現代畫巨擘」，同時附上一名白髮老翁的照片。

「怎麼看都只像是個頑固的老頭。」

看過報導後得知，這名畫家的發言在在透露出他難以伺候的個性。不過他造訪日本這段期間，聽說曾一時興起，坐在東京的某條路上，畫起大頭畫，這段小插曲倒是令黑澤頗感詫異。「原來如此。」

「說他這樣是童心未泯，聽起來觀感不錯，不過，好像人們只當他是個外國流浪漢。早知道就請他畫肖像，然後再高價賣出。那些收藏家應該肯以驚人的價格買下吧。」久喜山望著黑澤問道：「你為什麼笑？」

經他這麼一說，黑澤才發現自己臉上掛著微笑。「要是你知道的話，應該會直接電視轉播才對吧。」

「啊，說得也是。」久喜山毫不諱言。「總之，不知道什麼原因，我家中以這位畫家的畫當擺飾。」

「這實在太不可思議了。」黑澤臉上仍掛著微笑。「教人不敢相信。」

「就是說啊。我也不認為說了你會相信。所以……」

「所以怎樣？」

「黑澤先生，你可以幫我還回去嗎？」

聽久喜山這麼說，黑澤為之蹙眉。「還回去？從你的書房嗎？」

「送回它原本的主人身邊。」

「要運送貨物的話，宅配或搬家的業者比較擅長。」

「這樣明目張膽怎麼行呢。」

「不然要偷偷摸摸嗎？」

「這當然。你一定辦得到。這不就和闖空門一樣嗎？而且不是叫你去偷，只是物歸原主。」

「話雖如此，但做的事還不是一樣。」黑澤搖了搖頭。「而且也不知道要送回哪裡。」

「我會告訴你那位美術收藏家住哪裡。拜託你，這件事困擾我很久了。」

「我倒是不覺得困擾。」

「你當然也會覺得困擾。」久喜山這時轉為謀略家的眼神，嘴角上揚。「因為……」

「因為你手上握有我的弱點。」黑澤發現他話中的含義。

「是的。」

黑澤嘆了口氣，臉上浮現「真是拿你沒轍」的表情。

「你可否明天就上東京呢？拜託你。我會告訴你地址。」

「明天？不行，我最近很忙。」

久喜山眨了眨眼，望向釣魚塘。「可是像星期一這種日子，你卻在這種地方釣魚。」

「我在正式工作前，會先進行調查。如果準備和調查的工作做得不確實，就算原本可以做好的工作，也會失敗收場。今天剛講，明天就去，這樣我無法承接這項工作。」

「不行啊。我大後天又得到別的地方出外景。從星期四開始。一個禮拜後才會回來。」

「一個禮拜是吧。那麼，一個禮拜後再處理應該也行吧？」

「不，那樣就太遲了。」

「你可真忙。」

「我也很想要個分身。」

「說到想要分身，你知道卓別林的本尊在卓別林模仿大賽中出賽的故事嗎？」

「為什麼提到卓別林？」

「當時卓別林是當紅巨星，到處都很流行模仿他。甚至有人假冒他拍電影，當作是卓別林拍的電影上映呢。」

「真的有嗎？那也太誇張了吧。」

「卓別林本人參加那場模仿大賽，結果沒能進入決賽。」

久喜山笑了。「真的假的？」

「或許這只是別人捏造出的笑話，但重點是，要區別真偽確實很不容易。同時也會受看的人既有的印象和先入為主的觀念所影響。因此，只要你有心，或許也能找別人來頂替你的工作。」

「原來如此。」久喜山道。「如果是我，一個禮拜七天都會指派不同的分身負責。星期一是那位分身，星期二是這位分身。」

「那你自己負責哪一天？」

「當然是週末嘍。」

「我猜也是。」黑澤一臉無趣的表情回答道。「我說這個故事的意思是，你現在看到的我，有可能不是真正的我。」

「你在說什麼啊。黑澤先生，明天就有勞你了。」

「我不是說沒辦法嗎。」

「黑澤先生，以我們的立場來看，是我比較占優勢喔。關於你的工作，你另一面的工作，你那檯面下的工作。」

「才沒有什麼檯面上和檯面下之分呢。」

「請不要跟我裝蒜。總之，我已經握有你的把柄，隨時都能報警。所以嘍，該麼說好呢，該說是相互扶持，還是交換條件好呢，拜託，要我說得這麼明白嗎？」

「就算要把那幅畫還回去，也還是得先對那位美術收藏家的住處做一番調查。」

「黑澤先生的朋友裡頭，有個很熟悉這方面資訊的同業，我沒告訴你嗎？」

黑澤腦中第一個想到的，就是中村。最近他的觸手從仙台伸往東京，也開始涉足和收藏家或拍賣有關的工作。雖然黑澤認為，以中村那粗枝大葉又缺根筋的個性，實在很難在新的領域上成功，最好就此抽手，但因為不想和他有瓜葛，所以黑澤並未多作置喙。

「總之，不可能。」黑澤斬釘截鐵地說道。接著他開口問道：「對了，你有沒有財物失竊。」意思是，潛入你家中的偷畫賊，沒偷走任何財物嗎？

「哦，這我還沒仔細檢查。怎樣嗎？」

「我只是在想，你要是有東西失竊的話，就算是自己也嘗到這樣的苦果了。」

「黑澤先生，你沒有討價還價的餘地。等一個禮拜後，我出差返回時，如果那幅畫還在我家的話……」

「怎樣嗎？」

「我就會向警方供出你的事。」

黑澤露出沉思的表情，過了一會兒，他無可奈何地搖了搖頭。

久喜山成功令人屈服，對此頗為滿意，喜溢眉宇，不住點頭。

「對了。」黑澤改變話題。「在卓別林的電影中……」

「還提那個啊？黑澤先生，你很喜歡是嗎？」

黑澤馬上回答道：「喜歡啊。卓別林模樣滑稽，而且動作忙碌逗趣，不過，想必他花了不少心思去思考如何在默劇中呈現出活躍感。光是看到他的動作，不論小孩還是大人都會露出微笑。要逗人發笑真的很難。」

「可是黑澤先生，我看你臉上不帶半點笑意呢。」
「以前有一部短劇，叫做《發薪日》（Pay Day）。」
「是卓別林的電影嗎？」
「當中有一幕是卓別林在工地疊磚塊，可說是神乎其技。那是很精采的一幕。然後……」
「那麼，請你也發揮神乎其技的本事，快快將那幅畫物歸原處吧。」
「我講的不是這件事。」

星期二

東京的這條住宅街相當高級，就算瞞著不讓黑澤知道市街的名稱，他也一看便知。那一整排的房子外觀顯得氣派豪華，而且建築本身就像抬頭挺胸般，散發出一股不凡的威儀。仙台倒也不是沒有這種房子，但是這種豪宅集結的情形頗耐人尋味。不過，就像電影裡身材高挑的演員站在一起，結果反而完全不會給觀眾高挑的感覺一樣，坐落在這高級住宅區裡，豪宅的氣派全被四周的房子給掩蓋，這也是不爭的事實。

他迅速翻過屋子的外牆，繞過庭院，來到屋內後門。身上穿著拉鏈式的黑色運動衣加黑色長褲。

他知道這裡有個通往廚房的後門，但還不清楚鑰匙孔的形狀。那是雙盤簧鎖，是為了防範歹徒強行撬鎖所開發而成，儘管如此，樣式卻很老舊。黑澤略微鬆了口氣。如果是這種鎖，還難不倒他。

他戴上眼鏡，手伸向黑框眼鏡的鏡框，朝眉間裝設一個小LED燈。儘管雙手忙著作業，一樣能照亮前方。他使用器具來解門把的門鎖。

這次的行動真沒意義，黑澤如此暗忖。如果是一般的闖空門，那是為了增加收入，而從有錢人家裡拿錢。但這次就只是「把畫從右邊移往左邊」。

然而，既然決定要做，就只好乖乖做了。久喜山那嘻皮笑臉的表情浮現腦中。那是握有別人弱點，瞧不起人的笑臉。

成功開鎖後，黑澤暫時離開後門，回到圍繞庭院的那面圍牆。有個他事先從上方垂吊而下的盒子。那是寬一公尺、厚五公分的正方形包裝盒。裡頭裝著一幅含畫框的畫。

在月光的照耀下，一身黑衣的黑澤，行經讓人聯想到卵越橘的庭院樹木旁，捧著那個包裝盒，返回後門。

從解鎖後的後門走進屋內。腳下穿的是他闖空門時常穿的白布襪。只要用手一拍，便能除去泥土和髒污。

他躡著腳在走廊上行走。

儘管走進屋內，他一樣不開燈。只靠眼鏡上方的LED燈照明。黑澤輕輕放下畫盒，從裡頭取出那幅畫。

這是個擺滿收藏櫃的房間。陳列了許多不知道有沒有價值的物品。

房內的牆上掛著另一幅畫，是一名白髮蒼蒼的老婦人肖像畫。這種東西的價值還真難判斷呢，黑澤雖然心裡這麼想，但同時也想起自己小時候讀過的一本小說，就是以這樣的老婦人當主角。老婦人在一場名為「星期二晚間俱樂部」的聚會中一一解開未破案的案件[16]。

黑澤這才發現今天也是星期二。

接著他卸下背上的背包，從裡頭取出攝影機。他調整按鈕和鏡頭，環視室內，找尋適當的設置場所。

為了事後讓久喜山看他工作的模樣，以此當證據，他得全程錄影才行。

最後他將攝影機塞進層架裡。調好角度後，按下錄影鈕。

接著取下肖像畫，擺在腳邊。改為抬起他帶來的那幅畫，掛向牆上的掛鉤。他調整畫的傾斜度，不讓它顯得歪斜。

這樣就行了，他後退一步，仔細端詳那幅畫。在昏暗中無法掌握全貌。這是知名畫家的畫作，所以應該是很傑出的作品吧，但黑澤對此不感興趣。

攝影結束，他將攝影機收進背包裡，該做的事都已做完。

再來只要順著原來的路線離開就大功告成了。

他小心不發出腳步聲，躡腳而行，這時，黑澤闖空門訓練出的獨特嗅覺，對最裡面的房間產生了作用。他心想，如果有值錢的東西，應該就放在這裡頭。

走進一看，房裡擺滿了書架。裡頭有個金庫。

他走近後蹲下身，以戴著手套的手指轉動轉盤。此時他作了個判斷，如果能順便撈點錢用，那也不錯。都千里迢迢來到了東京，若是入寶山而空手回，感覺多空虛啊。

黑澤就像在與金庫對話般，全神貫注於轉盤發出的聲音。過程中，他也曾想過室內會不會裝設防盜監視器，視線朝房內掃過一遍，但沒能發現。

星期三

「其實那個房間裡裝設了防盜監視器。」久喜山就像在壓抑心中的欣喜般，如此說道。「所以你在金庫前解鎖的模樣，都被拍下來了。」

黑澤沒說話，就只是像認輸般，雙手一攤。

這裡是仙台車站的西門出口，一整排剛蓋好的低樓層大樓裡頭某家咖啡廳的桌位。

「你在仙台有小三嗎？」黑澤喝了一口咖啡後說道。

「什麼？」

「我只是猜想，你仙台來得這麼勤，可能是有小三吧。」

「你在胡說什麼啊。只要能見到黑澤先生你，不管是一週來一次，還是兩天來一次，我一樣都會來。」

隔壁桌的年輕男女正在談論剛買的ＣＤ。「為什麼ＣＤ的發售日都在星期三呢？」

16. 此書為阿嘉莎．克莉絲蒂的《十三個難題》（The Thirteen Problems）。

聽到他們的對話，黑澤很感興趣，但可惜聲音太小，聽不清楚。

他望向桌上的筆電。這是久喜山帶來的，上頭開啟的畫面中正播放著黑白影像。黑暗中有個人影在移動，顯然正是黑澤本人。

「其實這戶人家的屋主，是和我過從甚密的一對老夫婦。」

「你故意騙我潛入這戶人家是嗎？」

「我萬萬沒想到你會打開金庫，拿走裡頭的錢。」

你明明打從一開始就是這麼盤算──黑澤很想回他這麼一句。

「總之，那對老夫婦和我交情不錯。」

「交情不錯是吧。」

「是在某個電視節目的拍攝過程中認識的。」

「是蕎麥麵店嗎？」黑澤腦中浮現之前從中村那裡聽說的某件事。

「什麼？不對，為什麼你會說是蕎麥麵店？」

「你們交情不錯，然後呢？」

「我常去叨擾他們。就像一家人一樣。」

「這項資訊，你為什麼不一開始就告訴我呢。」

「前些日子我去拜訪他們時，他們裝設了防盜監視器。不過，是小型的監視器，也就是有紅外線夜視功能，一感應到會動的東西就會錄影的那種。」

「錄下的影片是存在記憶卡裡嗎？」

「是的，可以用電腦讀取。」

「那種監視器有那麼容易買到嗎？」

「現在已經是網路購物的時代。所以我幫那對老夫婦買來裝設，替他們看守金庫。」

「他們真該感謝和你有這樣的好交情。」

「應該說是好矯情。」

黑澤露出銳利的眼神，靜靜注視著久喜山。

久喜山蹙起眉頭。「這是以同音想出的冷笑話，不好笑嗎？」

「還不錯。」

「總之，我去拜訪他們時，取回防盜監視器裡的記憶卡，存下了這段影片。」

「不過，這種畫質不適合在電視上播放吧？」黑澤聳了聳肩。影片裡拍到他弓身蹲在金庫前轉動轉盤的身影。那是他從打開的金庫裡取出大把鈔票，從現場離去的畫面。前後連一分鐘的時間都不到，但久喜山一再地重複播放。

「雖然不能用在電視上，但有它的價值。」

「例如呢？」

「黑澤先生，這樣我們不是可以進一步拉近彼此的關係嗎？」

「如果換成流行語，也就是說我們可以變得更麻吉嘍。」

「先不管用語。你看，這對夫婦還沒發現錢被偷的事。因為他們很少會打開金庫。」

「那你告訴他們不就好了嗎。」

「問到重點了。我既不能叫這位屋主去確認金庫，也不能將這段影片送交警局，或是交給電視台的報導部門，所以就先來找你商量了。這點請你好好想一想。」

「真是感激你啊。」

顯而易見地，久喜山把這段影片當成高額借據般小心保管，想以此踩在黑澤頭上。他想藉此占有優勢，加以控制，然後好好活用。要活用什麼？想必是黑澤闖空門的技術吧。「不過話說回來，我之所以會潛入那戶人家，也是你唆使的吧？」

「我到時候會說『我萬萬沒想到他竟然會從金庫裡偷錢』。」

黑澤伸手搔頭。「從事電視工作的人，頭腦真好。」

久喜山一臉陶醉地點著頭。「黑澤先生也是，雖然以闖空門為業，卻有好頭腦。」

「我不是說過嗎，我和那位闖空門的黑澤是不同人。」

「裝什麼蒜啊。」

「今後我在工作時，會多注意監視器。」

「這樣很好啊。人最重要的就是學習，避免重蹈覆轍。」

星期四

黑澤向櫃台租了根釣竿，拎著裝有魚餌的盒子和魚簍，朝長椅走去時，發現有名男子正從鉤到的鯉魚口中取下魚鉤。是中村。

「介紹你的酒店，你都不去，但我告訴你的這處釣魚塘，你倒是很感興趣，真是個怪人。」中村以驚訝的口吻說道。「你愈來愈像史納夫金[17]了。」

「酒店小姐是利用男人的戀情做生意。」黑澤此話一出，中村已察覺他在玩文字遊戲，就此露齒而笑，接話道：「而這裡只有鯉魚對吧。[18]」

黑澤朝中村右邊的長椅坐下，將魚簍放入水塘中，朝魚鉤上裝設魚餌。

一開始中村感嘆道，他因為鼻炎病情嚴重，去了一趟耳鼻喉科，可是卻休診。「我也找了其他家耳鼻喉科，但全都休診。星期四休診的情形很普遍嗎？」

「也許自行開業的醫生很多都是這麼做。」

「是因為什麼緣故嗎？」

「緣故？」

「像是為了沐浴淨身，而選擇星期四休息之類的。[19]」

「我不知道醫生是不是喜歡這種冷笑話。」

接著有一段時間，兩人都專注地釣魚。

「上次那位做電視節目的人怎樣？」當兩人的魚餌都被吃掉，重新朝魚鉤上裝魚餌時，中村如此問道。

17. 卡通《嚕嚕米》裡的人物，是個喜歡哲學思考的流浪者。常吹口琴、釣魚，到世界各地旅行。
18. 日文中的「戀」和「鯉」同音。
19. 日文的星期四為「木曜日」，而「木曜」與「沐浴」同音。

「做電視節目的人？」

「喂喂喂，」中村苦笑道。「你不要緊吧？這麼重要的事都能忘啊。真不像你。」

「這樣不像我嗎？」

「我說的是久喜山。久喜山的情況怎樣？」

黑澤思考片刻後回答道：「那個男人不好惹。他將我闖空門的情況都錄下來了。」

「錄下來？你連有電視台的人在場都沒發現嗎？」

「是防盜監視器錄下的影片。」

「哦，原來是那個啊。」中村似乎覺得有趣，咧嘴而笑。

「對了，前一陣子我去了那家蕎麥麵店喔。」黑澤說。

「那家蕎麥麵店？」

「你之前不是告訴過我嗎？久喜山製作的那個節目。」

「哦，老闆以前是藝人的那家啊。」

「久喜山這個電視節目製作人，正在四處打聽你喔！」一個月前，第一個告訴黑澤這個消息的人，正是中村。

當時中村還告訴他一件關於蕎麥麵店的小插曲。

那家蕎麥麵店的老闆原本是位藝人，但因為一直紅不起來，索性結束演藝活動，在一家蕎麥麵老店學習，並獲准開設分店。

久喜山採訪這家蕎麥麵店和老闆後，濃縮成一個小時的紀錄性節目。與其說是久喜山自己的企劃，不如說是被迫這麼做，所以久喜山的做法相當隨便，而且很不老實。久喜山可能是心裡料想，老闆是個一板一眼的人，要是就這樣拍攝的話，結果當然會是一部中規中矩的紀錄片，所以途中他做了個惡作劇。

「其實也沒什麼，就只是裝設隱藏式攝影機。偷偷拍攝老闆準備蕎麥麵的過程。」

中村擺出單手拿攝影機的動作，如此說明道。「他偷偷在店主身邊準備一個陷阱。」

「陷阱？」

「他故布疑陣，放了一本滿是裸女照片的成人雜誌，就像是客人忘記帶走似的。說起來，很像是高中生會做的惡作劇。」

「如果這樣就能做出有趣的節目，那也未免太輕鬆了吧。」

「事實上也真的很輕鬆啊。」

後來出現了令久喜山開心不已的發展。偷拍畫面中出現老闆神情慌亂地翻閱雜誌的鏡頭，看得相當入迷。那是很微不足道的畫面。既沒做什麼違法的行為，也不至於遭受什麼道德批判，真要說的話，只算是個會令人莞爾一笑的場面。但久喜山卻將那個畫面剪接得滑稽可笑，在電視上播放。

「店裡的顧客，原本應該有不少人都很支持這位為人嚴謹又忠厚的老闆。而且他又是在看完色情雜誌後才開始揉蕎麥麵，所以會給看過影片的人留下不乾淨的印象。」

「其實根本沒半點關係。」

「沒錯。看過色情雜誌後做蕎麥麵，又不會引發食物中毒。不過，做生意最重要的就是給客人的印象。」
「是啊。」
「電視上還加了類似『來碗色情蕎麥麵』的吆喝聲。結果那家蕎麥麵店就此商譽受損，客人都不再光顧了。老闆大為震怒，直嚷著要告久喜山，但電視台當然不予理會。因為久喜山原本就沒罪。」
「雖然存有惡意，但是無罪，同時也無情。」
「那家蕎麥麵店的老闆原本是藝人，這件事應該也是促成久喜山這麼做的原因。」
「這話怎麼說？」黑澤問。
「想必他心裡想，既然你是藝人，應該能接受這種有趣的演出吧。」
「對方就是不適合走演藝圈，才改做正經的蕎麥麵店，不是嗎？」
由於聽過這件事，當黑澤第一次與久喜山見面，在決定見面場所時，得知久喜山指定那家蕎麥麵店，黑澤頗為驚訝。因為他在腦中想像，久喜山與那位蕎麥麵店老闆現在就算還不至於到形同水火、對簿公堂的地步，但肯定是不想再看到彼此。
「真不知道他到底在想什麼。」中村側著頭納悶。「久喜山這個人真有那麼遲鈍嗎？」
黑澤說出自己的推測。可能是久喜山明知蕎麥麵店老闆很恨他，還不時會到那家店去。這不是為了贖罪，而是他猜測對方想忘掉那不愉快的回憶，重新出發，因而故意前來露臉，讓對方陷入陰鬱的情緒中。他來店裡吃蕎麥麵，就是客人，而一板一眼的老闆，總是會畢恭畢敬地接待客人。可以說，久喜山至今仍在玩弄對方。

「這樣根本就是刻意騷擾嘛。」

「可能他的個性就是喜歡踩在別人頭上吧。他好像不時會帶許多電視相關的從業人員，到那家蕎麥麵店設宴。換句話說，他並不是奧客。」

「這又是他奸詐的地方了。這種做法最討厭了。」中村直喊討厭，就像全身長濕疹般，做出搔抓的動作。

「我和久喜山去那家店時，蕎麥麵店老闆的兒子也在，他趁久喜山離席時，跑來對我說——真搞不懂那位電視台的叔叔是好人還是壞人。」

「你怎麼回答他？」

「我忘了。」

「哎呀，其實老闆的兒子好像也吃了不少苦。孩子們其實很殘忍。他們可以若無其事地拿他父親的事來嘲笑他。事實上，我還聽說有人對他兒子講『你幹嘛不轉學呢』。」

「你竟然連這個都知道。」

「我調查過。」中村得意洋洋地說道。「久喜山這傢伙教人看了就有氣，而且又很可疑。對了，他這次好像打算要讓蕎麥麵店老闆和他兒子組成搭檔，在電視上演出。」

「什麼搭檔？」

「應該不會是什麼多高尚的搭檔吧。而且那位老闆最近又缺錢，只要有錢賺，他可能會答應。」

「原來如此。」

「久喜山這傢伙真可惡。真想給他好看。」

「嗯，如果是這樣的話。」黑澤這時談到那幅名畫的事。

中村面露喜色。「美術品神不知鬼不覺地出現在久喜山家中？而且還是別人的收藏品是吧。有意思。就算是他，遇上自己的事，也不敢登上新聞。」

黑澤手握釣竿，微微聳了聳肩。「看來，你好像很討厭電視呢。」

「黑澤，那你喜歡嗎？」

「我從來沒想過自己是喜歡還是討厭。可能因為我不太看電視，所以也不會覺得生氣。」

「電視明明有很大的影響力，但他們卻不深入細想其帶來的效果，令人生氣。」

「舉例來聽吧。」

「例如小貓熊只要用雙腳站立，電視上就會大肆炒作。」

「小貓熊不是原本就會採那種姿勢站立嗎？」

「沒錯。每隻小貓熊都有可能站立。只不過，經過電視這麼一播，小貓熊頓時人氣大增，自然就造成了狂熱。」

「狂熱是吧。」

「另一方面，每年都增加許多愛滋病患者，但這都不會成為什麼熱門話題。要是一個沒處理好，搞不好還有人會以為『愛滋病已逐漸銷聲匿跡，成了過去的一種疾病，好險』。」

中村還說，那些爆發醜聞的企業老闆，在攝影鏡頭前講得慷慨激昂，或是做出一些無法理解的言行，這些都是電視台的最愛。「這和偷拍到一板一眼的蕎麥麵店老闆在翻閱色情雜誌的情況是一樣的。」

有些部分黑澤能理解，有些部分則無法同意。「就我來看，電視其實是這樣的。它會播搞笑短劇，也會放音樂。而且是為了不特定的多數人而播放。在提供最大公因數的原則下，認真投注心血。這也是很辛苦的工作。」

「你站在它那邊嗎？」

「不，不是。」黑澤如此回答，並開始分析自己的想法。「我不懂別人的心情和善惡。我就只是希望能公平。就算要批評對手，也會先考量對手的情況。」

「是這樣嗎？」

「只要隨時問自己這樣一句就行了。『如果我站在對方的立場，能做出正確的事嗎？』要是覺得『我辦得到』，那就可以毫不留情地加以批評。不過，要是覺得『如果站在同樣的立場，我可能也會和他一樣』，那就不該妄加批判。」

「聽起來似懂非懂。」

「如果只是站在安全地帶來挑剔的話，那就只是個不懂謙虛的評論家。」

「你真這麼想？」

「這一直都是我的處世標準。」

「公平競爭固然不錯，可是黑澤，久喜山是個很狡詐的傢伙，頭腦又好。要是不對他防著點，保證有你好受的。話說回來，你這次不是被他拍到畫面了嗎。電視台的人最習慣用影片來耍這種陰險手段了。」

「這也是你的偏見。」

「可是……」

「下次我會小心的。」黑澤道。

「你已經被拍到了，應該沒有下次了吧。現在一切都太遲了。這正是所謂的亡羊補牢，為時已晚。」

「或者該說是臨渴掘井。」

「你最好先安分一陣子。至少別再闖空門了。」

「我最近正打算做另一件事呢。」

「勸你最好打消念頭。這樣會正中久喜山下懷，到時候又會被他偷拍喔。你指的是什麼工作？是剛才你提到的，關於久喜山那幅畫的事嗎？」

「就是那件事。」

「聽好了，你是個聰明人。但這可能會要了你的命。有人說『驕傲的人所擅長的領域，往往會有破綻』。」

黑澤靜靜注視著中村說道：「這句話已經普及化了嗎？」

星期五

大樓入口處設有保全系統，若不按下房間號碼解鎖，便無法進入。不過保全公司備有緊急進出時使用的密碼。只要知道這個密碼，便可輕鬆潛入。

黑澤穿上宅配業者的制服。一般人的印象，宅配業者似乎不會過了晚上九點還在工作，但也不會因此投以異樣的眼光。關於背上的背包，也只要擺出正大光明的模樣，說這是宅配業的新型搬運工具就行了。房間位於最深處。由於知道屋內現在沒人，所以沒有時間上的限制，不過他希望儘可能避免與同一樓層的住戶打照面。

星期五晚上，應該會有不少人到鬧街玩樂，很晚才返家。

黑澤使用工具撬開門鎖。有時他覺得，這就像是整體師要將人體內的凝塊一一化解開來一般。門應聲開啟。

比整體師更容易知道結果。

他知道屋主已外出旅行。他脫好鞋，走進屋內。打開嵌在黑框眼鏡上的ＬＥＤ燈。只要檢查過幾個房間後，他便能推測出哪裡放有屋主的資產這類的東西，而能將這些資產換成紙鈔的存摺和印鑑又是藏在什麼地方。

他猜是放在位於客廳深處的那間寢室。

牆邊有個衣櫥。打開門一看，裡頭出現一個小金庫。

黑澤感覺到心裡有股小小的幸福感就此亮起。

他總是認為，人們的原始欲望中有著「渴望幸運之心」。這種追求「抽中大獎的快感」，是一種本能。也許是源自於數千年前，在狩獵的過程中解決獵物時的成就感。沉迷賭博也是一樣的道理，與追求幸運的想法息息相關。記者率先搶得獨家新聞時的快感，以及設陷阱害人，因而搶在對方前頭時的喜悅，一定也是類似的感覺。「很好！」因為幸運降臨自己身上，腦內就此分泌快樂物質。

他用撬鎖工具打開金庫時產生的小小達成感，令平時沒什麼情緒起伏的黑澤感到一陣愉悅。

他從金庫裡取出現金後，把門關上。雙手捧著厚厚一疊鈔票，站起身走向一旁後，先暫時把鈔票擱在地上。

接著他轉身走向一個邊櫃。那裡有個模樣像一般鬧鐘的擺飾。由於它發出像豆粒般大的亮光，黑澤一看便知道那是使用紅外線的防盜監視器。

果然設有監視器。

雖然早已料到，但黑澤還是頗為驚訝。

確認過防盜監視器的角度後，他捧著紙鈔，再次走向金庫前。

為了再次出現在鏡頭前。

他打開門，將腳下的紙鈔放回金庫內，把門關上。

紙鈔再度物歸原處。

他蹲下身轉動轉盤。剛才打開過一次，所以現在很快就能解鎖，但他假裝費了一番工夫。

接著他戴著手套拿起防盜監視器。

將監視器電源關閉後，拔出上頭插著的記憶卡。裡頭應該有錄影資料的存檔。

黑澤不發一語地敲打著鍵盤。他以編輯軟體開啟防盜監視器錄下的影片檔。

播放後可以看出，剛才監視器拍到黑澤的背影。那是昏暗的黑白影像，但可以清楚看出他在轉動金庫轉盤的模樣。

他俐落地完成影片編輯的工作，刪除當中不必要的部分。

存檔結束後，覆蓋了記憶卡上的檔案。

再來就只剩將記憶卡插回防盜監視器內了。黑澤重新開啟電源，確認紅外線燈亮起後，就此離開房間。

星期六

「喏，黑澤先生，像這樣存檔後，加工過的影片就完成了。」大西若葉說道。

這是位於仙台車站東門出口的釣魚塘附近，一家飯店的交誼廳。剛才詢問「今天是星期幾」後，大西回答「是星期六」，接著又說：「法蘭索瓦．楚浮（François Truffaut）的電影《情殺案中案》（Vivement dimanche!）原作，是一部名為《逃離星期六（The Long Saturday Night）》的小說，這你知道嗎？」

對此不感興趣的黑澤就只是隨口附和，而大西又接著道：「我很喜歡那部小說呢。那位幫助主角的秘書真的很酷。尤其是最後一句台詞，令人回味無窮。但電影所呈現的氣氛卻完全不是這麼回事，只記得那位有雙美腿的女星，以及最後電話亭的那一幕。」

「先不提這個，快教我影片加工的方法。」

黑澤望著大西打開筆電，操作上頭的編輯軟體。他在腦中搜尋自己認識的人當中誰精通電腦，結果浮現腦海的正是大西。

「如果將這裡的播放速度變慢，就成了慢動作影片。」大西如此說道，移動畫面上的滑桿，調整數值，「如果將它調小，將速度變成負的話……」

「會怎樣？」

「就會變成倒帶。」

「原來如此。」黑澤伸手搔著鬢角，顯得若有所思。「影片可以倒著播放是吧。」

「沒錯。也能以倒帶的方式存檔喔。」

黑澤之後操控著電腦，複習大西教的操作方式。操控得極為流暢。

「你手真巧。黑澤先生，好像什麼都難不倒你呢。你的記性和直覺都比一般人來得強。」大西一臉感佩。「你是有什麼計畫嗎？」

「才不是什麼計畫呢。」

「你想用電腦對影片動手腳對吧。」

「我這是自我防衛。」

「自我防衛？」

「前不久，有個男人一直在打聽從事我們這種工作的人，妳知道嗎？一名電視製作公司的男子。」

「嗯……好像聽過，又好像沒有。」

「那名男子之前企圖和我接觸。」

「要你上電視嗎？黑澤先生，你要是上電視節目可就糟了。到時候會突然爆紅，跑來一大堆粉絲，聚在你面前。」

「釣魚塘裡的鯉魚就沒聚在我面前。」

「人類的女人可是很容易上鉤的。」大西年紀尚輕，模樣秀麗，但此時說話的口吻活像是個中年大叔。

「那名從事電視工作的男子，名叫久喜山，他並不是想要我上電視。不，一開始他對我說『可以請你在電視節目裡表演闖空門的技術嗎』，我拒絕了他。」

「你承認自己闖空門的事嗎？」

「怎麼可能。不過，就算我拒絕久喜山，他還是不以為意。接著開始閒聊了起來，談到一對住在仙台市某大樓裡的老夫婦。說什麼他們常出外旅行，現金都放在金庫裡。那擺明著是在暗示我『你可以鎖定他們喔』，唆使我下手。」

「誰會上這種當啊。更何況是黑澤先生，你才不會乖乖照他的話去做呢。如果是我家的今村，可能就會一口答應。」她提到目前和自己同居，與黑澤是同業的那名男子。

「不過，我倒是想照他的話去做。」

「什麼？」

「其實我也可以躲著不理他，但我想將計就計，故意中他的陷阱。照這個樣子來看，他應該是會在那戶人家裝設監視器。打算拍下我的畫面。」

「以帥氣闖空門特集的方式播放嗎？」

「特集的名稱是什麼，我不知道，不過他可能會用那段影片來威脅我，或者報警。如果久喜山這個人夠狡猾，就會採取前者的做法。如果是個性善良，而又擁有正義感的一般市民，則會選擇後者。不論是何者，對我來說都是麻煩事。」

「既然你知道，還這麼做，到底是在打什麼主意？」

「妳剛才教我的影片編輯，到時候會派上用場。」黑澤說，要是到時候發現防盜監視器，就會對影片進行加工。「我會留下我從金庫裡偷錢的影片。久喜山看了，一定會像是立了大功般，以高傲的態度向我出示那段影片。但如果那是我倒帶編輯過的影片，結果會是怎樣？」

「倒帶的影片？」

「我只是把錢放進金庫裡，為了讓它倒帶播放，刻意做得像是在偷東西一樣。如果是這樣的話……」

「那就不是搬錢出來，而是把錢放進金庫裡的畫面，是這樣嗎？這樣確實很有意思，不過……」大西皺起眉頭。「這樣就能和他對抗嗎？」

「他以為這是偷竊的影片，但其實是把錢放入金庫的影片。要是被我點出這件事，他應該會大感慌亂吧。」

「也許會認為自己被反將一軍，不過，就算你沒偷錢，還是留下擅闖民宅的證據。無法證明自己完全清白。到頭來，對方還是踩在你頭上。」

「我還會再準備一個令他傷腦筋的影片。」

「令他傷腦筋的影片？」

「那就是我替久喜山行竊的影片。也就是說，我們是共犯。」

「那是什麼樣的影片？」

「我現在所構思的，是我偷來某個昂貴的物品，帶進久喜山家中的畫面。不久前，我從你們的上司那裡得知某位美術收藏家的住處。」

「我的上司？中村嗎？拜託，我才不是那個傻瓜集團的一員呢。」

「妳從那裡畢業了嗎？」

「我根本沒入學，哪來的畢業。」

「簡單來說，我下禮拜會從東京那位美術收藏家的家中偷來美術品，應該是名畫之類的，然後偷偷擺在久喜山家中。看準他外出工作不在家的日子，搬進他的住處裡。因為他很少回家，所以多得是機會。等到某天他回家後，看到那幅失竊的名畫在自己家中，應該會很愉快吧。」

「黑澤先生，你要自己錄下這樣的影片是嗎？」

「如果久喜山只是在我面前擺出盛氣凌人的姿態，那就算了，但要是他敢威脅我，我就把一切全說出來。就說，金庫的影片是倒帶而成，而我之所以偷美術品，也是久喜山委託我這麼做的。」

「他可能會生氣地大吼，說這樣的委託是你自己捏造的。」

「應該是會生氣吧。」黑澤像是個惡作劇的孩子，以天真的口吻如此回答後，接著補上一句：「這就得看第三者會相信誰了。」

「相信誰？」

「把偷來的畫搬進久喜山家中，這對我有什麼好處？應該沒有吧。」

「你只是負責搬運對吧。」

「如果是搬家業者倒還另當別論。既然這樣，說這是『受久喜山之託闖空門，搬運那幅名畫』，這樣還比較有真實感。法律上會怎麼看，我不知道，但這種事要是傳出去，久喜山的信用可就大打折扣了。」

「這樣很複雜呢，你真的要這麼做？」

「像這樣大費周章，至少可以讓他了解，我這個人不好惹，日後可能就不會再接近我了。」

「利用影片來對付一位在電視製作公司靠攝影為業的人是吧？」

「要是有這麼一句諺語也不錯。」

「像是驕傲的人所擅長的領域，往往會有破綻。」大西即興地說道。她似乎很喜歡這句話，臉上散發著光彩說道：「真希望這句話可以成為流行語。」

「一些補習班的牆上好像都會貼這句話。」

大西將筆電收進包包後，對黑澤道：「對了，說到倒帶，他前一陣子剛好看了一部風格雷同的電影呢。」

「風格雷同？」

「故事的場面採時間倒轉的方式呈現。例如一開始是現在的場景，接下來則是一年前的場景，再來是五年前，一路回溯過去。」

「這樣觀眾能理解嗎？」

「因為打從一開始就知道是這樣的電影。如果在看之前不知道，或許會被搞迷糊。不過看了應該就會明白。」

「哪一齣電影？」

「好幾齣呢。最有名的是克里斯多福・諾蘭（Christopher Nolan）的《記憶拼圖》（Memento）。還有加斯帕・諾（Gaspar Noé）的《不可逆轉》（Irréversible）、法蘭索瓦・奧桑（François Ozon）的《愛情賞味期》（5x2）也都是。韓國電影《薄荷糖》（Peppermint Candy）也是。」

「妳可真清楚。」

「他一次全看齊了。男人就是喜歡分類。蒐集，分類，然後作成地圖。」

「日後這可能也會成為一句諺語。」黑澤說完後接著道：「說到電影，卓別林有一部作品。」

「黑澤先生，你也看卓別林嗎？」

「當然看啊。」

「啊，你們還真有點像呢。」大西說話的語調為之一變。

「我像卓別林？」

「你們都很沉默寡言，而且都很適合穿黑衣。」

「可是我不會逗人笑。」

「也是啦。」

「在《發薪日》這齣電影中，有一幕卓別林疊磚塊的場景。」

「疊磚塊？」

「他站在高處疊著磚塊。位於下方的同事不斷朝他丟磚塊，而他像變戲法般一一接住，堪稱是神乎其技。」

「卓別林有這麼厲害嗎？」

「那也是倒帶。」

「咦？」

「將由上往下丟磚塊的影片倒轉。這麼一來，就成了一部將由下往上丟的磚塊全都完美接住的影片了。」

「真是個好點子。和你這次要做的事，是同樣的手法呢。」

「不過卓別林不會用電腦。」

星期日

蕎麥麵店裡的客人空空如也，但剛吃完冷蕎麥麵的黑澤，肚子可沒隨之空著。桌上擺著端盤，裡頭有竹篩、茶碗、蕎麥杯，一旁擺著久喜山的名片。

剛才久喜山的智慧型手機響起，他對黑澤說：「黑澤先生，我得打通電話回公司，不好意思。」就此走出店外，一直沒回來。

雖然兩人才第一次見面，但黑澤已明白久喜山是個不好對付的男人。剛才久喜山問他「可以請你在電視節目裡展現闖空門的技術嗎」，但那並非他的真心話。他一定別有所圖。

沒看到蕎麥麵店老闆。從店內傳來揉麵的規律聲。

現在雖然是星期天中午，店內卻沒什麼客人。

之後走來一名像是小學高年級生的少年。他小心翼翼地端來某個東西說道：「這是蕎麥湯。」似乎因為今天是星期天，他在店裡幫忙。

黑澤向他道謝，少年低頭回了一禮。接著少年低聲問道：「大哥哥，那位電視台的大叔是你朋友嗎？」

雖然已不再是被人叫「大哥哥」的年紀，但黑澤懶得否認，就只是回了一句：

「不，我和他今天第一次見面。」

「我爸爸老被那位大叔欺負，我在學校也被同學嘲笑，日子過得好慘。」

「是因為電視的關係嗎？」

「電視真是可怕。」少年以老成的口吻說道。

「那位電視台的大叔常到你們店裡嗎？」

「是啊。雖然我爸爸很討厭他，但偏偏又不能趕他走，而且他也都會吃蕎麥麵。那位電視台的大叔真不知道是好人還是壞人。」

黑澤倒著蕎麥湯，對少年說道：「好人也有壞的一面，而壞人也有好的一面。所以真要說的話，那位大叔算是……」

「怎樣？」

「讓人覺得不舒服。」

黑澤只是說出自己心中的感受，但少年聽了很開心，高聲地重複他的話：「說得對，讓人覺得不舒服。啊，對了。」

少年先返回店內，接著旋即又走出。

「這是我在放學回來的路上得到的。」少年出示手中的紙。「呃……是星期五的事。」

「星期五是吧。」黑澤極力想憶起今天是星期幾。

「啊，是之前的星期五。不是下禮拜。」

「這我知道。下禮拜是未來的事。」

「是啊。有個猜謎不知道你知不知道？『星期一吃了蛋糕。但星期二蛋糕卻還在。這是為什麼？』」

「因為又做了個蛋糕是嗎？」

噗——少年開心地發出答錯時的音效聲。「因為它雖然是星期二，卻是上禮拜的星期二。」

「原來是這麼回事。」黑澤如此應道，心想，就算把星期擺在一起，也不知道是前進還是倒回。接著他望向掛在牆上的月曆。星期一的右邊是星期二。但如果倒回一週，以月曆來說，亦即往上一格，則同樣是星期二。還能每次間隔六天，以星期一、星期二、星期三這樣的順序回溯。「對了，你得到什麼東西？」黑澤指向少年手上那張紙。

那是從素描本上撕下的一張紙。

上頭大大地畫著少年的臉，可能是以鉛筆畫成。

「上禮拜有位老爺爺坐在車站附近，是位滿頭白髮的外國人。我分了一半的肉包給他，結果他就畫了這張圖給我。這好像叫做大頭畫對吧？」

確實是大頭畫沒錯，但構圖風格獨具，黑澤深受它的筆觸所吸引。它鉛筆的濃淡具有引發人們想像力的一股氣勢，不光是臨摹實物，當中還帶有一點幽默感。

黑澤心想，路邊畫大頭畫的畫家還真不能小覷呢。他告訴少年：「這幅畫要好好珍藏喔。」

蕎麥麵店的店門開啟，久喜山返回店內。

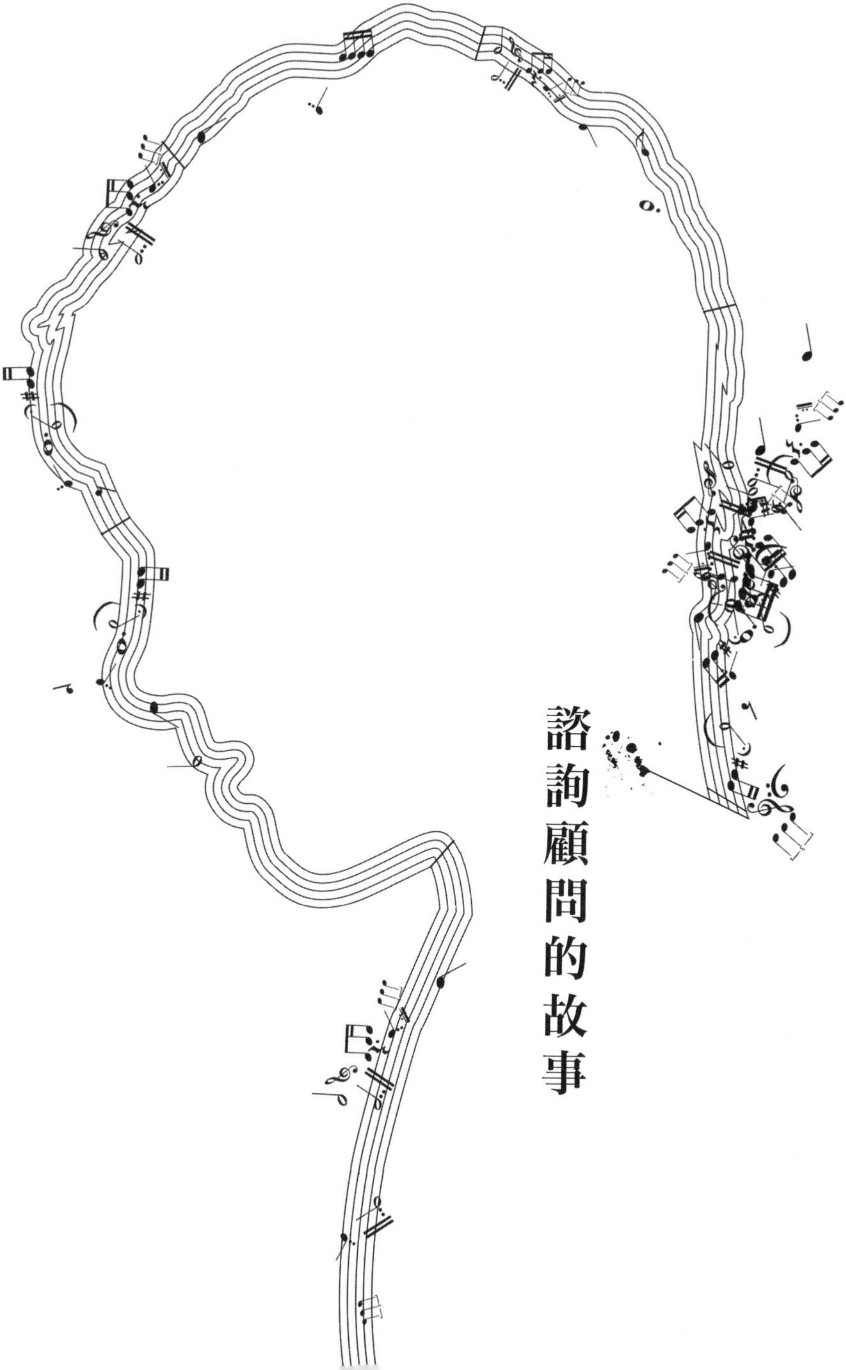

諮詢顧問的故事

我對他沒什麼好感，所以聽他說話時，我大多是左耳進，右耳出，忙著把玩我剛買的智慧型手機。

「放大畫面要這麼做。」他趨身向前，窺望我正在看的畫面，並伸手碰觸上頭顯示的地圖。

我在位於仙台市市街上的一家咖啡廳裡，與他圍著一張兩人坐的桌位，迎面而坐。自從為了飼養鍬形蟲而搬到位於青葉區西邊山腳下的這棟房子後，我便很少來到仙台車站附近，不過，當我到街上辦事時，都會來這家店，順便在這裡工作。我喜歡店內小巧寧靜的氣氛，但是他一走進店內便環視四周，先是別有含義地哼了一聲，接著補上一句「在這種地方你也有辦法工作啊」。

我聽了之後大感驚慌，生怕這句充滿不屑的話會被店員聽見。

早知道是這樣，還不如去我住的那家飯店的交誼廳還比較好——他如此說道。那是仙台車站前的一家外國人出資的高級飯店，我還沒去過。

「要放大畫面時，要這樣做。」他以食指和拇指放在顯示螢幕上，像要把手指往外張一般，在螢幕上滑動。那動作就像是在確認沾在手指上的糨糊黏性般，狀甚滑稽，但地圖顯示確實就此放大。「想縮小時，要像這樣。」他以類似剛才的手法操作手指，反向往縮小畫面的方向移動。「你從大學時代起，就對電子機器很不擅長。」

我和他實在很難稱得上是朋友。就只有學生時代曾經同班，但所屬的朋友圈不同，彼此居住的市街也相距甚遠。每次在講義棟碰面，他總會狀甚熟稔地跟我打招呼，但他輕佻的言行和自信滿滿的態度，令我不知如何應對，所以我總是隨口敷衍幾句，加以應付。他父親是位大老闆，而且是一家連我也知道的一流企業，似乎已決定由他來接班，在這種先入為主的觀念下，他一些不經意的行為和發言，儘管實際上沒那個意思，但還是不免讓人覺得他為人傲慢，目中無人。不，不就真的是這樣嗎，他確實為人傲慢，目中無人。儘管如此，他卻很有女人緣。也許我是在嫉妒他。

說到我學生時代與他之間唯一的共同回憶，就是在講義棟附近的空地上，因為出現大量飛蟻，教授車子的擋風玻璃上布滿了飛蟻，成了黑壓壓一片，我們兩人一同目睹，對於那同樣形態的昆蟲群聚的駭人景象，全身雞皮疙瘩直冒，一起落荒而逃。

大學畢業後，我們兩人的關係也僅止於每年互寄賀年卡。我甚至在心裡想，為什麼他還要寄賀年卡給我，也該是結束這種往來的時候了，但他總還是會寄賀年卡來交代他的近況，不得已，我也只好隨後補寄賀年卡。

透過印製在賀年卡上的近況報告，我得知他幾年前到他父親的公司上班，之後很快便升任管理幹部。他好像沒寄賀年卡給其他大學同學，所以我一直百思不解，為什麼他獨獨主動與我聯絡。也許因為我不是上班族，而是從事比較特殊的文字工作，所以他才會一直對我很感興趣吧。講得更明白一點，他應該是期待這樣的關係日後能派上用場，這同樣也是我小人之心的推測。

兩天前，他打電話給我。我剛買的智慧型手機上出現未知的電話號碼來電，我在還不習慣如何操作的情況下，慌亂地接起電話後，傳來他那親暱的聲音說道「是我啦」。

他沒報上姓名，就只是說一句「是我啦」，以為這樣就能說明自己的身分，這我實在很難接受。不過，儘管自畢業後就沒再見過面，但我還是一聽就知道「哦，原來是他啊」，這也是事實。

「出來見個面吧。」他說。

我以最近工作正忙為由，加以婉拒，但他旋即改變口吻說道：「可以和我見個面嗎？」

請恕我無法前去見您──我很想這樣回答，但我辦不到，這是我的弱點。這是弱點，同時也是缺點。我很希望有人能這樣對我說。

「你知道那個叫山兵衛什麼的嗎？」

儘管店員端來了咖啡，他卻連瞧也不瞧對方一眼，臉色凝重地別過臉去，對我說道。

他朝我拋來「山兵衛什麼的」這樣一個記憶模糊的名字，完全是出自「我只會提示，思考是別人的工作」這樣的一種心態，教人看了就有氣。但我腦中旋即浮現一個人名。「是山家清兵衛先生嗎？」

「哦，就是他。對了，他是誰啊？」

「你住在仙台，竟然不知道山家的事？」

話雖如此，我也是最近才知道山家清兵衛的事，在仙台的居民中，肯定還有很多人不知道山家清兵衛這個名字，不過，就算這樣挖苦他也不會有事，甚至還會因此得到獎勵呢。

「我現在住東京。」

「這也很令人懷疑。你明明在東京工作，為什麼現在人在仙台呢？」我如此詢問，並說出他現在理應任職的公司名稱。

「啊，忘了說，我換工作了。四個月前到另一家公司上班了。」

我心頭一喜，難道是在他父親的公司裡受排擠，遭眾人嫌棄？但他說是因為他父親的公司成立了一家全新概念的子公司，他去那裡當社長，換句話說，這也只是他一帆風順的人生當中的一個階段，我聽了之後頗為失望。

「那麼，你是為了見我，才專程到仙台來嗎？」

「怎麼可能嘛。」他苦笑道。「我是來這邊的工廠視察。」

「我猜也是。」

「另外，我在這邊有女人。」他笑著道。他的外型和學生時代沒多大差別，教人羨慕得緊。「明天我要和她到這邊的室內體育場欣賞音樂會。」

「原來是這麼回事。」我知道他已結婚，不過我不想提及此事。因為這就像在北美買的ＤＶＤ，用我的影音光碟機無法播放一樣，我們兩人的觀念在規格上截然不同。我語帶挖苦地說道：「誰教你從學生時代就是眾人矚目的焦點呢。」

「也對。」

我朝他射出的挖苦冷箭，別說刺中他了，根本就被他吸進體內，成為他成長的養分。

「總是感覺到別人的視線往自己身上投射，也是很辛苦的呢。」

他到底哪來這麼多自信，實在很令我佩服。甚至心想，要是哪天他寫自傳，一定要好好拜讀一番。

「我心想，你好歹也算是個作家，既然這樣，對歷史應該多少有些了解才對。」

「不，我對歷史一竅不通。」

「你是作家耶。」

「是啊。」

「我看你啊，一定都是用電腦寫稿，所以作品裡用了很多自己原本不會寫的漢字，對吧？」

這我不得不承認。翻閱我自己寫的書，上頭確實滿是我原本不會寫的漢字。如果你是來挖苦我的話，那請你回去——我很想這麼說，但現在我懶得講。

「山家清兵衛感覺就像伊達政宗的家臣。喏，你總知道誰是伊達政宗吧？」

「伊達政宗我知道。」

「山家前往四國的宇和島。」我一面說，一面整理腦中的知識。其實我的記憶也很模糊。「原本是伊達政宗從德川家那裡受封宇和島當領地。」

「仙台藩與四國不是離很遠嗎？」

「那就像是故意整他一樣。」我也點了點頭。「政宗送秀宗前往該地。秀宗原本是政宗留在秀吉身邊的兒子。」

「是政宗留在秀吉身邊的兒子，所以取名秀宗，好隨便的名字啊。」

「以前取名字應該都是這樣吧。而被派去當秀宗的諮詢顧問，也就是前往輔助他的人，就是山家。政宗甚至傳話告訴秀宗，要他把山家清兵衛當作是自己父親，可見對他相當信賴。」

他回了一聲「哦～」聽起來和之前不一樣，那是感慨良深的口吻。本以為他又會說出什麼讓人聽了不舒服的話來，我暗自作好防備，但他卻什麼也沒說。

「山家很優秀。政宗吩咐他『你要好好照顧秀宗，讓世人誇讚他一句——愛護家臣，不讓百姓受苦，不愧是伊達的長子』，而他也一直信守承諾。是個認真勤奮的人。」

「真的嗎？」他聽得直眨眼。

「我騙你幹嘛。你不相信的話，我就不說了。」

「不，我不是那個意思。我只是覺得很像而已。」

我問他誰像山家，但他沒回答。

「總之，山家想重振藩政。而且所需的金額不是從平民那裡課稅，而是降低藩士的俸祿，降低領民的稅率，並進一步削減經費。」

「這麼厲害。就連現今的國會議員也辦不到。」

「現在的國會議員才沒這個能耐呢。」

「結果怎樣？」

「你應該也猜得到才對。深受平民愛戴，但是對官員嚴苛的人，往往會怎樣？」

「這個嘛……」他轉為嚴肅的眼神。「應該會惹人厭吧。」

我點了點頭。

山家清兵衛受藩士排擠，招惹眾怨，進而引來殺身之禍。

「他最後被殺了嗎？」

我發現他的眼神變得不太一樣。

沒錯，他遭人暗殺。

「山家清兵衛在四十二歲那年辭世。我想他一定很不甘心。」

兩個月前，我造訪仙台市內一棟時裝大樓，在頂樓聽人做過這樣的說明。

那棟大樓位於拱廊街中心的位置，從我學生時代起，就是人們約見面的地點，同時也被當作地標，裡頭有許多名牌商店入駐，年輕人絡繹不絕。但我萬萬沒想到頂樓竟然是一座祠堂。半年前在一次偶然的機會下，我搭乘計程車，司機先生告訴我：「你知道山家清兵衛的故事嗎？山家的老家原本就位在這座大樓的位置上。」我才得知此事。

打扮入時的紅男綠女出入頻繁的這棟大樓頂端，有一座神社，祭祀著四百年前亡故的山家，這樣的組合頗耐人尋味。

平時似乎是禁止上這處頂樓，但聽說在一年一度的「三社祭」[20]時會開放，於是當天我和仙台市內出版社的編輯一同前往。

按下電梯內「Ｒ」的按鈕後，來到了頂樓。雖然過去不曾留意，也不曾按過這顆按鈕，但要是在其他日子按這顆鈕，一定不會有反應。話說回來，應該也不會有客人會按這顆鈕。想到這裡，連按鈕的手指也跟著緊張起來。

抵達後一看，上面擺著大型的空調室外機，四周圍著柵欄，標準的百貨公司頂樓樣貌，但裡頭設了一座小神社，這幕光景還是教人覺得很不可思議。那裡站著一名身穿制服的警衛，起初他好像以為我們是誤闖頂樓，但在明白我們的來意後，便對我們說：

「我想，他一定很不甘心。」

「他遇襲時，是和孩子一起睡在蚊帳裡，就此遭殺害對吧？」編輯如此詢問，那名警衛一本正經地回答道：「聽說他事前就已知道襲擊的事。已事先吩咐夫人和女兒逃出屋外。」

當時的山家清兵衛到底是怎樣的心思呢，我一面參拜，一面在腦中想像。說到諮詢顧問，腦中浮現的是長老的模樣，但他才四十二歲，應該還不至於老態龍鍾。

明知有敵人要暗殺自己，卻仍悍然面對嗎？還是說，他把這一切都當作是命運的安排？

「他明明是那樣盡忠職守，卻落得這種下場，真是悲哀。」我說。

「是啊，不過那些兇手最後也都死了，所以這也可說是天網恢恢，或者是邪不勝正。」警衛盤起雙臂，語氣平靜地說道。雖然感覺還不至於到照本宣科的地步，但他那平淡的模樣，就像在陳述大自然的法則一般。

「咦，是這樣嗎？」我和編輯如此反問。

「沒錯。」看警衛的模樣，就像在說：「你們連這種事都不知道嗎？」

20. 由仙台的和靈神社、野中神社、惠比壽神社這三個神社聯合舉辦的慶典。

「山家清兵衛死後，先是首謀在發高燒的狀況下夢囈，招出一切罪狀後，就此嚥氣。而在清兵衛三週年忌日時，突然颳起強風，雷電大作，寺院就此崩毀，只有反對清兵衛的那群人因此喪命。而一直與清兵衛敵對的大將，也在為藩主的正室做法會時，被寺院掉落的橫樑活活壓死。」

「就像詛咒一樣。」編輯說道。

一齣很正當的復仇劇——我心裡作如是想，想起剛才警衛說的那句話「邪不勝正」。

我不知該如何回答，就只是沉默不語，微微聽見風吹過屋頂的聲音。

眼前就是祭祀山家清兵衛的那座祠堂，所以比起之前聽聞的傳說，此時就像親耳聽聞實際的復仇故事般，有種真實感，同時覺得有股寒意在背後遊走。

「之後為了安撫山家清兵衛的亡靈，秀宗在宇和島蓋了一座神社，那就是和靈神社。而山家清兵衛的子孫也在仙台蓋了一座神社，就是這裡。」警衛如此說明道，微微頷首，一副深感認同的模樣。

這就是山家清兵衛相關的基礎知識初級篇，聽完我這樣的說明後，他發出一聲沉吟，顯得若有所思。

「你沒事吧？」我問。

「怎樣？」

「難得我花了這麼寶貴的時間為你做說明，但你感覺好像不太能接受呢。」

「不，我只是心裡想，原來是這麼回事。」

「原來是這麼回事？這話怎麼說？」

「就只是覺得很像。」

「像？」到底是誰像誰？仔細一想，剛才他也說很像。

「最近我周遭發生很多事。咦，你不知道嗎？」

他的詢問過於抽象，而且一副高高在上的口吻，真是受夠了。「發生很多事？到底是發生了什麼事？」

這個嘛——他微微側頭，這模樣看在同是男性的我眼中，也覺得有幾分性感。和大學時代相比，他吸引異性的功力又增進了幾分。而且在財力和頭銜上，也提高了不少，自然更是魅力無法擋。

「我剛才不是告訴過你嗎，現在有家新公司交給我負責。」

「你剛才不是用『交給我負責』這樣的說法。」

「這是言論自由。」他旋即如此應道。應該單純只是反射性地將腦中想到的話說出口吧。「當時我爸想在我身旁安插自己的親信。對方是之前公司的常務，經驗豐富，而且很有人望。」

嗯～連我也明白是怎麼回事了。我喝了一口咖啡後，頷首說道：「你們這樣的關係，確實很像你是秀宗，那位常務是山家清兵衛。」

「沒錯。」

「不過，這樣就要說像，未免也太牽強了吧。第二代接班人就任社長的職務時，諮詢顧問陪在一旁，這也是很常有的事。」

「是沒錯啦。」

他一樣沉著一張臉。

「該不會那位諮詢顧問也被殺了吧？」我這句話並沒有特別的用意。不過，從別人提供的資訊中想出關聯，可說是我的工作，所以我只是當場說出腦中想到的事。

但他卻在那一瞬間顯得怯縮。表情為之僵硬，連想要一笑置之都辦不到，臉上浮現不知如何是好的神色，偏偏他的自尊心又不允許他有這樣的表現。他想喝那杯已經見底的咖啡，手裡把玩著裝有糖漿的容器。

「咦，是真的嗎？」我雙目圓睜，向他詢問。

「搞什麼，原來你是亂猜的。」他微微吁了口氣。「兩個月前，他在深夜返家的路上遭車撞，當場斃命。當時因為天雨路滑，一輛車撞向他。」

我朝臉部肌肉用力。我最怕聽這種有人喪命的事了。雖是素未謀面、毫無關係的外人，卻是原本確實存在的「某人」，如今就此完全消失自我，再也不存在於這世上，我覺得這樣的事實可怕極了。

在他遭車撞的瞬間，他周遭的家人，生活應該會就此完全變調。

「但那是意外吧？不能說這和山家的遭遇一樣吧？」

「其實那不是意外。」他略帶破音地補上一句：「有這樣的傳聞流出。」儘管看得出他心裡的慌亂，但他不可一世的威儀依舊沒變。

「不是意外？」

「磯部是個優秀的人才，他沒依附那些握有權勢的幹部，反而是站在員工那邊，替他們著想。」

「他姓磯部是吧。」

「就和剛才的故事一樣。這樣的人總是惹人厭，因為太一板一眼了。」

「一板一眼也沒什麼不好啊。」

「在成人的世界，這是行不通的。」

「喂喂喂，你該不會說，反對派的人就是因為這樣而想殺害磯部先生吧？」

「為什麼不能這樣說？」

「這樣太不真實了。」

「老是在寫虛構故事的你，哪知道什麼是真實。」

為什麼我得受他批評？「真的不是意外嗎？是反對派的人懷有惡意，殺害了山家先生……不，殺害了磯部先生嗎？」

「有可能是營造成意外的假象。」

此時浮現我腦中的，是在大雨中從背後撞人，充滿惡意的黑影。

「不會是你自己太神經質吧？因為失去輔佐你的磯部先生，讓你變得神經兮兮。搞不好你精神出了狀況。」我語帶嘲諷，但我這並非得意忘形。他聽了之後，撐大鼻孔，目光轉為銳利，朝我激射而來。「告訴你，就算沒有磯部，我也完全沒影響，也不會因此感到不安。」

我心想，沒必要這麼激動吧，接著對他說道：「我再問你一次，你為什麼向我詢問關於山家清兵衛的事。」

他可能是不習慣受人質問，不愉快全寫在臉上。「前不久，磯部的女兒到公司來取回磯部的物品。她是位女高中生，長得還有幾分姿色。算了，這不重要。總之，那女孩對我說：『家父很喜歡山家清兵衛，也希望自己能像他一樣。您知道山家清兵衛嗎？』那女孩雖然長得可愛，但個性一點都不可愛。模樣陰沉。女高中生應該要更開朗些，好好享受青春才對。」

「她父親才死沒多久，會模樣陰沉也是當然的。」儘管知道這樣是白費唇舌，但我還是加以開導。「不過，喜歡山家清兵衛的常務還真是罕見呢。山家清兵衛的知名度遍及全國嗎？」

說來慚愧，我在仙台住了將近二十年，一直到最近才知道他的事蹟。

「我也是在剛才聽了你的說明後才明白。磯部出身於宇和島。我爸與四國有淵源，他們似乎因為這層關係而有深厚的交誼。」

「宇和島是吧。」磯部先生過往的人生，可能與和靈神社有很密切的關係吧。若是這樣，確實有可能對山家清兵衛產生仰慕之情。「那麼，你又是如何回答那個女孩？」

「我很溫柔地對她說，妳父親確實有這樣的一面。」

「你明明不知道山家清兵衛還這樣說。」

他聳了聳肩。「難道要我對那名女高中生說：『抱歉，我不知道那個人，請妳教我？』你聽好了，與其在別人面前暴露自己的無知，不如當場先不懂裝懂，事後再暗中查清楚。看是要上網搜尋，還是向可能知道的人請教。」

「原來如此，我就是那個可能知道的人對吧？」我指著自己說道。

「因為我就算想上網搜尋，也不太記得那個名字。只知道叫山兵衛什麼的，光靠這樣的名詞根本無法搜尋。所以才有你上場的機會啊。」

真搞不懂這是誇獎還是鄙視。「不過那女孩說得沒錯。剛才我也說過，磯部先生有某部分與山家清兵衛很相似。第二代接班人前往管領新領地時，他以諮詢顧問的身分被指派前往，而且能力過人，做事又一板一眼，惹來社員的極度反感。嗯，這方面確實很像。」

不過反過來說，真要說像的話，也僅止於此，似乎還構不成討論的話題。

「其實此事還有後續。」

「後續？」

「磯部遭車子撞死，是在從公司返家的路上。而他在遭遇意外前，是和其他社員在一起。對方是一位四十多歲的課長。他們在同一處車站下車，在各自踏上不同的返家路線前，一直都在一起。」

「那名課長怎樣嗎？」

「死了。」

「咦？」

「就在磯部發生意外的兩週後。那位課長之前便已預約要進行簡單的內視鏡手術。」

「醫療意外是嗎？」

「不是。你最近都沒看新聞嗎？是發生了熱病細菌的院內感染。」

哦，我想起了那篇報導。東京的大醫院裡，因為有患者在國外罹患熱病，而陸續有人被傳染，同一棟病房大樓的住院患者有人因此喪命。煽動人們不安情緒的誇大報導刊登在報紙上，當時我的情緒因此變得很鬱悶。

沒有任何接觸的兩人，為何會引發感染，為什麼抗生素不管用，對其他患者明明就管用，報上提及許多疑點。但因為沒出現其他重症患者，所以這起風波最後就在「感覺像遭遇一場災難」的層級下平息落幕。「原來是那件事啊。那個人就是你們公司的社員，就是那位課長是嗎？」

「沒錯。我猜那位課長就是假造意外，藉此殺害磯部的現行犯。」

「咦？」我不太能理解他這句話的意思，一時為之語塞。

「而且事情還沒完，還有後續。」

他這句話令我產生戒心。並不是覺得他這句話別有含義，而是擔心此事的發展會更加驚恐駭人，因而作好防備。「什麼樣的後續？」

「事情發生在磯部七七忌日當天。我們公司剛好在進行公司內的天花板施工。理應不會掉落的木材竟然砸落，人在下方的常務就此喪命。他平時不會到公司裡來，就像是個坐領乾薪的裝飾品，那天是為了和工程業者討論才到公司裡來。」

我靜靜望著他。不記得看過這樣的新聞報導。光聽他這樣描述，便覺得這件事頗有報導的價值，所以應該是我剛好漏看這則新聞吧。

「那名社員很討厭磯部，還曾經向我施壓說：『看你是要辭去那名常務，還是辭去我，兩個選一個。』」

「他是磯部反對派的人是吧。照這樣來看，還挺恐怖的呢。」

如果磯部先生真是遭人殺害，而刻意營造成意外，那感覺這就像是仿效山家清兵衛死後的一連串後續事件。復仇，詛咒，不，應該說是伸張正義，正逐一付諸實行。

「啊，對了。」他的表情就像是打開記憶的盒子，從中找到某個愉快的片段。「我們公司的重要幹部與關係企業的社員在打高爾夫球時，被雷劈中，當場死亡。」

「真的假的？」

「騙你幹嘛。」

「不，我不是那個意思，這樣不是又很雷同嗎？」山家清兵衛死後，有人死於強風和雷劈。「這太可怕了。」

「喂喂，有什麼可怕的。」

他這樣說，我聽了有點訝異。

「磯部先生死後，疑似殺人嫌犯的那些人要是一個個都遭遇離奇事故而喪命，那不是很可怕嗎？」話說到一半，我猛然察覺到某件事，發出「啊」的一聲。「對了，就算那些人因為離奇事故而喪命，那也因為他們全都是壞人，對你來說，根本沒什麼可怕的。是這個意思嗎？」

「不，不是這個意思。」他語帶嘲諷地說道。「說什麼詛咒、怨念，這根本都不是實際存在的事，自然也就沒什麼可怕。不是嗎？」

「咦，這樣的話，你對磯部先生的事有什麼想法？磯部先生的那場意外，以及相關人士的接連死亡，你怎麼看？」話說回來，你不就是對這件事感興趣，才來聽我說那段故事嗎？我益發覺得自己用認真的態度和他談這件事，實在愚不可及，就此從包包裡取出筆電，擺在桌上。打算表現出想要結束談話、開始工作的想法。

「那只是湊巧。當然了，聽你說完那個故事後，我也覺得山家與磯部很相似。磯部深受我爸信賴。所以我對兩者之間的雷同很驚訝，同時也很佩服，但其實我心裡真正想的是——那又怎樣？我反而覺得態度一本正經的你很可怕。作家真的這麼純真嗎？說純真其實是給你面子，根本就是太幼稚了。你們就這麼容易相信詛咒這種事嗎？」

「才不是呢。」我心不在焉地說道。「不過，之前觀察我飼養的鍬形蟲時，我曾想過類似的事。」

「鍬形蟲？」

「沒錯。將多隻鍬形蟲放入同一個盒子裡飼養，牠們會互相攻擊。有時還會造成鍬形蟲瀕臨死亡。」

「那又怎樣？」

「我有時會出手幫助陷入困境的鍬形蟲，或是懲罰作惡的鍬形蟲，但要是站在鍬形蟲的立場來看，會覺得這是上帝在取得平衡。」

「你到底想說什麼？」他已有點不耐煩。

「簡單來說，上帝在某個地方看著地上萬物，如果祂看到了，就可能會出手相救，或是給予天譴。」

「你的意思是，也會有詛咒嘍？」

「可以這麼說。如果那時候上帝看到的話。」

他此時似乎連露出不屑的表情都嫌懶。「算了。託你的福，感覺舒暢多了。我已知道磯部的女兒說的山兵衛是誰，也大致猜出她說那話的原因。那女孩一定萬萬想不到，竟然會連詛咒的部分也這麼雷同。」

是嗎？

我腦中浮現疑問。

一名陌生的女高中生身影浮現我腦中。穿著學校制服，以冷峻的表情說道：「家父喜歡山家清兵衛。」

從她白淨的肌膚伸出像是用來結繭般的冰冷絲線，在空中飄然延伸，纏向她面前的男子頸部。並低語道：「家父應該到最後都會堅守其信念，為那些做壞事的人準備好適合他們的結局。」

家父並非是執著頑固的人。他的個性一板一眼，為人耿直，所以看到錯誤就會想加以導正，就只是這樣。看到有人做壞事，他一定會加以指正。為了追求這世上的平衡，他無法接受不義之事。

就像有人拿冰塊抵在我頭上般，我可以清楚感覺到從那女孩口中說出的話語。

不過我看不到站在女孩面前的那名男子臉上的表情。他應該是沒吃過苦的第二代接班人。完全沒注意到女孩的感受。

「不好意思。」聽到這個聲音，我就此回過神來。

轉頭一看，我們的桌子旁站著一名年輕女子。穿著一身樸素的制服。應該是上班族。只見她臉上帶著既靦腆又歉疚的表情。

我馬上便察覺出是怎麼回事。她應該是我的讀者吧。儘管身為一名作家，我並沒有什麼引人注目的表現，但地方上的新聞和雜誌常會採用我的文章。過去也曾有人以「我看過你的書」來向我問候。雖然只有寥寥可數的幾次經驗，但並非全然沒有。

「有什麼事嗎？」我適度地展現威嚴。

接著女子望向坐我對面的他說道：「您是演員對吧。」女子要找的不是我，而是他，這令我有點詫異，但聽過說明後得知，女子有個喜歡的舞台劇團，而他正好長得很像裡頭的當家小生。

「雖然常有人這樣說，不過妳認錯人了。」他冷靜地以低沉的嗓音回答。可能是覺得這樣也不壞吧，他臉上露出和我在一起時不曾見過的笑容。

我認錯人了——女子向他道歉。但不知道該說她是不懂得反省，還是抱持入寶山豈可空手而回的心態，她竟然接著補上一句：「既然機會難得，可以幫我們拍張照嗎？」

我不懂她究竟有何意圖，一時間不知如何是好。

「因為真的長得很像，所以我才想，就算不是也沒關係。」

「就算不是也沒關係？妳這話到底是什麼意思。」我無法理解她的想法。

「因為那位當家小生長得很帥，我對他的外型深感著迷。而現在就有一位外型長得很像他的人出現在這裡，所以就算不是他本人也沒關係。」

「妳覺得有沒有關係，不是重點吧？」

正當我和女子你一言我一語地僵持不下時，他在一旁回應道：「沒關係啦，只是拍張照而已。」

我太高興了——女子臉上為之一亮，似乎心想，既然都挖了這座礦坑，就一路往下開採吧，竟然還厚著臉皮問：「可以告訴我您的住址和姓名嗎？」

聽了之後只覺得此人腦袋的迴路構造和我不同。

連他也聽不下去，對女子說道：「這我不能告訴妳。」女子倒也沒流露失望的神情，就只是回了一句：「好吧，沒關係。」

最後我拗不過女子的請求，拿起手機拍下他和穿制服的女子站在桌子前的合照。

「你是作家，所以本以為她是你的書迷，結果沒想到竟然是要找我。」他與我道別時，嘻皮笑臉地留下這麼一句。

「你一直都是眾人矚目的焦點。」我也只能無可奈何地這麼說。我這句話雖然帶有嘲諷，但也是事實。

「像我這樣也是很辛苦的。」

這時我突然想起一件事，向他提議道：「我也來拍一張你的照片，可以吧。」

他一臉嫌棄的表情，但我不予理會，逕自操作起我手機上的拍照功能。

如果會和人起爭執，不如收回自己的意見，我從小就是這種個性。因此，周遭人大多誤以為我這個人個性溫和，講求和平處世，其實不然。我個性陰沉。少年時期在冷戰時代中度過的我，核子武器的可怕和日本國憲法的意義深植我心，而當中，我對自衛隊「專守防衛」的想法深有同感。不會主動攻擊，但是當遭受攻擊時，會好好保護自己，我欣賞這樣的立場，並稍微加以擴大解釋，以「雖然不會主動攻擊，但要是遭受攻擊，一定會還以顏色」這種單純的想法，做為我的處世方針。

因此，我和那位年紀輕輕就擁有社長頭銜的朋友道別後，馬上打電話給一位我認識的男子。

他是黑澤，之前我與出版社有糾紛時，曾請他幫我調查，從那之後，我便與他互有往來，他辦事迅速而且妥當，值得信賴。

「只要拍下這名男子與外遇對象約會的照片就行了嗎？」

我打電話給他，大致說明過後，他告訴我：「只要有他的住址、姓名、臉部照片，我應該就查得出來。」接下了這項差事。

我提供他這些資訊。「明天他好像會到室內體育場欣賞音樂會。」

「要是那裡也能拍下照片就好了。」

「那裡人應該很多，你有辦法從人群中認出他嗎？」

「放心吧。如果他真的是和外遇對象約會的話。」

「為什麼？」

「因為最後總會兩人獨處。」

確實沒錯──我如此笑道，掛上電話。掛斷後，我猶豫了好一會兒，心想「這樣真的好嗎」。只因為他擺出令人不悅的態度，就這樣大費周章地揭發他外遇的事，反將他一軍，這麼做好嗎？其實我煩惱的不是這種事。我真正煩惱的，是這麼做是否真能對他造成打擊，反將他一軍。他向來都備受矚目，總是站在舞台上，任人吹捧，在這種環境下成長的他，思考模式完全不是我所能猜測。

自己公司裡有多名員工接連死亡，而且都是死於非命，他要是可以略微對此感到悲傷，體恤死者家屬的心情，或是稍稍感到不安，那也就算了，但他卻完全沒給人半點這種感覺。就算聽了山家清兵衛的故事，也只是覺得「很像」，完全沒表現出進一步深思的樣子。就像看完人稱名著的古典文學後，唯一得到的感想就只是「上頭寫了不少字呢」，只擁有極度枯燥乏味的感受性。

在這層意涵下，被拍到可以證明他外遇的照片，對他來說，可能就只是像被蚊子叮了一口。即使向他妻子告密，也極可能不會有任何改變。

儘管如此，要是什麼都不做，又覺得忿忿難平。陰險的我，並不打算中止這項計畫。與我加諸在鍬形蟲身上的天譴相比，這或許要簡單多了。

就在我猶豫不決時，編輯打電話來，詢問我月底截稿的短篇小說寫得怎樣了。儘管編輯這樣問我，我卻不能回答他：「我還沒決定要寫的內容，連一行都沒寫。」就在這時，剛才那件事突然從我腦中閃過，我從中得到靈感，對編輯說：「我正在寫山家清兵衛與他在宇和島發生的事件。」

編輯掛斷電話。回一句「好像還挺有意思的」，並不是什麼難事，但編輯卻連這句話也沒說。

為了工作，不得已，我只好開始調查山家清兵衛的資料，以及宇和島、和靈神社的相關資訊。我上網查詢，到圖書館和縣政府的資料室查資料，不知不覺花了兩天的時間。

在兩件事造成的契機下，我想起了他。

當時我在自家的工作室裡伏案工作。

一開始是收到一封電子郵件。不，在看那封郵件的內容前，我閱讀手邊的資料，從上頭所記載的「根據近年來發現的書信」這段說明，猛然想起了他的事，所以要是照先後順序來看，應該是那份資料比電子郵件還要早。

資料上提到「發現的書信」，好像是仙台藩第四代藩主網村寫給宇和島藩第二代藩主宗利的書信。從上頭的「秀宗公懲治山家清兵衛」這段文字推測，山家清兵衛極可能是在秀宗的指示下遭人殺害。「吾兒秀宗就拜託你了。」在伊達政宗的請託下，山家清兵衛不負所託，千里迢迢來到宇和島，若是這樣還遭受秀宗無情的對待，那真是情何以堪。我感受到山家清兵衛的悔恨，一股椎心刺骨、心有不甘的情緒向我襲來。再加上我個性單純，明明對詳情也沒深入地了解，就一味覺得秀宗很可惡，感覺復仇之心好似一團燃著熊熊烈火的熔岩，流入我體內。根據報導記載，推測秀宗應該是有「脫離仙台的伊達藩自行獨立」的企圖，像他這樣的背叛行為可以原諒嗎？不，當然不能原諒。我氣得呼吸急促。

接著，他的事很自然地從我腦中閃過。

他與秀宗，已故的磯部先生與山家清兵衛，原本就已重疊在一起，但現在從這樣的關係圖來看，倘若秀宗是這起事件的首謀，那麼，他與磯部先生的命案應該也脫不了干係。我忍不住往壞處想。不過，儘管我很討厭他，但懷疑他是「指揮犯罪的首謀」，實在是有點問題。我不應該這樣。

接著我伸手拿向擺在桌子旁的手機，這才讀取上頭的電子郵件。

寄件者是受我委託前往取得外遇證據的偵探黑澤。映入眼中的，是很沒禮貌地寫著「報告」兩個字的主旨。內文裡寫道，昨天那場與外遇對象的約會，已大致拍到照片。由於照片檔案太大，不方便用電子郵件傳送，所以近日會以郵寄的方式寄送輸出的照片以及存取的檔案，費用會一併算在這次的酬勞中。

郵件中就只附帶一個照片檔。我操控手機顯示那張照片後，發現是一張橫式照片，裡頭拍到許多人。應該是室內體育場的觀眾席吧。也許黑澤是從另一側的區域拍照，但因為照片裡的人太小，別說像米粒了，看起來簡直就像黑點。這樣根本無法確認他人在哪裡，不過，可能黑澤是要以此證明「我可是有前往會場喔」。

我回了一封信，信中寫上我的感謝，以及對他工作效率的誇讚，請他將音樂會的門票列入必要支出中，一併向我請款。

我前往仙台市街的圖書館歸還工作上用到的資料，之後順道走進那家咖啡廳。思索著該如何利用證明他外遇的照片來懲治他。

「您是上次那位先生對吧。」正當我準備打開筆電時，有人向我叫喚。一名女子站在我面前，原來是幾天前那位穿制服的上班族。

「沒錯，我就是上次那個人。」我指著自己。

「上次那位先生人呢？」

我們之間的對話，活像是在玩文字遊戲，但我明白她的意思。「他住東京。上次只是剛好到仙台來。妳想再見他一面是嗎？」

「我後來看了上次拍的照片。」

「感覺好像一直在講『上次』。」女子聽我這麼說，回以冷笑。她打開手機，讓我看上頭的畫面說道：「那個人好像不太妙喔。」

「不太妙？」起初我還以為是他寄了什麼麻煩的電子郵件給這名女子，想約她出去。

我望向手機的液晶螢幕。上頭顯示的是前幾天拍的照片。同樣在這家店內，他與女子並肩站在桌子前方。

這確實是我拍的照片，但我看了之後，心裡卻打了個問號。一看就知道哪裡不對勁。他身旁拍到一位陌生男子。從右邊依序是女子、他，以及位於他左側的男子。

「你看，不太妙吧。當時沒這個人對吧？」

我馬上明白女子話中的意思。

我也點了點頭。

這張照片雖小，但可清楚看出他身旁站著一名穿西裝的男子，與他非常貼近，幾乎快要有肢體接觸。這名頭髮花白的陌生男子，扭轉著身體，彎著腰，伸長脖子，緊盯著他的臉瞧。就像狗在嗅聞味道似的，是一種接近對方的動作。

「很奇怪對吧。」女子說。

我再度點頭。男子的輪廓很清楚，完全沒有模糊或是身形透明的現象，看起來就像是在場的一名客人。可以讓人清楚感覺到他肉體的存在。雖然沒拍到他的腳，但他的手碰觸我擺在桌上的筆電。

「當時有這個人在場嗎？」我明知道答案，卻還是忍不住詢問。

「如果在場，應該會注意到。因為他的臉貼得那麼近。」

一點都沒錯。如果當時男子在場，我在拍照時應該會發現才對。

我隔著衣服摩擦身子。站在一旁的女子也做出同樣的動作。努力想消除身上的雞皮疙瘩。

「如果說這是靈異照片，感覺很老套。」我苦笑道。自己親眼目睹，還真是陰森可怕。

「你說這到底是怎麼回事？是守護靈嗎？有這種穿著西裝的守護靈嗎？」

「不知道耶。」我也只能如此回應。

我再次回想之前在家裡看過的資料。

他該不會和磯部先生的死有關吧？

這個想法又開始占滿我整個思緒。

就像秀宗是殺害山家清兵衛的首謀一樣，磯部先生的死，可能與他有密切關聯。就算不是他下的手，也是他下的命令。

可惜沒有證據。

不過正因為沒有證據，這照片裡的男人才會出現照片中，不是嗎？至少我是這麼認為。照片裡的男人為了告發那還沒接受制裁的惡人，就像要用自己的視線將他射穿一般。

「我奶奶說，像這種情形，最好找人驅邪淨身。」她就此合上手機。

「咦？」

「我奶奶說，像這種情形，最好去找人驅邪淨身。」

穿著制服的這位女性，她說的話就像咒語似的，從我耳畔飄過。

我心想，哪需要什麼驅邪淨身啊。我逐漸恢復冷靜。像這種程度的靈異照片，可能也不會對他造成多大的震撼。

他不關心別人的生活，對員工的死同樣不感興趣。

即使發生詛咒或可怕的現象，他得到的唯一感想，很可能只是一句「那又怎樣」。

單就事情的始末來看，剛才照片裡的那名陌生男子，可能就是磯部先生。而那名始作俑者就像把一張紙揉成一團般，輕易便毀了磯部先生的人生，為了告發那個人，磯部先生才會以這種方式注視著他吧。

我心裡同時感到一絲難過。

因為我心想，磯部先生想要告發的念頭，對他不管用。他很習慣接受眾人投注的目光，磯部先生那執著的瞪視，就像出拳打在棉花上，對牛彈琴，拿水潑青蛙一樣，白費力氣。

不管這照片再詭異，磯部先生如何以這種超現實的方式登場，以此告發他，還是無法對他運勢強盛的人生造成半點損傷，我有這種預感。

為了謹慎起見，我應該請她給我那張詭異的照片才對，我很後悔剛才沒這麼做。現在追上前或許還來得及，我起身正準備朝那名女子追去時，突然電話響起。是黑澤打來的。

我按下手機的接聽鈕，抵向耳邊。因為人在店內，我壓低聲音說話，不過在確認過他的聲音後，我先就調查的事向他道謝。

這時他對我說：「你回的那封信是什麼意思？」

「咦？」

「我沒進室內體育場，所以沒付入場費。因此沒把這筆錢算進必要支出裡。照片待會兒會寄給你看。」
「咦？你沒進室內體育場？那麼，剛才附在郵件裡的那張照片是怎麼拍的？拍攝室內體育場觀眾席的那張照片……」
「我沒寄給你。」
電話掛斷後，我馬上將手機放在桌上，調出附在郵件裡的那張照片。那是室內體育場的觀眾席。那張照片確實傳至我的手機裡。
我明明沒那個意思，手指卻突然擺在手機的液晶螢幕上，拇指和食指用力，就像要將螢幕表面延展開來似的，就此放大照片。
此時我的內心急促，但手指的動作卻很緩慢。畫面慢慢變大。
照片逐漸在畫面上往外延展。
不久，我停下手指的動作。
一種很不舒服的感覺在我體內遊走。
我全身寒毛直豎。
看得出他就在照片中央，坐在寬廣觀眾席的正中央一帶。照片就是放大到這種程度。他直直地望向我這邊，也就是望向舞台。
問題在於他的四周。
給我的感覺就像成群的昆蟲，一絲不亂地排好隊伍。就像那時候的成群飛蟻。
圍在他四周的其他觀眾，全都是同樣的臉。一頭白髮、臉色蒼白、緊皺眉頭的男子，足足有一、兩百人之多。那些看起來像米粒一樣小的臉孔，放大看過之後，全都是同樣的臉。而且那些無數個同樣長相的人，全都望著畫面中央的他。坐在他右手邊的人，把臉轉向左邊，坐在他下方座位的人，則是轉身抬頭望著後方的他。

所有人都向他投注視線。

我再次移動手指，順著畫面望向觀眾席的其他位子。

所有人都是同樣的臉。兩千多人都同樣是面無表情的人，就像是無言地告發，對他投以銳利的目光。而坐在照片中央，集眾人目光於一身的他，臉上則是掛著一派悠閒的微笑。

「這種靈異照片的故事太老套了。」編輯意興闌珊地說道。「這已經超出老套的範疇，可說是都已發酵變成乳酸菌飲料了。」

「聽起來挺好喝的，也不錯啊。」

「話說回來，那應該是惡搞的照片吧？現在這個時代，只要加工一下就能辦到吧。要把兩千人都換成同一張臉，或許很麻煩，但感覺倒也不是辦不到。」

「可是，不應該真的有那麼高解析度的照片傳到我的電子信箱裡才對啊。這有可能會超出信箱容量，造成錯誤。而且，我委託調查的那名偵探寄給我的信，裡頭自己附上那張照片，你不覺得很離奇嗎？」

「現代的靈異照片，已因應時代，跟著資訊化了是嗎？」編輯以幾乎不帶半點起伏的聲音說道。他應該是壓根兒不相信我說的話。

我們在咖啡廳裡迎面而坐，討論接下來的工作，後來我試著談到幾年前發生的那件事，以此當作閒聊的話題，但看他完全不當一回事，我也開始變得認真起來。

「不，可怕的在後頭。」

「哦。」編輯已經懶得搭理。

「就像我剛才說的，最早發現的，是在這家咖啡廳拍攝的照片。明明只有他和那名女子站在一起拍照，但照片裡卻出現一名很不自然的人物。」

「那真的是已故的磯部先生嗎？你相信嗎？」

「當時那名陰森的男子，伸手搭在我的筆電上。我看過照片後，發現是這樣的畫面。」

「這你說過。就是它對吧。」編輯望向我擺在桌上的筆電。「然後怎樣嗎？」

「從那之後，我寫的小說就變得很無趣。」

「啥？」

「不管我再怎麼寫，寫出來的全是很無聊的作品，所以我認為這是超乎人類所能想像的可怕力量所造成。我覺得好苦惱，好可怕。」

編輯原本張嘴想說些什麼，但最後又閉上雙唇。不久，從他口中吁了口氣。那是帶有一絲倦怠的長長嘆息。

從那年之後，那位「萬人迷」就沒再寄賀年卡來，也沒再與我聯絡，告知他的近況。

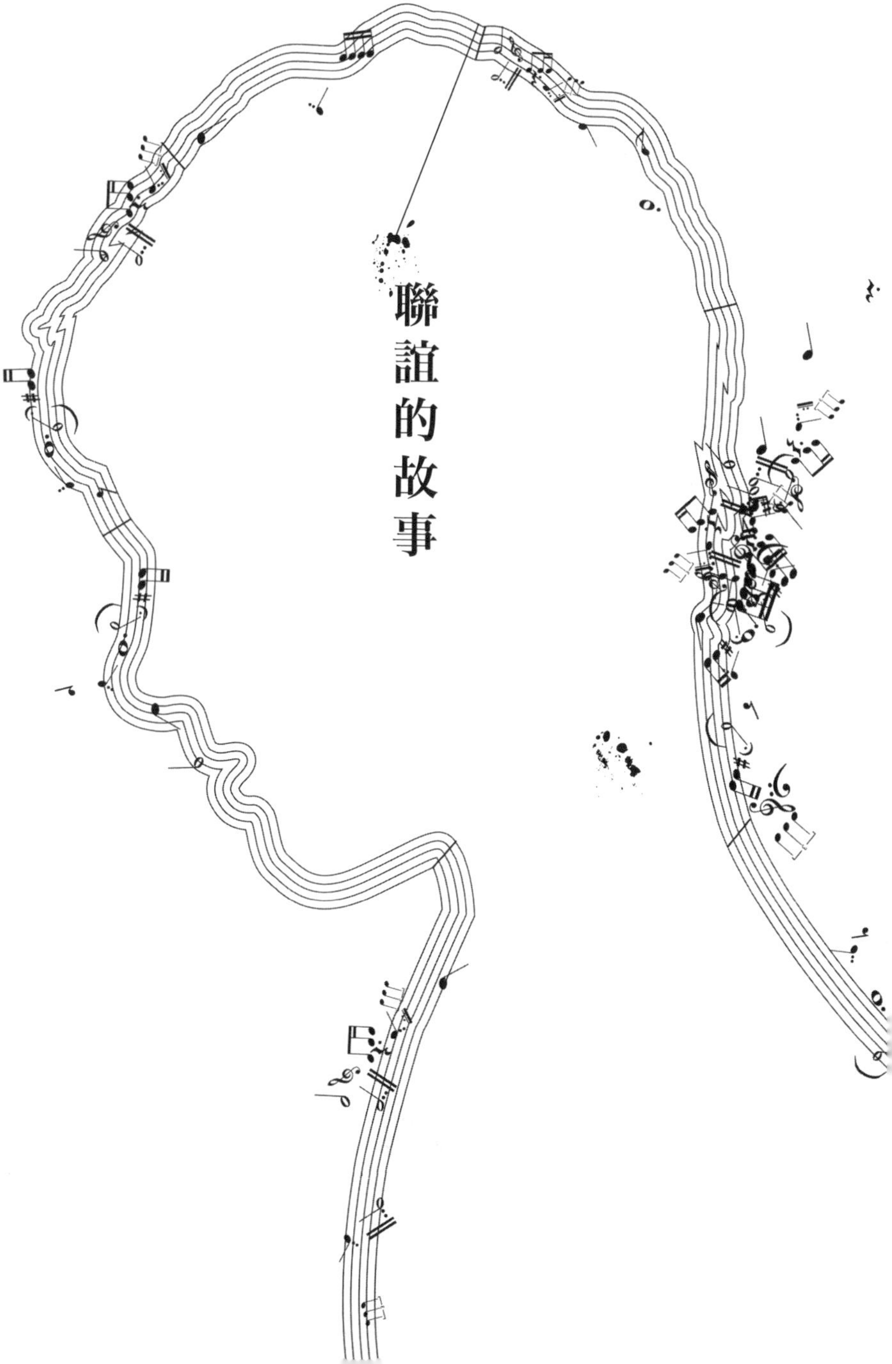

聯誼的故事

——故事大綱

男子參加聯誼。時間約兩個小時，極為普通的一場聯誼。雖然有歡樂的交談與驚奇的邂逅，但人生還是一樣沒什麼改變。當然了，這世界也一樣沒變。

——擴充後的大綱

在二十七歲生日這天，尾花參加朋友井上所安排的聯誼。聯誼地點在銀座的酒吧餐廳，在這場三名男性、三名女性組成的聚會中，他們一起聊天、用餐、喝酒。尾花與舊識重逢，同時發生一起可怕的事件，但這與聯誼完全無關。返家時，尾花遭遇一場令他有點吃驚的場面。但他的生活並未因此改變。當然了，這世界也沒多大改變。

——擴充後的大綱（姓名省略，以性別＋英文字母表示）

一月十三日，迎接二十七歲生日到來的男子A，為了無法與女友共度這段時光而感到沮喪。這時，他學生時代的朋友男子B注意到此事，便安排了一場聯誼，邀他一起參加。當然了，男子B自己也想好好享受這場聯誼，這是他心裡真正的想法，而男子A也接受了他的邀約。在銀座的酒吧餐廳（幸）舉辦的這場聯誼，有三名男子（男子A、男子C、男子D）與三名女子（女子E、女子F、女子G）參加，共計六人。男子D代替男子B參加，長得其貌不揚，也無法與眾人打成一片，女子們對他一致沒有好評（尤其是女子F和女子G）。

經營雜貨屋的女子E，她參加聯誼的動機並不單純。這件事一直到最後都沒讓其他人知道。男子A與女子F是舊識，女子G一直很注意手機。她在等重要的聯絡電話。餐點送來時，飲料的杯子已見底，就此收走，時間就這樣在聊天中度過。過了約兩個小時。過程中發生了幾件不可輕忽的事件。具體來說，有一名女演員在銀座的巷弄裡遭人殺害，警察到店內盤查，女子G哭泣，男子C向她道歉，大致是這樣的內容。這些事都沒演變成什麼大事件。殺人事件也和這場聯誼無關。聯誼結束，這幾名男女前往車站，在路上發生了一些小意外。男子A大為吃驚。

隔天，男子A度過和平時沒什麼兩樣的週末，接著又過了一天，在星期一這天，女友向他提議分手。男子A的生活就不用說了，其他五人，以及包圍他們的這個社會和世界情勢，也沒因為這場聯誼的故事而受到半點影響。

——補充資訊

【引用自廣辭苑】

合コン：（「合同コンパ」的簡稱）為了找尋交往對象，由不同的男女團體一同舉辦的聚會。中文稱作「聯誼」。

コンパ：（コンパニー（company）的簡稱）學生們一起出資舉辦的聚會。

【引用自網路】

●酒吧餐廳「幸」以創意料理享受悠閒時光

〔交通〕從東京metro銀座車站B1出口徒步兩分鐘，或是從JR有樂町車站銀座出口徒步五分鐘，便可抵達。

〔來自店長的問候〕本店使用地下兩層樓，營造出挑高的奢華空間，各位選擇在此度過這段幸福時光，是我們的榮幸。店內中央設有可供團體使用的寬敞空間，四周並備有個人房風格的空間。關於個人房，建議您提早預約。由在義大利飯店擔任大廚長達十年的主廚，親手為您烹調以海鮮為主的創意料理，敬請享用。相信光臨「幸」的顧客，都能得到幸福。

〔來自主廚的問候〕小時候看了《羅馬假期》，就此在衝動的驅使下渡海前往義大利。雖然沒能邂逅安妮公主，但我邂逅了料理。期待能透過料理與各位邂逅。

●關於奧谷奧也演出的《乞丐王子》公演

明年四月到五月，為期兩個月，預定在東京新國立劇場上演奧谷奧也的全新舞台劇《乞丐王子》。不曾離開過皇宮，對這樣的生活感到厭倦的艾德華王子，碰巧遇見窮人湯姆，提議兩人互換身分。起初兩人都對這新鮮的不同世界深感滿足，但後來逐漸被沉重的壓力以及空虛所困，就此有了意外的發展。將馬克．吐溫的名作徹底改造，加入懸疑氣氛的奧谷版《乞丐王子》，請勿錯過。

【引用自女性週刊雜誌】

「佐久間覺　爆發劈腿醜聞！」

兩個月前，本雜誌獨家披露男星佐久間覺與長他十歲的女星笹岡愛理展開熱戀，而此次寫真雜誌踢爆，他一早從小他五歲的全方位藝人富良野愛理的住處返家。而已承認交往，卻慘遭劈腿的笹岡愛理，面對新片記者發表會蜂擁而來的媒體記者，只簡短回答了一句「這件事我沒聽說」。一同演出新片的山口莉莉則是開玩笑道：「可能因為名字同樣叫愛理，所以連他也搞混了吧。」遭笹岡愛理一陣白眼。

——關於聯誼的人數

井上是這麼說的。

在經歷過各種形式的聯誼後，我從中得知，由三男三女組成的聯誼人數是最佳組合。首先，多人聯誼就不討論了。那會淪為像一般的喝酒聚會，或是校慶後的慶功宴，很難有進一步的發展。不過，如果說人愈少愈好的話，那倒也未必。要是男女各兩人，則又顯得規模過小，會提高彼此的緊張感。只是一般的沉默，卻很可能會讓人產生錯覺，以為是冷場。那如果是男女各四人，一共八人，又是什麼情況呢？這樣會產生別的問題，造成話題分散。很可能會以桌子中央為分界，話題分成兩邊，形成兩個各自聊天的團體。要是自己鎖定的女性是在另一個團體裡，那就很難拉近彼此的距離。也就是說，男女各三人是最佳組合。這是結論。這麼做可以針對同一個話題聊得熱絡，而且也會保有適度的緊張與放鬆。

——尾花與井上的相遇（聯誼前一週的星期六）

井上突然打電話來，原本還以為是有什麼事。「來討論辦聯誼的事吧。你也很久沒參加了吧。」

當時我身穿便服，正躺著看電視，大可一口回絕。但我卻沒這麼做，我披上羽絨衣，套上牛仔褲，就此前往附近的一家咖啡廳。我確實很久沒參加聯誼了，而且我自己也覺得，或許需要事前先討論一下。

今天是星期六，但他似乎假日仍舊上班，只見他一本正經地說道：「明明薪水不高，但我卻這麼賣力工作，只因為有聯誼這項樂趣支持著我。」他甚至以感嘆的口吻說：「啊～聯誼為什麼能成為人類如此重要的原動力呢。」我知道井上從大學時代起，只要參加的人數湊齊，就算得跟人借錢，他也要辦聯誼，相當熱中這項活動，所以他說這句話很有說服力，不過，若說所有人也都是這麼認為，我則不太能認同。

「男性方面的另一名參加者是誰啊？」我朝端著咖啡喝得嘖嘖有聲的井上問道。

「有我、尾花，以及臼田。你應該沒見過他，他小我們一歲，是我常去的一家藥局的店員。」

「你說的臼田，是你最近找到的聯誼同好嗎？」

「算是吧。我常和臼田一起辦活動。至於那第三個人選，則是時常變動。聯誼就是得三對三。之前你不再陪我參加聯誼，我正感到發愁時，剛好臼田出現，成了我的救星。」

幾年前，我常和井上一起參加聯誼。但後來就沒再去了。因為我開始與聯誼認識的女性交往。而與她分手後，我一樣沒參加聯誼。至於我後來的女友，也就是現在正與我交往的對象，是在非聯誼的情況下邂逅，也就是說，我們是因為工作的關係而逐漸變得親密。

似乎就在我遠離聯誼的這段時間，井上找到臼田這位辦聯誼的好幫手，繼續舉辦活動。井上撐大鼻孔，興高采烈地提到臼田，他說臼田體格好，是位個性爽朗的帥哥，雖然常會有突如其來的奇怪言行，算是美中不足之處，但他就像是位牧羊人，呈現一種淳樸的氣質，給人好感。只要有他參加，我們男性這邊的格調便頓時提升許多。我不懂他興高采烈地對我說這些話有什麼好處。「他很有禮貌，重要的是個性開朗。因為在聯誼的場子裡，不管條件再好，只要個性陰沉，就會變得礙手礙腳。」

「臼田參加聯誼的目的是什麼？」

「這倒是滿令人意外的，他其實是在找尋自己想認真交往的對象。可不是在找人一夜情喔。尾花，他和你以前一樣。」

「這樣的話，臼田總有一天會從你的聯誼遊戲中畢業。照你剛才說的話來看，臼田的人氣很旺，所以那是時間早晚的問題。」

「是啊。臼田總有一天會畢業。不過，日後會像你一樣，被女人甩了，然後又重新歸隊。」

「你擅自說我會被甩，不太應該吧。」為了強調我心中的不悅，我刻意以鄭重的口吻說道。

「你聽好了。」井上低頭俯視著我，就像要說教般，態度從容不迫。「在你生日這天，好子竟然還安排行程和其他男人一起去聽現場演場會，走到這一步，就表示你已經被好子甩了。」

「才不是現場演唱會呢。是鋼琴演奏會。」而且她不叫好子，是賴子才對。我對那位素未謀面，人稱混血天才，一時蔚為話題的鋼琴家，充滿怨恨。「當天演奏會現場不知道會不會失火。」我很認真地這樣說道。那位鋼琴家不知道會不會臨時取消表演，天才總是常會臨時爽約。我自己在腦中胡思亂想。

「因為不想上學，所以幻想著學校會不會失火，這種想法和小學生一個樣。喂，別再想這種無聊的事了。放心吧。那天我會在聯誼的場子裡，讓你玩得盡興。一定會讓你度過一段比鋼琴演奏會更快樂的時光。」

——井上到他常光顧的酒吧與店主交涉，聯誼的事就此敲定

（在舉行聯誼的數週前）

酒吧低調地開設在離鬧街有點距離的一棟大樓地下室。是一家熟客才知道的寧靜小店。除了吧檯外，就只有兩張桌子，因此，想要獨處的人可以坦然地感受獨處的感覺。人在吧檯裡的店主，雖然話不多，但可一點都不冷漠，當你希望他別說話時，他就只會搖著雪克杯，當你希望他聽你說話時，他會認真地附和，這名年近五旬的男人，就是如此深諳待客之道。因此每位客人都對店主懷有好感。

井上真樹夫有一次在參加完聯誼，找尋適合帶女方前去續攤的店家時，意外發現這家酒吧，他很中意店內的氣氛和店主的為人，心想，不能將喧鬧帶進這家店裡，於是他大多是自己一個人前來。

這天，店主主動對他說：「井上先生，我們店裡有位女客，想和男性們辦一場聯歡

會。」店主很少主動向他搭話，所以井上真樹夫有點吃驚。而將聯誼說成是聯歡會的店主，也令他覺得很新鮮。

井上真樹夫在這家店一直隱藏自己輕浮的個性。他從沒提過自己常參加聯誼的事。因此他對店主為何會知道這件事，感到有點驚訝，這也是事實。

不過，靜下心來仔細聽店主說明後才發現，店主似乎也不知道他的事，就像在介紹自己女兒的朋友般，以平靜的口吻對井上說：「最近有位女性顧客常到店裡來。剛好與井上先生您差不多年紀，經營一家雜貨屋。對方氣質出眾，是位端莊的美女，在現今這個時代已不多見了。」接著他又補上一句：「所以，井上先生要是方便的話，可以安排一場聯歡會嗎。」

井上真樹夫的直覺反應是「樂意之至」，但他強忍這股欣喜，以冷靜的態度回答道：「我明白了。好像挺有意思的。」

謝謝您，面帶微笑的店主充滿紳士氣質，完全不會讓人覺得不舒服。井上真樹夫一時也看得有點著迷。

「那麼，可以請您向那位經營雜貨屋的小姐確認一下，看她能否帶兩位女性友人一同前來嗎？我會找兩位朋友一起去。我覺得六個人一起參加聯歡會比較好。」井上如此請託道。

酒吧的店主瞇起眼睛，說了一句「她一定也會很高興的」，展露歡顏，就像與人談妥相親的各項事宜般，喜不自勝，井上真樹夫也覺得自己好像做了件好事。

聯誼當天，令尾花吃驚的兩件事

●「在聯誼當天，我會讓你玩得盡興。」說這句話的井上，在重要時刻竟然不能前來。
●前來聯誼的其中一名女性，竟是尾花的舊情人。

井上打電話給尾花（聯誼開始的兩個小時前）

「尾花，抱歉。這次我得缺席了。」
「不就是今天了嗎？你人不舒服嗎？」
「可以這麼說。聯誼就拜託你了。」
「等一下啦。拜託我也沒用啊。」
「我會找人代替我去。這個人雖然個性比較陰沉一點，但人還不錯。」
「在聯誼的場子裡，不管條件再好，只要個性陰沉，就會變得礙手礙腳，這話不是你說的嗎？」
「如果三個人全都個性開朗，看起來不就像樂天三人組嗎。有個人當大石頭，負責在現場鎮壓也不錯。他會是顆不錯的大石頭。」
「他是個怎樣的人？我認識嗎？是你同事嗎？臼田認識他嗎？」

「臼田也不認識他。是和我們有生意往來的一家公司裡的員工。」
「這麼一來，我們男方這邊也全都是第一次見面嘍。」
「對方可說是合作客戶裡的重要人物，請不要怠慢他喔。」
「為什麼我們還得花心思招待你的客戶啊。」

——尾花與其他參加聯誼的男性見面（聯誼開始前三十分鐘）

尾花弘依照井上真樹夫告訴他的手機號碼，與另外兩人聯絡。分別是臼田章二，以及替代井上真樹夫的男子。因為與女方見面的時間已漸漸逼近，他認為事前男方彼此應該先見個面，自我介紹一番才對。他有預感，要是男方突然在女性面前說「你好，幸會」，馬上會造成冷場。當然了，他也不期待男方三人在三十分鐘前才第一次見面，到了聯誼時會展現出多好的默契，不過他當下作出了判斷——做總比沒做來得好。他們約在一家名牌包的店家前見面。臼田章二和另一名男子都準時出現，他們馬上走進附近一家咖啡廳內。

三人生硬地互道「幸會」，針對理應要介紹他們三人認識的井上突然不能來一事感嘆一番，接著又開始生硬地互道「今天要請多指教了」。代替井上真樹夫前來的男子，名叫佐藤亘。二十七歲，與尾花弘同年，不過外表看起來比實際年齡要大上幾歲。這其實不是「有成熟的威儀」，或是「散發熟男的魅力」，單純就只是比較顯老。在店內見面時，尾花弘對佐藤亘的印象如下，充滿批評。

他覺得穿這件紅色花呢格紋的襯衫很好看嗎？也許他對穿著不太講究，但這身打扮未免也太不得體了吧。而且刮過鬍子的地方還留有青皮，那副大大的眼鏡也很不搭調。半長不短的頭髮也很怪。真傷腦筋。女生們看到他，不知道會作何感想。啊，我懂了，也許他這個人說起話來妙語如珠。

不過，在咖啡廳裡與佐藤面對面後發現，他個性木訥，不是個談笑風生的人。可能他原本就不擅言詞，明顯看得出他連和人寒暄都很緊張，和他面對面說話，感覺很累人，尾花弘不禁暗自苦笑。佐藤一臉歉疚地說道：「今天我對井上先生提出很任性的要求。今天是我第一次參加聯誼，我心裡很期待。」看他如此坦然說出心中想法，感覺他這個人確實還不壞，這也是事實。

至於臼田章二，尾花弘對他的印象，果然就如同井上真樹夫所描述，是個魅力四射的男人。就像畫裡的陽光青年一樣，如果裱成畫框，也許還能構成一幅陽光青年的圖畫大賣呢，但這種無聊的念頭他沒說出口。臼田章二身材高大，略長的頭髮顯得很柔順，清楚的雙眼皮透著性感，禮貌也相當周到。以你的條件……這句話一度來到尾花弘喉頭。以你的條件，就算沒參加聯誼，也可以輕鬆找到對象吧？但他最後還是沒說出口，原因有二。一，要是講出這種話，臼田章二就此決定「你這麼說也對。那我就別參加這場聯誼吧」，到時候自己一定也會順從他的決定，如此一來，井上真樹夫便失去了聯誼的夥伴，他一定會倍感失落，這樣就太對不起井上了。另一個原因，是他體內有個聲音在提醒他：「如果光憑第一印象就妄下結論，認定他是個好男人，這樣不就淪為以貌取人了嗎？」不該有這種先入為主的觀念。

最後尾花弘向他們兩人確認「擦手巾規則」。多次和井上真樹夫一起參加聯誼的臼田章二，點頭應道「我知道」，至於第一次參加聯誼的佐藤當然是搞不清楚狀況。尾花弘簡單向他說明擦手巾規則。結束後，尾花弘說道：「時間到了，我們走吧。」就此起身。

——在店內的廁所前，曾是情侶關係的兩人展開交談（聯誼開始三十分鐘後）

我和江川美鈴詢問彼此「你怎麼會在這裡」。店內有個像大客廳般的圓形場所，四周圍著幾間個別室。走出個別室，順著大客廳的圓形外緣走在通道上，走上約莫半圈後，有另一條窄細的通道往前延伸，順著它筆直地走到盡頭，便是廁所。

江川美鈴先來到廁所。我看準時機，不讓其他人起疑，朝她追去，為了與她私下密談。由於這裡離客人的桌位以及個別室有一大段距離，所以其他人不太可能看到我和她交談，但難保待會不會有人到廁所來，所以我們不時往通道前方張望。

我和江川美鈴已有兩年沒見，她看起來比以前更加成熟。兩年前我們曾經大吵一架，就此為我們兩人複雜的感情關係畫下句點，為了讓那場爭吵付諸東流，我原本想坦然地誇她一句「妳變漂亮了」，但她卻搶先一步，語帶嘲諷地對我說：「尾花，你真的是沒點長進呢。」於是我也毫不客氣地回了一句：「彼此彼此。妳也還是老樣子沒改。」

「原本還對這最後到來的人充滿期待呢。」我說。「因為聽說女方這邊有一位會遲到，我還在心裡想，不知道會不會是一位很出色的小姐。倒不如說，妳是刻意遲到，藉此博得眾人的注意，妳打的這種如意算盤，明眼人一看便知。」

我的意思並不是指先來的那兩位小姐令人失望。相反地，先來的加藤小姐與木嶋小姐外型都很亮眼，加藤小姐長相清秀，個性沉穩，木嶋小姐則是個性活潑，兩人的氣質截然不同，所以我原本滿懷期待，心想，待會來的肯定又是位不同風情的美女。的確，晚來的江川美鈴也算得上是位美女，但因為她曾經和我交往過，所以不能等同而論。

「我真的是因為加班。不過話說回來，不是有個法則是這樣說的嗎？『遲到時，不應該讓自己顯得搶眼，而是靜靜地傾聽別人談話，很自然地融入圈子裡，這樣才會給人好感。』這是以前我從一位喜歡參加聯誼的男性那裡聽來的。」

「我以前和妳交往時，才沒參加聯誼呢。」

或許我確實曾在和她閒聊時提到「參加聯誼的要訣」，但我萬萬沒想到她現在竟然以此當罪狀來數落我。

「我又沒說是你。瞧你一副和我很熟的樣子。我今天和你是第一次見面。」

「幹嘛這樣說。」

「你自己不也是這麼想嗎？否則剛才你見到我，應該會馬上說一句『啊，是我前女友』才對吧？瞧你裝成一副從沒見過面的樣子。」

「因為事出突然，腦袋一時間轉不過來。」我是說真的。而當我冷靜下來時，已錯失機會，沒能告訴眾人她是我前女友。

「不過話說回來，沒想到你會是我今天聯誼的對象，真是驚訝。到頭來，你又重回那沉迷聯誼的生活啦？」她的眼神就像是在鄙視一名在墮落的人生中沉淪的朋友般，於是我反射性地加以反駁。很不自然地揮著手。「我很久沒參加聯誼了。而且我也有女朋友。」

「你有女朋友！」江川美鈴此刻的表情，就像目睹什麼驚恐駭人的生物般，雙手摀嘴，做出忍住尖叫的表情。「竟然還來參加聯誼。」

妳聽我說——我試著向她解釋。我也很想專情，但偏偏女友在我生日這天安排和別的男人去聽鋼琴演奏會，友人井上同情我的遭遇，邀我參加他舉辦的聯誼——我很快地向她說明過一遍。江川美鈴的回答很合情合理。「她不過是和男性友人出去玩一天罷了，你這樣就跑來參加聯誼，根本就超出常人的理解範圍。比起辯稱自己是因為妻子懷孕而偷情的男人更可惡。」

她的說法我明白，但今天是我生日。聽我這麼說之後，她雞同鴨講地回了我一句：「什麼嘛，難道你要她跟你說生日快樂嗎？去聽演唱會很好啊。多麼高尚啊。」

「是鋼琴演奏會耶。不是什麼偶像的演唱會。」

「是鋼琴又會怎樣嗎？」

「是一位古典鋼琴的天才鋼琴家。」

「然後呢？是天才鋼琴家又怎樣？」

「他是位混血兒，長得很俊俏。應該也很有錢吧。」

「哦，這樣啊？俊俏的鋼琴家？」

「混血兒是可以確定的，其他則是我自己想像。」

「就算是混血兒，長得也都不一樣啊。」

「混血兒都長得很帥。」不知為何，我的語氣加重了些許。「總之，會去參加俊俏的天才鋼琴家舉辦的古典音樂演奏會的男女，會受現場的迷人氣氛所感染，這是再清楚不過的事了。換個有點深度的詞，這根本就是司馬昭之心。」

「說什麼古典音樂、鋼琴家，這當中都存在著你對混血兒的許多偏見，所以我不想一一糾正你，我只說一句，司馬昭之心不是什麼多有深度的用詞。」江川美鈴嘆了口氣。這時她像是突然發現似的，指著個別室的方向問道：「你說的井上不在裡頭吧？那位沉迷聯誼的男子。」江川美鈴打從當初和我交往時，便對井上百般挑剔。其實井上這個人「只想藉由安排聯誼，邀參加的女性和他發生一夜情」，我一直瞞著沒讓江川美鈴知道，但她仗著自己的直覺，可能已看穿井上那不老實的真實面。

「井上在重要時刻缺席。派人代打。」

「哦，誰是井上的代打？」江川美鈴問。「是臼田？還是那位姓佐藤的男子？」

隨著稱呼方式的不同，清楚展現出她對這兩個男人的好感差異。「是姓佐藤的那名男子。」我回答道。

「他看起來怪怪的。今年幾歲？感覺好陰沉喔。」

「那不是陰沉。是穩重。」

「意思是他很胖嗎？」

「不是。他是我們的精神支柱。」我隨口胡謅，替我們男方辯解。「聽井上說，他和我們同年，二十七歲。」

「不會吧？怎麼看都像是個大叔。眉毛又粗又亂，臉頰有刮鬍子留下的青皮。也不懂他是在什麼感覺下選那件襯衫。」

「不要以貌取人。」

「聯誼這種事，第一印象幾乎就決定了一切。這句話你以前也說過吧。雖然也有第一印象不錯的對象，開口說話之後就破功的情況，但相反的情況倒是不多見。要在短時間內挽回第一印象，幾乎是不可能的事。」

沒想到她會這麼率直地批評第一次見面的男性，我沒感到不悅，反倒是有些驚訝。她原本不是個性這麼彆扭的人，應該是和我分手後，遭遇了什麼變化吧。

「不過臼田還挺帥的，我很滿意。」

「哦，這樣啊。」

「你的目標應該也是加藤小姐吧？雖然有點不自量力，但還是加油吧。」

「她是個怎樣的人？」

江川美鈴臉上泛起促狹的笑意，就像在說「喏，被我猜中了吧」。「加藤小姐氣質好，個性又溫柔，人又長得漂亮。雖然是做雜貨屋的生意，不過家裡應該是很有錢吧。所以她不急著找對象。而且追求她的男人有如過江之鯽呢。」

「像她這樣的人為何要參加聯誼？難道追求她的只有鯽魚嗎？」

「應該是想走進社會，了解這些下層階級的人們所談的大眾式愛情是怎麼回事吧。所以囉，就算你追求她，也只是白忙一場。」

我沒問她為何知道我欣賞的是加藤小姐。這不是因為我表現在態度上，也不是因為她的直覺敏銳。應該是擦手巾的緣故。

我記得自己曾告訴過她擦手巾的規則。

——關於擦手巾

聯誼的過程中有幾件重要的事項，其中一項，就是要讓其他男性成員知道自己看上哪位女性，想和誰有更進一步的發展。若是忽略這一步，就會發生好不容易鎖定了目標，卻造成同伴之間相互競爭的窘境。在平時的生活中，如果是意外墜入情網，那自然是無可奈何，但如果是在可以冷靜選擇的情況下，極力避免這種情形發生，是出於一分體貼。因此，當聯誼開始後，我們便向同伴報告自己看上的女孩，或是看了覺得順眼的女孩。在不重疊的情況下打出暗號。一旦明白每個人鎖定的目標後，在聊天的過程中就比較容易相互支援。

當初一開始，我們是在上廁所時展開作戰會議，討論「我喜歡那個女孩」「那麼，我就選另一位吧」，但這種做法很不自然，容易被女方發現，手段不太高明。而且也沒人動不動就往廁所跑，所以需要更容易用來傳送訊息的方法。後來我們使用在居酒屋或酒吧餐廳這類聯誼場所裡現有的東西，例如筷子或叉子，而最後覺得最好用的就屬擦手巾了。當我們用擦手巾擦完手，擺在桌子上時，擦手巾面朝的方向就表示自己「鎖定」的女孩，這就是它的使用方式。在用餐時使用擦手巾，不會讓人覺得突兀，而將它揉成筒狀放回桌上的動作，也不會太顯眼。而採用這種做法，若是途中自己突然改變目標，也可以隨時藉此來表現自己的想法，非常方便。以擦手巾來表示自己中意的女孩。這就是擦手巾的暗號。

——和擦手巾暗號有關的詢問

Q：如果每個女孩都看不上眼，該怎麼做？

A：那就不要揉成筒狀，改為整齊地折好，放在桌上。

Q：一次看上多位女孩時，折成筒狀的擦手巾要怎麼擺？

A：可以的話，挑選其中一名女孩，將擦手巾朝向她，但如果很難抉擇時，請把擦手巾揉成縐縐的一團，放在桌上。

Q：要是別的男性參加者以擦手巾擦手後，明顯忘了「擦手巾暗號」的事，隨意擺放。這時候該怎麼做？

A：就以自然的態度提醒他：「這樣很髒，把擦手巾折好吧。」

Q：在聯誼進行的過程中，開始被其他男性參加者鎖定的女孩所吸引。這個時候才改變擦手巾面朝的方向，覺得有點歉疚。對那位男性參加者也很過意不去。

A：這個問題與擦手巾暗號沒有直接的關係，不過，若是經過一番苦思後，仍想和其他男性參加者一樣選擇同一位女孩的話，那就改把擦手巾朝向那位女孩，用不著猶豫。擦手巾暗號就是為此而設。有時候對方看了心想「既然這樣，那我選別的女孩吧」，而主動做修正，這也不無可能。

Q：當擦手巾暗號被女方察覺時，該怎麼做？

A：只要沒人具體地向女方說明，應該是不會被察覺。如果在聯誼的過程中穿幫，那就得特別留意，別讓女方當中有人落單，沒被男方的擦手巾選中。

——在聯誼進行的過程中，木嶋接聽電話，走向店門口附近

我接起手機時，緊張到心窩發疼，因為太過緊張，連來電者顯示都忘了看，實在很糊塗。當我聽到爸爸的聲音從手機裡傳來時，簡直快氣炸了。我滿心以為是有人要通知我選秀的結果。「什麼事啦？」我很生氣地應道，而爸爸也以不悅的聲音反問我一句：「妳人在哪裡？」應該不高興的人是我才對。「我在銀座。不是告訴過你，我要和人聚會嗎？」我一面講電話，一面注意背後。因為手機響起，所以我刻意來到店外接聽，但既然是爸爸打來的，我只想早點講完，回到我的位子上。要是在我離席的這段時間，我坐的位子前面對應的是那位姓佐藤的男子，那該怎麼辦？他不像是壞人，但舉止怪異，而且一點都不帥。雖然對他有點抱歉，但難得有這個聯誼的機會，我想玩得開心點。

「沒事吧？」爸爸很嚴肅地向我問道。這句話連我聽了都想笑。「不過是一場聚會罷了，還會有什麼事呢。」

「我指的不是這個。剛才電視播報一則新聞。」

「難道是關於木嶋法子被男人搭訕的新聞嗎？」

爸爸完全沒笑。像這種情況，笑一下又有什麼關係嘛。「是一起殺人命案。妳知道嗎，死者是那位叫什麼來著的男演員。」

殺人命案這句話聽起來很沒真實感，我乍聽之下為之一愣。「到底是誰啊？」

「叫佐久間什麼的。」

「佐久間覺？」這位男演員外型敦厚，卻有著大剌剌的演技，擁有不少粉絲，但我並不欣賞他。真搞不懂他為何會那麼受歡迎。「咦，佐久間覺被殺了？」我不小心提高了音量。一對剛從旁邊電梯裡走出的男女，聽到我響亮的聲音以及可怕的談話內容，被我嚇了一跳。

「好像是。在銀座一丁目的小巷弄裡。扭斷了脖子。」

「扭斷脖子？是從高樓墜落嗎？那不就是自殺嗎？」經這麼一提才想到，佐久間覺曾同時劈腿兩位女藝人，遭電視新聞大肆報導。難道是因為這樣，精神大受打擊，就此跳樓？也就是突然精神病發。爸爸可能是已看出我的心思，接著道：「感覺不像是跳樓自殺。詳情我也不太清楚。這是幾小時前的事。」

「你說的幾小時前，指的是什麼。」

「指他遭殺害的時間。聽說有人目擊到可疑人物。總之，妳盡快回來。」爸爸以嚴峻的語氣說道。妳盡快回來——他為什麼要用這種命令口吻呢。我左右張望，雖然聽聞這附近發生殺人命案，卻沒有那種真實感。因為我們一群人還在餐廳裡吃喝談笑。

「爸，沒什麼好害怕的。」

「有人喪命耶。」爸爸到底是抱持什麼想法對我說這句話呢？不管何時何地，都有人喪命，有人哭泣。如果是我的家人、親戚、朋友，倒還另當別論，但要是連非親非故的人都要在意，那根本沒辦法過日子。「你放心，我路上會小心的。」我結束通話，回到店內。

加藤小姐訂的這家店，裝潢時尚，氣氛絕佳，感覺很不錯。天花板高得驚人，泛著黑光的牆壁顯得威儀十足，間接照明也亮度適中，料理也色香味俱佳。不愧是加藤小姐。

可能是因為邊走邊看店內的緣故，就此撞上了人。一來也是因為對方體格高大，而我過於嬌小，感覺就像被撞飛似的。我跌坐在地上。當我意識到自己跌倒時，不禁動起肝火。很想朝對方說一句「很痛耶」，但撞我的那個人帶有一股莫名的氣勢，令我無法對他發火。他看起來很年輕。年紀應該和我差不多，長得意外地帥。不過面無表情，令人覺得有點可怕。這時他朝我伸手，將我拉起。沒想到我的身體就這麼浮了起來。真教人分不清這男人究竟是親切，還是粗魯。而他也沒跟我道歉，就這樣走進店內。他身上穿著一件黑色毛衣。仔細看他的背影，可清楚看見粗壯的上臂。他是格鬥家嗎？還好剛才沒對他發飆。像他那樣的男人，會不會扭斷別人的脖子呢？後來滿腦子想的都是這種事，實在太不像話了。

回到個別室後，我大吃一驚，同時也鬆了口氣。首先，我發現座位順序改變，心頭一震，接著我看到自己所坐的位子，既不是在佐藤對面，也不是在他隔壁，而是離他最遠的位子，就此鬆了口氣。坐我對面的是尾花先生。之前坐我對面的臼田先生，人長得帥，個性又開朗，我覺得有點高攀不上，不過尾花先生倒是很不錯。他那略顯頹廢的樣子，感覺也挺迷人的。

「法子小姐，電話還好吧？」坐我身旁的江川小姐向我問道。江川小姐和我都是加藤小姐那家雜貨屋的常客，我們也是基於這層關係而成為熟識。她大我兩歲，感覺就像姐姐一樣，雖然她對戲劇的事不太了解，但她常會來看舞台劇表演，我很感謝她，她是個好人。不過，像江川小姐這樣的好人，又是個大美人，竟然會跟男人有不倫戀，真教人一喜一憂……不對，應該說是六神無主嗎？還是七零八落？總之，這是個教人頭疼的問題，真想不透她為何會這樣。加藤小姐這次邀江川小姐一起來參加聯誼，應該是想在背後幫她一把，讓她早日擺脫不倫戀的問題。她今天前來參加，我真替她高興。

「啊，和我一樣。」臼田先生突然如此說道，我抬起臉，不知道發生何事。他指著我放在桌上的白色手機，然後朝他自己的手提包裡掏找了一番，最後取出和我同款的手機。「一模一樣呢。」

「連顏色也一樣。」尾花先生也驚訝地說道。

雖只是一件微不足道的小事，但我還是很開心。

——**這時候，三名男子的擦手巾面朝的方向**

- 尾花的擦手巾……朝向最左邊的加藤小姐。
- 臼田的擦手巾……揉成一團，擺在手邊。
- 佐藤的擦手巾……揉成一團，擺在手邊。

臼田：「剛才的電話是男友打來的嗎？」（如果不是男朋友打來的就好了。）
木嶋：「才不是呢。是我爸。」（挑明著說我沒男友會比較好嗎？）
江川：「是嗎？說了些什麼呢？」（看來應該還不知道選秀的結果。）
木嶋：「他好像突然替我擔心起來。」（有這樣一位保護過度的父親，也許會讓人以為我是個很難伺候的大小姐。）
加藤：「不是那個電話對吧？」（不知道在這裡提選秀的事恰不恰當，最好用模糊的方式提問。）
木嶋：「嗯，不是。」（不知道會不會有人繼續追問這個問題。）
臼田：「那個電話？什麼電話啊？」（難道真的是她男朋友打來的？）
木嶋：（有人問了，真開心！）「是舞台選秀會的結果。」
尾花：「舞台？木嶋小姐，妳之前是美容師對吧？」（難道是騙人的？）
佐藤：「美容師也有選秀會嗎？」（美容師也有選秀會嗎？）
木嶋：（怎麼可能有嘛，真不希望他參與這個話題。）「我一面當美容師，一面從事舞台劇演出。我的夢想是希望舞台劇演出能當正職。」
江川：「法子演的舞台劇非常出色喔。」（這不是客套話，真的很棒。）
尾花：「哦，江川小姐，妳常看舞台劇嗎？」（以前明明只會看搞笑藝人的舞台表演，妳真的懂舞台劇嗎？）

江川：（聽起來像在挖苦我。）「最近我迷上法子的劇團，因而慢慢看起了舞台劇。以前我交往過的男生，都只對電玩或漫畫感興趣，所以才會這麼晚才接觸這種藝術文化。」（這就叫指桑罵槐。）

尾花：「說起藝術文化，那可就教人慚愧了，不過出自江川小姐口中，感覺就是不一樣。」（這是在挖苦妳。）

佐藤：「電玩和漫畫不也算是藝術文化嗎？」（這兩個人感覺有點針鋒相對，到底是怎麼回事？還有，電玩、漫畫、古典音樂、歌劇，這當中有什麼不同嗎？）

加藤：「說得也是。也許不該有這種先入為主的觀念。」（這位佐藤先生到底是個怎樣的人？）

臼田：「這麼說來，是今天會宣布結果嘍？」（到底是什麼樣的舞台劇？）

木嶋：「是的。我是之前參加那場選秀，好像今天會以手機告知結果。不是有個故事叫《乞丐王子》嗎，我演的就是那個。」（話題圍繞在我身上，感覺真不錯。）

尾花：「哦，有有有。」（是什麼樣的故事啊？）

江川：「啊，尾花先生，那故事的原著作者是誰呢？」（只看漫畫的你，怎麼可能會知道。）

尾花：「呃，叫什麼來著？」（那個故事有原著作者嗎？）

佐藤：「是馬克．吐溫對吧。」（在這裡聊到這個話題，挺有意思的。）

臼田：「啊，那不就是《湯姆歷險記》的作者嗎？」（佐藤先生可真博學。）

木嶋：「沒錯。那齣戲是由奧谷奧也先生挑大樑。」（因為是奧谷奧也先生的舞台劇，大家應該都會大吃一驚吧。）

尾花：「哦，原來是那位知名的奧谷奧也啊。」（這名字好像聽過。）

臼田：「希望妳能早點接獲好消息。」（到底是幾點會宣布結果啊？）

加藤：「很緊張對吧。」（希望會有好結果。）

尾花：「對了，加藤小姐，妳是怎麼認識井上的？這次的聯誼他是怎麼安排的，我完全沒聽說。」（突然改變話題會很奇怪嗎？）

加藤：「其實我不認識他。只是剛好為同一家酒吧的常客。」（這種事我怎麼會知道呢。）

——經營雜貨屋的加藤怒火勃發（舉辦聯誼的數週前）

我對體內沸騰的怒火感到不知如何是好。怒火不是來自頭部，也不是來自胸部，而是從腹中像伸舌舔舐般地左右擺盪，一路往上竄。猛然想起我認識的一名男性曾經說過，我們人的身體，自頭部開始，愈往下愈原始。依序是腦、臉、脖子、胸、內臟、生殖器，愈往下愈沒理性，完全是以動物的系統在運作。經這麼一想，我此時感覺到的憤怒，也沒有邏輯或道理可循，它應該是源自於獸性，或者該說是源自於純真。說到我究竟是為什麼動怒，答案是男人。男人的行為。某個男人的行徑令我無法原諒。因為有另一名悲傷的對象，一名悲傷的女人存在，而她就在我面前難過流淚。

她年約二十出頭，是位模特兒。她並不是在知名雜誌上穿著名牌的漂亮洋裝宣傳新款服飾，或是嘗試充滿魅力的新髮型，讓攝影師拍照的那種模特兒，她主要是穿著泳裝，強調胸部曲線，以挑逗男性的姿勢登上雜誌封面。而且她才剛出道，所以沒資格挑選工作，放假也都很不規律，累積了不少壓力。所以望著這家雜貨屋裡可愛的手工小飾品，她便覺得心靈得到放鬆，獲得一種難以言喻的安心感。她自己曾這樣說過。那是她已連續到我店裡光顧了幾個月後的事。「可能是因為我少女時代一直沒接觸過這麼可愛的東西，所以才會如此憧憬。」她說話的聲調不帶半點抑揚起伏，與其說是冷淡，不如說是她不懂得展現自己的情感，我對她頗有好感。

因此當她同樣以不帶抑揚起伏的音調對我說「之前我在聯誼時，遇上一位感覺不錯的男人」時，我比她還要高興。她決定買下一個有點昂貴的音樂盒，若換作是平時，她絕不會買這種物品，而我也為她打了點折扣。「希望你們能進展順利。」我語帶含糊地替她打氣，她對我說：「我們見面的當天就上了賓館。所以也沒有什麼進不進展可言，感覺像是已經抵達終點。」雖然她講話的口吻有點心不在焉，但感覺得出她的難為情以及雀躍，不知為何，連我也跟著難為情了起來。

而今天，離上次那難為情的交談只有短短三天，但她卻一臉悲戚地縮著身子，來到我面前。現在雖然是營業時間，但我決定在店門口掛上「今天暫停營業」的牌子。因為我得仔細聽她說明事情的經過。

她沮喪的原因很單純。那名男子始終都不和她聯絡，打他手機也都拒接。男子似乎原本就無意與她交往，只是想和她在賓館發生一夜情。

她裝得若無其事，看了更教人難過。

「這種事還很難說吧。」我隨口提出樂觀的意見，她轉為瞪視著我。「我都聽說了。我向負責籌辦聯誼的女子詢問那個人的事，結果她告訴我『那個男人參加聯誼，似乎只是想要得到一夜情。妳該不會和他上床了吧？我知道他住哪裡，妳想知道嗎？』」

我不禁心想，那位籌辦人講話還真是不經大腦，話說回來，她與那位籌辦人並不是什麼親密好友，就只是職場上曾經共事過，算是點頭之交。

坦白說，我並不認為她的遭遇算是什麼與眾不同的悲劇。倒不如說，這種事俯拾皆是，這樣的內容不太會讓人掛在心上。雖說這當中有些誤會，而她也太過信任對方，但比起老師利用身分之便非禮學生，或是男人硬把女人拖進賓館侵害，這算是雙方成人自主意識下採取的行為，遠比前面所說的情況要好得多。

只不過，當時有個擺在店內裝飾，外型是水車小屋的音樂盒，正巧發出音樂，可能是因為發條的調節沒處理好，有時會因為一點小動靜就自己發出音樂，是個故障品，但是那可愛的旋律悄悄觸動我胸中的心弦。她站在我面前，一副「我絕不會哭」的表情，雙唇緊抿，我看到她這副模樣，一股「不可饒恕」的怒火就此湧出。

「我外表看起來總會讓人以為我是個很會玩樂的輕浮女子，但其實我不是這樣。我第一個交往的男人，是個看起來很正經的人，對了，他還是一名棋士呢。將棋棋士。不過，他只是看起來正經，其實一點都不正經，他只把我當作是一顆沒利用價值就丟的棋子，他讓我做出許多不堪又屈辱的事情後，就這樣拋棄了我。」

當時我覺得很憤怒，無法饒恕那樣的男人。甚至暗自許願，希望男子在下將棋時，能有顆像香車之類的棋子飛來，刺進男子的脖子。

「好不容易走出情傷的陰影，以為自己又能和普通人一樣談戀愛，結果又是這樣的遭遇。我沒那麼堅強，上帝要是可以把我的任務難度調低一些就好了。」她還是一樣採用這種壓抑情感的口吻。

眼前有這麼一位悲傷難過的人，但那名始作俑者卻依舊悠哉地過日子，想到這裡就教我滿腔怒火。

根本就沒有神佛的存在。

如果有，何不為她主持正義呢？當時的我深感忿忿不平。

因為已經是過去的事，我無法拿那位棋士怎樣，但是那位參加聯誼的男人，我不是可以對他採取行動嗎？

起初我的構想，就只是想和這個男人見面，當面訓他幾句，但不知從什麼時候起，我的想法改變，覺得我得狠狠給他一些顏色瞧瞧才行。

在經營雜貨屋之前，我為了籌措資金，曾當過酒店小姐，基於這樣的經驗，我很懂得將男人玩弄於股掌。如果對方看起來對我有意思，或許我就能加以利用，對他的金錢或精神造成打擊。在我的舊識中，有個男人擁有過人的頭銜以及社會影響力，如果他現在還迷戀我的話，我或許能透過他，讓那個男人工作不保。

另外，我也認為自己得看清楚那個男人到底有多壞。依他壞的程度，來決定我該採取的態度。

「我來找加藤小姐妳，並不是要博取妳的同情喔。」她像個小學生般，強忍著淚水如此說道。「妳應該知道，這其實也沒什麼。」

「嗯、嗯。」

「現在這時候，可能在某個地方有人突然染病，也有人病重危急，甚至在某個國家裡，還有孩子在挨餓受凍吧。」她伸手指著店外，看她這樣的動作，彷彿知道那個方向有某個國家似的。「而在中東，會落下許多炸彈，有許多孩子因此喪命。」

她突然跟我說中東有小孩喪命的事，令我不知如何回應，但我明白她想說的是什麼。「不過，這是不同的兩件事。」我忍不住加以反駁。「妳心裡覺得難過，而且妳也沒必要刻意和正在某地受苦的人們相比，壓抑自己想哭的衝動。因為心裡覺得難過，是不爭的事實。不管是誰在哪裡遇到殘酷的遭遇，我們還是會因為眼前的生活而感到憂喜。不論是好是壞，每個人仍舊都得珍惜自己的人生，努力地過日子。像我，不管哪裡發生戰爭，我都不在乎，一樣在這裡吃我的布丁，最後布丁還沒吃完。」

講到一半，連我也不知道自己在說些什麼。她可能也感覺到了，噗哧一笑。

「加藤小姐，妳好像在說什麼大道理，但我聽不懂呢。」

「說得也是。」的確如她所說，連我自己也搞不清楚。某個地方有人在傷心流淚，但我卻在吃布丁，這樣究竟是對是錯呢？我很想找人問個清楚。

這時我發現，她一面笑一面流淚，嘴裡說著「那個男人真的很教人生氣」，接著放聲大哭。

不久，我查出那個男人常去的酒吧，並開始去光顧，暗中觀察他。就外表來看，他不像是個到處拈花惹草、玩弄女人的壞男人，我心想，要看清楚他的本性，也許得與他展開正面對峙才行。最後我決定透過酒吧老闆，向他詢問聯誼的事。

但我萬萬沒想到，聯誼當天，井上真樹夫竟然會缺席，難道他已看出我想報仇的意圖？此事令人在意。

——聯誼進行中的「對話」（與心理）II

江川：「佐久間覺遭殺害？這是怎麼回事？」（怎麼會這樣？）

木嶋：「我也不太清楚，聽我爸說，好像是脖子被人扭斷。」（為什麼在聯誼時得談這種話題啊。）

尾花：「真可怕。兇手還沒抓到吧？」（雖然離一丁目有點距離，但兇手也可能剛好逃到這一帶。）

臼田：「真的滿可怕的。為什麼又是佐久間覺？」（有其他人也是被扭斷脖子嗎？）

加藤：「可能和那個有關吧。最近不是蔚為話題嗎？他明明有女朋友，卻還不檢點。」（為什麼會有這麼多隨便的男人。）

江川：「劈腿是吧。而且兩邊都是藝人。他到底想些什麼。真差勁。」（為什麼會有這麼多隨便的男人。）

尾花：「不要說死者的壞話。」（我當初和妳交往時，可沒劈腿喔。）

江川：「啊，也對。不過，劈腿的行為是不對的。至於該不該被扭斷脖子，則另當別論。尾花先生，請你也試著想像一下。如果你有女朋友，而她和其他男性去欣賞鋼琴演奏會的話，你會怎麼做？能原諒她嗎？」（這是在挖苦你。）

尾花：「哦，這樣的話，確實很教人傷心。」（竟敢耍我。）

木嶋：「啊，那會不會是警察？就是現在走進店裡的那兩個人。雖然穿的是便服，但眼神很犀利。」（如果不是警察，那可就糗了，不過他們兩人又不像是來喝酒的。）

加藤：「的確，感覺有點古怪。好像在向店員問話。」（到底是怎麼回事？）

尾花：「該不會是來搜查殺害佐久間覺的兇手吧？」（這也不無可能。）

臼田：「這也許是我第一次看到便衣刑警。」（真的就像連續劇一樣。）

江川：「刑警會專程到這種地方來嗎？」（妄下斷言或許會有危險。）

佐藤：「呃……我去一下洗手間。」（雖然不太可能，但為了謹慎起見，我最好還是先躲起來比較好。）

加藤：「你知道洗手間在哪兒嗎？」（他在這時候離席，會不會有什麼含義呢？）

——「幸」的店員獨白

那兩名男子穿著西裝和大衣前來，問我「店長在嗎」。應該是刑警吧。於是我就叫松田先生……不，叫店長過來。感覺他們像是拿出照片，問他照片裡的人有沒有到店裡來。本想事後再向松田先生詢問詳情，但工作一忙就給忘了。所以我到現在還不知道他們是不是警察，也不知道照片裡的人物是誰。松田先生……不，店長應該是在看過照片後，回答說這個人沒來。那天也發生了男演員佐久間覺遭殺害的命案，這當中有關聯嗎？如果他們真的是在搜查兇手，不是應該更認真地到店內巡視嗎？不過，銀座有這麼多家酒店，他們也無法全部展開地毯式搜索，這也是沒辦法的事。想到當時扭斷別人脖子的兇手有可能就在店裡，便覺得全身雞皮疙瘩直冒。我這話的意思不是害怕，而是興奮。

——佐藤亘前往洗手間後，眾人開始說出自己毫無根據的主觀想像

木嶋法子開始悄聲說出心中的疑問。她問道，佐藤亘感覺個性陰沉，顯得很緊張，模樣可疑，與尾花他們是什麼關係。尾花弘為該不該說真話而苦惱，待他拿起啤酒杯，喝了口啤酒後，他才坦言，其實他也不清楚佐藤亘的事。你嘴巴上沾有泡沫喔——加藤在一陣輕笑後，出言提醒他。尾花急忙擦拭嘴角，心想，多麼細心的女孩啊，對加藤深

感著迷。我們男方三人，今天是第一次見面——臼田章二以他獨特的表現方式說明道。

「我們就像串燒的雞肉。內臟、皮、軟骨，全都不同，但全由井上先生這根竹籤串在一起。我們共通的朋友，就只有井上先生。要是把竹籤拔出來，我們就全散了。」

那位佐藤亘真的是井上真樹夫的客戶嗎——木嶋法子一針見血地問道。

「這話怎麼說？」尾花弘定睛注視著她。

「井上先生和佐藤先生之間，也許根本毫無半點工作上的關係。搞不好就算井上先生想來，也來不了這裡。」木嶋法子開始慢慢展開她奇怪的推理。「井上先生現在也許被關在某個房間裡，全身癱軟，無法動彈。」

加藤遙雙目圓睜，緊盯著木嶋法子，一臉驚訝地說道：「為什麼會這樣？」

「我看一定是被綁架了。」木嶋法子眼中閃著光芒。「因為他是有錢人家的子弟。」

「井上先生是有錢人家的子弟？」臼田章二聽得直眨眼。

「總之，井上先生現在可能被人綑綁，無法自由行動。嘴裡塞著布條，全身顫抖。」

「井上他不要緊吧？」尾花弘刻意以驚恐的口吻，表現出替不在場的井上真樹夫擔憂的神情。

「而且還兩頰消瘦，全身赤裸。」

「在法子的幻想下，井上先生的情況可真是愈來愈慘呢。」江川美鈴格格嬌笑，但木嶋法子卻一臉嚴肅。「井上先生遭人監禁的事，目前還是秘密。要是對外洩漏這個消息就完了。因此，雖然他不能前來參加聯誼，但要是因為這樣而讓其他人議論紛紛，做不當的揣測，那可就麻煩了。而那群綁架犯應該就是為了避免引發騷動，才派人來當他的替身吧？而當替身的佐藤先生，正是他們的同夥。那個姓佐藤的人，是監禁井上先生的那班歹徒當中的一員，這次他乘著調查之便，厚著臉皮來參加這場聯誼。為了仔細調查各位是如何看待井上先生缺席這件事。」

臼田章二右手肘撐在桌上，輕輕托腮，望著木嶋法子那充滿戲劇效果的動作和口吻，覺得她很可愛，一時看呆了。後來他驚覺自己看到出神，連忙端正坐姿。桌上的大盤子裡裝著大份的蛋包飯，他拿起湯匙，挖起那呈新月形的剩餘部分，裝進手邊的小盤子裡。均勻地朝上頭抹上特製的紅色醬料後，送入口中。先是嚐到甜辣，接著是柔柔的蛋香，在口中擴散開來。那美好的滋味帶來一股暖意，接著他伸手拿取另一盤的嫩煎牛肉，但因為已剩最後一塊，所以他戰戰兢兢地把手縮回。

「不過，這樣說的話，各種情況都有可能。」加藤遙莞爾一笑，兩頰浮現酒窩。「井上先生也許是感覺到自己要是參加今天的聯誼，會有危險。憑著直覺，敏銳地察覺到自己要是前往赴約會有可怕的後果，所以才臨時決定缺席。」

「妳說察覺到危險，例如怎樣的情況呢？」尾花弘問道。「難道是這家店會發生瓦斯氣爆之類的事嗎？」

「例如當中有人對井上先生讓女人為他流淚的作為感到忿忿不平，想還以顏色之類的。」

「加藤小姐，妳怎麼知道井上是個花花公子？」尾花弘喊了聲「哎呀呀」，誇張地往後仰身，故作驚訝貌，加藤遙則是極力隱藏自己略顯驚慌的神色，語帶含糊地應道：

「咦，真的是這樣嗎？這只是我個人猜測。」

「那麼，各位聽聽看我的猜測覺得怎樣？我的很刺激喔。」臼田章二之前一直不好意思吃的牛肉，不知何時，已叉在他手中的叉子上，他對此先是一怔，接著旋即張口便嚼。之後他斬釘截鐵地說道：「井上先生就是兇手。」

「你說兇手，是什麼兇手？」木嶋法子大為驚詫。

「當然就是扭斷佐久間覺脖子的兇手啊。」

「哦！這太驚人了。」尾花弘雖然嘴巴上這麼說，但口吻倒是一派輕鬆。

「他為了製造不在場證明，若無其事地安排了這場聯誼。」

「咦，如果是這樣，他沒參加聯誼，不就無法構成不在場證明嗎？一旦缺席，他苦心安排的計畫不就泡湯了？」江川美鈴說出心中的疑問後，「哦，這樣啊！」臼田章二也很坦率地承認自己的推測錯誤，其他成員紛紛朗聲大笑。「那麼，他可能待會兒會慌慌張張地跑來。若無其事地解釋道『我還是很想參加』。如果他真是兇手，就算人在這附近也不奇怪。」

「要是中途才大搖大擺跑來，那反而才可疑呢。」木嶋法子冷靜地說完後，呼了口氣。「既然這樣，那就等佐藤先生從洗手間回來後，再仔細向他問個清楚吧。問他『和井上先生有多熟。和他是什麼關係』。要是他有所隱瞞，從反應就看得出來。看他會慌張還是生氣。」

「那麼，這樣做你們看怎樣？如果有人覺得佐藤先生的反應可疑，就馬上把飲料端至嘴邊，假裝嗆到。」江川美鈴幹勁十足地說道。

「然後呢？」這時尾花弘不自主地回復到當初他們還是情侶時，說起話來毫不客氣的感覺，以很熟絡的口吻說話。不過，其他人對此倒是沒表現出驚訝的反應。

「以嗆到的人數來大致評估佐藤先生可疑的程度。」

不久，佐藤亘從洗手間返回，一副若無其事的模樣。他那戰戰兢兢走進個別室裡，慢吞吞坐下的動作，可以說是可疑，也可說是可愛。

店員俐落地前來收拾空盤，接著擺上一盤小披薩。木嶋法子直截了當地問道：「佐藤先生，你和井上先生真的有工作往來嗎？您從事何種工作呢？」

佐藤亘一時為之語塞，顯得有些吞吞吐吐，接著他回答道：「只是很普通的工作。像是製作資料，然後裝訂成冊。」

——證明這場聯誼與男演員遭殺害的命案無關的電子郵件

※實際的郵件內容中原本採用符號、暗號、假名，但已全都改為正確的文字。

寄件者：吉田靖　收件者：笹岡愛理

主旨：報告

日期：XXXX/01/13 17:03:27

內容：我是吉田。剛才我們已順利完成工作，在此跟您聯絡一聲。尾款請於兩天內匯入指定帳戶。

寄件者：笹岡愛理　收件者：吉田靖
主旨：Re：報告
日期：XXXX/01/13 17:08:15
內容：可以提供證據，證明你們真的殺了他嗎？

寄件者：吉田靖　收件者：笹岡愛理
主旨：Re：Re：報告
日期：XXXX/01/13 17:13:11
內容：我是吉田。您不用擔心。佐久間覺已在銀座長眠了。脖子遭人扭斷。再過不久就會傳出這則新聞。

寄件者：笹岡愛理　收件者：吉田靖
主旨：Re：Re：Re：報告
日期：XXXX/01/13 17:15:25
內容：等我在電視上確認後就會付款。謝謝你。這封郵件你當然會刪除吧？

寄件者：山口莉莉　收件者：笹岡愛理
主旨：我回來了
日期：XXXX/01/13 18:30:12
內容：愛理，我在電視新聞上看到了，覺死了嗎？妳現在人在哪裡？我很擔心。

寄件者：笹岡愛理　收件者：山口莉莉
主旨：Re：我回來了
日期：XXXX/01/13 18:42:22
內容：我也正為此事感到吃驚呢。我人在大阪，不清楚到底是怎麼回事。

寄件者：吉田靖　收件者：大藪亮
主旨：辛苦了
日期：XXXX/01/13 17:21:42
內容：辛苦了。我會再跟你聯絡，你今天可以回去了。

寄件者：大藪亮　收件者：吉田靖
主旨：Re：辛苦了

日期：XXXX/01/13 17:30:43
內容：我會順道去附近的一家酒吧餐廳，待會兒才回去。發現了一家不錯的店。

寄件者：吉田靖　收件者：大藪亮
主旨：Re：Re：辛苦了
日期：XXXX/01/13 17:32:01
內容：才剛扭斷別人的脖子，還吃得下飯，你真可怕。

寄件者：大藪亮　收件者：吉田靖
主旨：Re：Re：Re：辛苦了
日期：XXXX/01/13 17:40:15
內容：在來之前，我看到一張鋼琴演奏會的海報。好像是一位百年難得一見的天才。應該很不錯。

寄件者：吉田靖　收件者：大藪亮
主旨：Re：Re：Re：Re：辛苦了
日期：XXXX/01/13 17:42:03
內容：反正也拿不到門票。頂多也只能聽ＣＤ吧？

寄件者：大藪亮　收件者：吉田靖
主旨：Re：Re：Re：Re：Re：辛苦了
日期：XXXX/01/13 17:45:21
內容：CD也行。

寄件者：吉田靖　收件者：大藪亮
主旨：Re：Re：Re：Re：Re：Re：辛苦了
日期：XXXX/01/13 17:50:08
內容：總有一天會聽到的。在你死之前。你死的時候，就會聽到某處傳來那樣的音樂。

寄件者：大藪亮　收件者：吉田靖
主旨：Re：Re：Re：Re：Re：Re：Re：辛苦了
日期：XXXX/01/13 17:50:55
內容：（無）

——在店內的洗手間前，昔日曾是情侶的兩人（和之前不同，這次是恰巧遇見）展開交談（聯誼開始後的一小時三十分）

起身上洗手間時，看了手機一眼（也許我是因為想看手機，才無意識地起身上洗手間），發現那個男人寄給我的郵件，上頭寫著「現在在做什麼？」每次都是同樣的文字。剛開始交往時（或者該說是一直到不久前為止），會覺得他那冷漠的文字（例如「現在在做什麼？」「可以見面」「那就見個面吧」這種簡單的對話），是「只屬於我們兩人的暗號」，就像是藉由我們兩人共有的步驟來確認彼此的愛情般，能從中感受到喜悅。我們會約在特定的場所見面，有時一起用餐（他請客），有時一起喝茶（常是各付各的），而大部分的情況都是上賓館開房間（他付錢）。

我作夢也沒想到會和一位大我十二歲，而且有家室的上司發生關係。我大學時代，有位給人感覺很正經的朋友，突然和一位上班族發生不倫戀，當時她曾說「他的太太只是碰巧比我早遇見他罷了。戀愛這種事，難道要照先後順序嗎？和愛情的深淺無關嗎？」我對此感到深惡痛絕，冷冷地對她說了一句「妳竟然懷疑戀愛是否要照先後順序。這是一種規則。再說了，妳告訴我自己和人發生不倫戀的事，這實在很奇怪。不倫戀這種事，是你們兩人一直到死都得保守的秘密，這是很基本的道理，不是嗎」（我自己明明就不知道什麼是不倫戀的基本道理）我已不記得當時那位朋友是何反應，但我萬萬想不到自己竟然會重蹈她的覆轍。

那位大我十二歲的上司，平時少言寡語，思慮縝密（他思考時的表情很迷人），擁有過人的決斷力。雖然不是很溫柔，但他為人不會情緒化，所以深獲部下信賴。他的外表和電視上的男演員相比毫不遜色，低沉的嗓音也很有磁性，許多人都說和他接觸時會感到緊張（以前我就說過，但現在就不會這麼說了）。他因為工作的緣故，在高級俱樂部接待客戶的重要幹部時，有許多酒店小姐為他著迷，每次都為此傷透腦筋，這些軼聞趣事我也聽過不少。

因此，我是因為幾次的偶然（例如我的母校就在他老家附近、我常光顧的那家麵包店老闆是他國中時的好友），以及一些工作上惹出的小麻煩（在客戶的公司裡，我的咖啡濺髒了他的西裝、我打翻的罐裝咖啡害客戶的筆電故障），而與他變得熟稔，進而演變成男女關係，當時我對此頗為錯愕。在感到錯愕的同時，也覺得自己很幸運。如果是在一般的情況下，我一定無法得到他這樣的男人，但我卻得到了。因此每次與他緊緊相擁時，我當然會捨不得放掉這樣的幸運。

關於我的不倫戀，加藤和法子都知道。因為有一次我正為了自己和他的關係而苦惱時，突然像發作似的，把一切全告訴了她們（不倫戀的基本道理，就是「兩人一直到死都得保守秘密」，結果我自己也沒能守住這個原則）。

「我認為這樣不太好。」加藤語氣平靜地說道。「我指的並不是倫理道德方面，而是依據現實的考量，不認為美鈴妳繼續這樣下去會得到幸福。妳能想像自己五十歲時，還能和六十二歲的他保持和現在同樣的關係嗎？或許現在妳會認為自己和他的關係，是這世上獨一無二，同時也是最重要的關係，但或許會有其他更好的男人。」

我搖頭應道：「或許吧，但我現在不這麼認為。」加藤聞言後嘆了口氣道：「我想也是。就是因為妳不這麼認為，才會這麼辛苦。」加藤的態度，不是要向我說教，不是要訓斥我，也不是想誘導我採取某種行動，就只是和我站在同樣的立場，和我一起煩惱，她真是好心腸。至於法子，她有可能會瞧不起我。雖然她沒說什麼，但她就像同情我似的，眉頭微蹙（學生時代的我在看那位不倫戀的朋友時，肯定也是這種表情）。

我看著他寄給我的郵件，嘆了口氣。腦中掠過的，是幾天前我和公司同事趁著新年特價大拍賣前往買洋裝時，在回來的路上遇見的那一幕。那是隔著兩條名牌商店林立的熱鬧街道，一處立著整排行道樹的寧靜角落。與我同行的同事說，穿過那個地方後就是她常去的那家披薩店（雖然不知道她為何對披薩店如此情有獨鍾，不過這應該也是老天爺的安排吧），於是我和她一起走，但就在這時，他的身影出現在我眼前。

他穿著我見過幾次的那件羽絨衣，臉上掛著我見過幾次的溫和笑容，身旁站著一位我從沒見過的高挑女子（我在他手機電話的照片裡看過他妻子的長相，所以知道不是他妻子）。一位和我同樣立場，而且是我不知道的女子。我不能就此停步，只能繼續趕路，但這項衝擊令我腦中一片空白，再也沒興致買衣服了。

我終於能夠比較理性地來思索此事，我和他並非獨一無二的關係，站在他的立場來看，我不過是他「眾多關係中的一個」。那無比簡短的郵件文字（「現在在做什麼？」可做為其代表），該不會是他為了防範一次與眾多女性往來會產生混亂所想出的做法吧

（為了防範不小心寄錯郵件，寄給其他外遇對象時，會就此露餡！）。一想到這裡，我開始覺得自己很可悲。

「現在在做什麼？」我靜靜注視著那封郵件。

「不倫戀的對象寄信給妳嗎？」突然有人冒出這麼一句話，嚇了我一跳。轉頭一看，尾花弘就站在我後方。他似乎是來上廁所。

「喂，不會吧，被我猜中啦？」尾花弘瞪大眼睛，一臉尷尬的神情。他搔著頭道：

「我只是隨口說出最不可能會有的情況。」

「要你多嘴。」要是不採用這種不當一回事的口吻，我怕自己的聲音會顫抖。

「妳不是最討厭不倫戀這種事嗎？以前妳常為這種事生氣，不是嗎？」

「請別用這種好像和我很熟的口吻跟我說話。再說了，我的個性和想法已經不像以前那樣。」

哼，尾花弘皺起眉頭。我重新端詳他，發現他也變得成熟了些。挑選的衣服，比以前來得素雅（以前老穿一些圖樣華麗，很不搭調的衣服，但來到路上後，卻又對自己華麗的圖樣感到難為情），說話速度也變慢了。當然了，與大我十二歲的他相比，尾花的威儀和穩重自然遠不及他，顯得充滿稚氣，但現在他的稚氣反而給人好感。

「對方一定長得很帥對吧？」

「你怎麼知道？」

「因為妳很重外貌啊。很遺憾，妳有個毛病，那就是認為男人首重臉蛋。」

「不勞你操心，因為我以前的男友，沒有一個是帥哥。」

「才沒那回事呢。」尾花弘一臉認真的表情，有點好笑。

「可是，你不覺得男人首重臉蛋嗎？」

「我不覺得。」

「不然要重什麼？內在嗎？如果是這樣的話，看女人也應該重臉蛋才對吧。」

「我想說的是……」尾花弘很不耐煩地說道（之前和他交往時，常看他露出這種表情，此時看了感觸良深），言詞犀利地反駁：「不倫戀是不對的行為。」

「為什麼？」

「因為會造成平衡崩解啊。要是有個男人一次和許多女人交往，會有什麼後果？也許會造成其他男性找不到伴侶，對吧？男人和女人就是一對一的組合。廣告傳單上寫著『一人只限一個』的抽取式衛生紙，那也是一個人只能配一個。」

別把人比喻成抽取式衛生紙──雖然我故作生氣狀，但他那古怪的道理令我忍不住苦笑。「不過，這不是很奇怪嗎？在我遇上那個人之前，他只是剛好先遇上別人，和對方結婚。這不是愛情深淺的差異，而是相遇的順序問題吧。因為人生只有一次，所以自然會想和自己喜歡的人在一起。先遇上的人先贏，這樣不是很奇怪嗎？」

我說妳啊──尾花弘露出難以啟齒的神情，對我說：「這是採順序制。只要對方先結婚，妳就沒轍了。它就是這樣的規則。」

我呼了口氣，緊緊閉上雙眼。「這我在很久以前（因為是學生時代，所以大概是八年前的事）就說過了。」

妳說以前就說過，這是什麼意思——尾花弘一臉詫異，但接著他做出手按胯下的動作（就連小學生也不會擺出這種姿勢吧）說道：「啊，我得去上廁所才行。」就此跑進洗手間裡。

我決定返回其他人所在的個別室。抵達座位後，看見法子在啜泣，我嚇了一跳。

——臼田把木嶋逗哭（聯誼開始後一個小時三十分）

是臼田章二不對。他打了一通惡作劇電話給木嶋法子。他是怎麼辦到的？首先，他將木嶋法子擺桌上的手機和自己的對調。因為剛好兩人的手機同款，他才想到這個主意。時間就在尾花弘起身如廁時。桌子一陣搖晃，裝水的杯子差點掉落。所有人的目光都往杯子匯聚。就在這時，他將電話對調。接著他在桌子底下打開她的手機。輸入自己的電話號碼後，按下通話鈕。桌上臼田章二的手機並未振動。只有亮燈。他馬上掛斷電話。這時店員前來收盤子。於是他再次更換手機。他的手機又回到他手中。木嶋法子的手機則是回到桌上。

他將自己的手機放在腰間操作。通話紀錄裡留有剛才他發送的木嶋法子電話號碼。他撥打那個電話。

木嶋法子的手機響起。她有了反應。望向小小的手機螢幕。「是個未知來電。」她語帶顫抖地說道。她誤會成是有人打來通知她選秀的結果，就此站起身，離開個別室。

她按下接聽鈕。「木嶋小姐嗎？關於奧谷奧也《乞丐王子》的選秀會……」聽聞這個聲音，木嶋感到呼吸困難，神經緊繃，音調隨之上揚。並以沙啞的聲音應了聲「是」。「恭喜您。您通過選秀會了。」傳來這個聲音。她原本腦中一片空白，這時安心感填滿了空白。但接下來的話語，再度讓她變回空白。「怎樣？法子小姐，吃驚嗎？嚇了一跳對吧？」

接著停頓了數秒。「妳還不懂嗎？我是臼田啦。」

這時，人在個別室的加藤遙大為生氣。她萬萬沒想到眼前的臼田會打這種電話。一時間反應不過來。當她明白臼田幹了什麼好事時，氣得面紅耳赤。她責備臼田章二的不長眼。臼田章二見木嶋法子返回座位時，臉上滿是淚水，嚇得臉色發白，不斷向她賠罪。木嶋法子擦拭眼淚，但淚水卻怎樣也止不住。她感到既懊惱，又羞愧。江川美鈴從洗手間返回後，對現場尷尬的氣氛大為吃驚。她問法子為什麼哭，聽完她的說明後，也為之震怒，責怪起臼田章二。臼田章二向她道歉。接著換尾花弘從洗手間返回，同樣驚覺現場尷尬的氣氛。他詢問法子為什麼哭，在聽過說明後，感到大惑不解。他問臼田章二：「為什麼這麼做？」

臼田章二苦著一張臉。「看來，這是我最大的失策。」他一臉納悶地說道。「我是為了逗木嶋小姐開心才這麼做的。」

「這樣哪會開心啊。」江川美鈴應道。「我看你根本是在玩弄別人的心情吧。」

沒錯——現場每個人都這麼應道。連臼田章二自己也點頭。「妳這麼說也對。我只是覺得讓她嚇一跳，應該會很有趣吧。我向來不太懂這種事。常看不出別人心裡在想什麼。」臼田聳了聳肩。「可能就是因為這樣，就算參加聯誼，也沒辦法和女生有進一步的發展。」

其他五人一時間不知如何回應。

隔了一會兒，尾花弘說道：「臼田也算是個好人。」「哪裡好啊——」江川美鈴應道。原本在哭泣的木嶋法子也破涕為笑。

——待酒過三巡，眾人好不容易開始敞開心房，但聯誼也已接近尾聲，他們開始各自說出心裡話，其中，佐藤亘道出令人意想不到的話語，但那只是一句謊言，其他五人就此放下心中的大石，同時也感到些許失望。

已停止哭泣的木嶋法子，一口氣喝了好幾杯中杯啤酒，喝完後又點了一杯，最後當然是喝得酩酊大醉，朝佐藤亘挺出下巴，毫不客氣地說道：「喂，醜男。」不過當事人佐藤亘既不生氣，也沒難過，就只是一臉歉疚地向她道歉道：「不好意思。」其他四人看了覺得好笑。尾花弘在一旁替他幫腔道：「佐藤兄，你用不著道歉啦。你大可生氣。」江川美鈴則說：「法子，妳喝醉了。」講出大家都看得出來的事實。木嶋法子卻是抬頭挺胸，神色自若地說道：「我說，請你不要誤會喔。『醜男』是我們鄉下的方言，指的是長得不太稱頭的男人。」其他人聽了說道：「這不叫做方言吧。」「這不是安慰人的話吧。」令佐藤亘啞然無語。木嶋法子絲毫不以為意，繼續她那白目的發言：「醜男幹嘛來參加今天的聯誼？你不惜拜託朋友幫忙，也要來參加聯誼，是不是對女孩和戀愛很飢渴啊。」這句話令現場氣氛為之凍結，加藤遙就像是要加以提醒般，如同一位在保護自己女兒的監護人，替她解釋道：「抱歉，佐藤先生。她因為選秀會的事，太過緊張，再加上喝了點酒，有點胡言亂語。」

「沒關係的。與其這樣顧忌我的感受，不如讓她暢所欲言，這樣我還比較自在。」佐藤亘那張宛如青蛙般的臉略帶微笑，完全不顯一絲怒意，對此，臼田章二心想「他人品真好。」尾花弘對他也很敬佩，「他比井上要好多了。或許聯誼就應該為這種人而設。」

木嶋法子對眾人說，她覺得反胃想吐，一直趴在桌上，這時，佐藤亘突然像是新聞播報員似的，一本正經地說道：「之前話題聊到那件可怕的命案。」現場眾人的目光全往他身上匯聚。「你說那件可怕的命案，指的是佐久間覺被扭斷脖子的事嗎？」尾花弘問，佐藤亘微微點頭應道：「就是它。發生在銀座一丁目巷弄裡的命案。」那件命案怎樣嗎？在場的女性一副很想如此詢問的表情，佐藤亘望了她們一眼後，開口道：「如果你們知道我就是那名兇手，會不會很驚訝。」此話一出，連木嶋法子也抬起頭來。眾人表情為之一僵，「這怎麼可能」的念頭，以及「竟然有這種事」的錯愕，在個別室裡蔓延開來。很不巧，店員偏偏在這時前來問道：「可以送甜點了嗎？」面對現場鴉靜雀默的氣氛，店員覺得很尷尬，不明白這場聯誼到底發生了何事，只覺得既好奇又可怕，就此匆匆離去。

「我在扭斷佐久間覺這名演員的脖子時，正好被井上先生撞見。因此，我非得殺害井上先生不可。不過，聽說他今天與朋友有約。就是這場聯誼。如果真是這樣，他要是無故缺席，他的朋友們，也就是在座的各位，也許會覺得事有蹊蹺，因而引來一陣騷動。因為種種原因，為了讓這起命案晚點曝光，我請井上先生打電話給尾花先生，告知他要缺席的事。我威脅井上先生，如果不打這通電話就會沒命，他馬上便依言而行。我之所以代替他前來，是因為井上先生一時不小心說溜了嘴。不得已，我只好前來赴約。」佐藤亘不帶任何感情，略微低著頭說道，尾花弘聽得臉色發白，低語道：「怎麼會……」臼田章二則是吞了口唾沫，問道：「那麼，井上先生他現在……」加藤遙頻頻眨眼，江川美鈴不知該說什麼才好，木嶋法子則是目瞪口呆。過沒多久，佐藤亘臉上露出孩童般的笑意，以充滿活力的聲音說道：「我這樣說，有沒有嚇一跳。」除了佐藤亘外，其他五人都沉默了半晌，不知該做何反應。「抱歉，嚇著你們了。我只是想開個玩笑。結果一時玩過頭，編了個謊。」佐藤一本正經地說道，接著對木嶋法子苦笑道：「在演舞台劇的人面前扮演一名殺人犯，還真有點不好意思呢。」結結巴巴地向眾人道歉。聽完他這番話，眾人這才明白他這原來只是在開玩笑。「拜託～」臼田章二和江川美鈴吁了口氣，加藤遙則是愉悅地低著頭笑，尾花弘一臉感佩地說道：「佐藤兄看起來不像是會說這種謊的人，所以我們都大感意外。」而木嶋法子可能是酒精再度發揮作用，只見她搖頭晃腦地指著佐藤亘說道：「喂，醜男，別再嚇人了哦！」呼出濃濃酒氣。

端來甜點提拉米蘇的店員，見現場氣氛與剛才迥異，變得一團和氣，大感詫異，不過，像現在這樣氣氛和諧，是求之不得的事，店員自己在腦中想像，也許他們是看到這宛如在柔軟的外牆上添加褐色酥脆屋頂的提拉米蘇，以及渾圓的冰淇淋，全都感到幸福洋溢吧，店員也跟著感染快樂的情緒。

「不過，我時常在想。」加藤遙嚐了一口提拉米蘇後說道：「那名男演員死後，此刻和他有關的人、他的父母、女友、朋友，一定很難過。自己所珍惜的人就此從世上消失，令他們深陷在那種失落感和哀傷中，為之哭泣、哽咽。但人就在附近的我們，卻像這樣舉辦聯誼，還直誇提拉米蘇好吃，悠哉地樂在其中。」她以湯匙挖著提拉米蘇，自言自語地說道：「仔細想想，還真不可思議呢。」她這番話不是在怪誰，也不是在問誰。對此，臼田章二很老實地說出一名淳樸的牧羊人會有的感想：「我從來沒想過這種事。」尾花弘雖然懷疑她拋出這個話題，其實是用來驗證男人思慮深淺的測驗題，但他還是坦然說出心中的想法：「這麼想確實會覺得很不可思議，但我們也無可奈何。我們只能天真地繼續這場聯誼。」江川美鈴聽了之後，突然想起自己不倫戀的對象，自己在這裡參加聯誼時，他也正和家人享受著天倫之樂，自己與他永遠沒有交集，想到這裡不禁感到一陣落寞。

「說得也是。」佐藤亘開口道。「戰爭、事件、事故、疾病，一直都存在於某處，不斷發生，哭泣的父母、悲傷的孩童，這世上應該滿滿都是這些人，但我覺得，我們唯一能做的，就是好好把握自己的時間、自己的人生、自己的工作。當然了，我這並不是各人自掃門前雪，休管他人瓦上霜的意思。」

「喂，醜男，不然應該怎麼做才對？」木嶋法子以分不清是尊重還是侮辱的態度如此詢問，而佐藤亘依舊不顯一絲厭惡，只見他表情扭曲地應道：「該怎麼做我也不清楚，所以只能對許多事都抱持擔心害怕的態度。聽說某位作家在臨死前，曾對他的孩子們說過一句話，『每個人都只能認真演奏上天賜給的樂譜，沒空偷看旁人的樂譜。只能祈求在演奏自己的樂譜時，別人也能順利地演奏。』」

「拜託，醜男，完全聽不懂你在說些什麼。」木嶋法子粗魯地說道，幾乎在她如此大喊的同時，她的手機響起。起初似乎完全沒人意識到這代表什麼含義，直到加藤遙告訴木嶋法子：「法子，妳的電話。」大家這才發現。木嶋法子一副不堪其擾的模樣，嘟著嘴說道：「拜託，這個時候打什麼電話嘛。」將耳機貼向耳邊。其他五人皆在腦中想像「會不會是要通知選秀的結果」，但她因為喝醉的緣故，似乎完全忘了這件事，在按下通話鈕的同時，朝手機說道：「什麼事啊？醜男。」其他五人發出「嚇」的一聲驚呼，嚇出一身冷汗。接著木嶋法子聽到對方的聲音，這才明白對方是打來通知選秀結果，眾人都看得出她臉色倏然轉白，慌張地直說「對不起」，並起身離席，一面走出個別室，一面解釋：「呃，在我老家的方言裡，『醜男』的意思是……」

剩下的五人不約而同地噗哧笑出聲來，江川美鈴笑到眼淚直流，加藤遙笑瞇了眼，臼田章二則是對離去的木嶋法子做出膜拜的動作，對她祝福道「希望能通過」，佐藤亘則是覺得自己已許久不曾這樣放鬆心情了，他望向手錶，不知道自己擱下的那項工作結果怎樣，對此有點擔心。

「好奇怪的一場聯誼啊。」尾花弘以既驚訝，又感到興味盎然的口吻如此說道，拿起桌上的擦手巾開始擦手，擦完後，他俐落地將它捲成筒狀，很自然地放回桌上。當江川美鈴看到那條擦手巾明確地朝向她時，覺得這是在嘲諷她，心中略感不悅，但這種感覺只有短短的一瞬間，接著旋即有股暖意吹入心中，說不出的舒暢，就此笑逐顏開。

——聯誼後取得聯絡時，井上真樹夫說明經過

臨時爽約真的很不好意思，不過，雖然我是主辦人，但我覺得偶爾有這種突發事件也不錯。突然有名陌生男子說要參加，這不就是突發事件嗎？我和佐藤亘算是巧遇。在哪裡遇見是吧，其實是在洗手間。三越的洗手間。也許就只有在那種地方，身分完全不同的兩個人才會遇在一起。他就好像剛從某個地方逃出來似的。當時我人在大號用的廁所裡，忘了鎖門，而他正好要往裡走，我們就這樣不期而遇，嚇了一跳。當時我正好穿上褲子，按下沖水裝置，由於我們兩人的個性很合得來，就這樣小聊了一會兒。不過，我們後來轉移陣地。總不能一直站在洗手間裡聊天吧。我們在附近的長椅上閒聊。沒想到我和他在這種情況下相遇，兩人竟然這般意氣相投。這時他突然問我：「普通人平日這種時候都在做什麼？」我告訴他：「以我來說，我今天晚上會參加聯誼。」嗯，沒錯，我算不算是普通人，這是個問題，不過，聽我這麼一提，他馬上很感興趣地說：「我很想體驗一下聯誼。」也許他當時的心情就像安妮公主[21]一樣。喂，尾花，你不知

道安妮公主是誰嗎？那換成艾德華王子也行。你連這個也不知道嗎？就是《乞丐王子》啊。總之，應該是討厭自己的人生，想窺望別人的人生吧。這很像是大人物會染上的毛病。說起來，好像是他母親最近過世，造成他精神狀態不太穩定吧？他決定拋下重要的工作，前去參加聯誼，想必會引發不小的騷動。總之，我想讓他體驗聯誼的滋味，所以才會臨時爽約。為了臨時取消工作的他，我臨時消取參加聯誼。你們也很驚訝對吧？因為他竟然跑來參加聯誼。咦，真的嗎？你一直到回家的時候才發現？原來是這麼回事啊。連我也不知道呢。

——聯誼結束，眾人緩緩離去

在「幸」結完帳，搭電梯來到一樓，走出建築外時，感覺天色變得更暗了。六個人圍成一個圓，站在寬廣的人行道上，令我回想起學生時代的聯誼。沒人能果斷決定該不該找其他店續攤，大家互相觀望，等候看誰能出面指揮，一邊手插口袋直喊冷，一副坐立不安的模樣。「之前續攤都是由井上先生安排。」加藤小姐說道。我望向臼田。如果是適合聯誼結束後去的店，我倒是知道幾家。井上會想到的店，我大致也猜得出來。臼田也和我一樣。但不知為何，今天我有個強烈的念頭，覺得我們應該就此解散。這並不

21. 電影《羅馬假期》的女主角。

表示聯誼的氣氛不夠熱絡。木嶋小姐最後通過了選秀，不過，其實也只是進入第二階段審查罷了，她雖然喝醉了酒，卻還是高興得大聲歡呼，而那看起來個性陰沉，模樣又不起眼，感覺像來錯地方的佐藤先生，最後也和大家打成一片。至於我，則是很在意江川美鈴。她和人發生不倫戀的事，我很驚訝，而看她似乎過得一點都不幸福，令我感到胸口一緊，很想為她做點什麼。但話雖如此，我什麼忙都幫不上，這也是不爭的事實。我將擦手巾朝向她的舉動，可說是出自我心裡真正的想法，而她當時雖然面露不悅之色，卻又笑得像個孩子似的，那是我唯一的安慰。

我想起佐藤先生說過的話——每個人都只能演奏自己的樂譜。

「打算怎麼做？」臼田這時戰戰兢兢地提問道。「接下來要去哪兒嗎？」

在場眾人皆露出難以抉擇的表情。可能都和我有同樣的感受吧。

佐藤先生率先開口宣布：「我要回去了。」接著他向眾人坦白，說他其實是拋下工作來參加聯誼，所以很擔心工作後來的情況。「大家一定都很生氣。」

佐藤先生給人的印象是淳樸、認真，所以我們都不覺得他會是個拋下工作逃走的人，對此頗感意外。我對他說：「那你最好快點回去確認一下狀況。」

「幹嘛為了聯誼這麼做啊！」倚在江川美鈴肩上，酩酊大醉的木嶋小姐如此說道，她這番話倒也頗有道理。最好別為了聯誼做這麼大的犧牲。

「我也要回去了。」當加藤小姐接著這樣說道時，續攤的事便就此告吹了。然而，我卻沒有像煙火因無法點燃而被迫結束的那種無奈的遺憾。明明也沒發生什麼特別的事，心裡卻覺得很充實。

我們在路燈的引導下，開始慢步走在夜晚的人行道上。我佯裝很自然地離開隊伍，站在江川美鈴身旁，她以肩膀支撐著木嶋小姐，我則是拉著木嶋小姐的手，幫忙扶著她走。江川美鈴瞄了我一眼，以惡作劇的口吻說道：「第一次見面，這樣說或許有點不太恰當，不過尾花先生待人可真溫柔呢。」

「那告訴我妳的E-Mail吧。」

「這樣她會生氣的。妳那位和其他男人出去玩的女友。」

我皺起眉頭，向她責備道：「別說那件討厭的事。」

「會偷情的女人不好喔。」

「妳說的是我女朋友？還是妳自己？」

「兩者都是。」

這時，我又假裝彼此是第一次見面，向她問道：「江川小姐，問妳一個一般很常問的問題，妳還會懷念以前的男友嗎？」

她噗哧一笑，噴出些許口水。「就算會也不告訴你。」

沒人走向計程車招呼站，而是全部朝地鐵走去，所以在來到車站前的這短暫的步行時間，也可說是另類的續攤。

時間已晚，人行道上的店家大多都已關門，但當中仍有亮著燈光繼續營業的店家。花店裡有名身穿西裝的男子請店員代為在一大束捧花上綁上緞帶，書店裡則是有年輕的男女站著看大開本雜誌。樂器店也還開著門。之前多次路過，感覺沒什麼顧客上門。
「啊，不好意思，有人打電話給我，你們先去車站吧。」原本走在前頭的臼田停下腳步，揮動著手機，靠向樂器店旁的巷弄。也不知道為什麼，我們眾人皆不約而同地停步，想等臼田講完電話。
就在那時，佐藤先生走進樂器店，站在一排電鋼琴前。店裡從像玩具般的電鋼琴，到略微正式的電鋼琴皆有，擺了好幾台樣品，任何人都能觸碰鍵盤，而佐藤先生就站在其中一台前方。也許是在看價目吧，穿著一件土氣的大衣，臉頰上有刮完鬍子後留下的青皮，眉毛又粗又亂的佐藤先生，看起來與樂器很不搭，就在這時，只見佐藤先生緩緩把手放在琴鍵上，開始彈奏起來。剎那間，旋律以驚人的速度湧現，我看得目瞪口呆。琴聲不僅響亮，還擁有清楚的輪廓，好似水從地上噴出，一路盤旋而上，在四周飛舞。
從電鋼琴流洩出的曲子，感覺就像在舞動般地輕靈。站在店門前的加藤小姐為之瞠目，呆立原地，而站在我身旁的江川美鈴也驚訝得合不攏嘴。令人全身起雞皮疙瘩的寒氣在我背後遊走。路過的其他行人也紛紛駐足，店裡圍著圍裙的店員也一臉驚訝地跑來觀看，呆立在佐藤先生身旁。還有一名身穿黑夾克，年齡不詳的男子，也瞪大眼睛在不遠處觀看。他的神態平靜，但肯定甚為感動。看得出他嘴角泛著笑意。
琴聲化為肉眼看不見的河川，幾欲將我們沖走。手機仍抵在耳邊的臼田也來到一旁，一臉難以置信的神情。這突如其來的迷人演奏，聽得我如痴如醉。佐藤先生身體斜傾，所以看不到他的表情，但他站著演奏的姿態，不顯一絲僵硬，感覺無比柔和。「怎麼了，這聲音是怎麼回事？」原本快要睡著的木嶋小姐如此問道。

電鋼琴就像是發揮了全力，如果它裡頭有引擎的話，此時引擎一定已運轉至極限，將潛藏的聲音完全釋放。

源源不絕的旋律，不斷攪動著夜裡的空氣，而我們全被捲入其中，就此浮向空中，有種飄然騰空之感，但一點都沒有被人拖行的不舒服感或恐懼感。心情無比雀躍歡騰。此時我心想，啊～佐藤先生真是太帥了。而站在我一旁的江川美鈴，可能是對自己因感動而落淚感到難為情，她以得意的表情對我說：「喏，混血兒不見得都是帥哥吧。」接著嫣然一笑。「而男人和女人，重要的也都不是外貌。」

我回答她：「這道理再清楚不過了。」

【參考・引用文獻】

● 《我的銀座風俗史》石丸雄司 著　銀座管理人編（行政）
● 《THE宮城》No.5（宮城縣廣報協會）
● 《攻擊——惡的自然誌》康拉德・洛倫茲 著
日高敏隆、久保和彥 譯（みすず書房）

本書是我為幾本雜誌所寫的短篇故事集結而成。是配合「戀愛故事」、「怪談」這些不同的題材委託而寫成，原本並沒有集結成冊的打算，但後來加以重新排列、改寫後，故事之間開始慢慢有了關聯，「原本是一位折頸男的故事，然後不知不覺間變成黑澤這位小偷的故事，然後又和折頸男有關」，就此成為一本不可思議的小說。

本書與傳統藉由特定的主角或設定來加以整合的短篇集不太一樣，每一則短篇都有不同的構思（有些是採取為了長篇故事所想出的設計，有些則是受雷蒙・格諾（Raymond Queneau）的《風格的練習》啟發），與其說是完美呈現的作品集，不如說它的感覺就像是神秘的工藝品，像這種閱讀體驗的書並不多見。或許在很多方面上，作者的成就感與讀者感受到的樂趣無法一致，但只要能讓更多人樂在其中，就是我的榮幸。

□集滿4個印花贈品（二款任選其一）：

A：【推理謎】LOGO皮質燙銀典藏書套一個
（黑色，25開本適用，限量1000個）

B：【推理謎】吉祥物『獨角獸』圖案皮質燙金典藏書套一個
（咖啡色，25開本適用，限量1000個）

□集滿8個印花贈品（二款任選其一）：

C：【推理謎】LOGO皮質燙金證件名片夾一個
（紅色，11.5cm x 8.6cm，限量500個）

D：【推理謎】吉祥物『獨角獸』圖案環保購物袋一個
（米色，不織布材質，41.5cm x 38.6cm，限量1000個）

□集滿12個印花贈品（三款任選其一）：

E：【推理謎】LOGO不鏽鋼繩鑰匙圈一個
（限量500個）

F：【推理謎】吉祥物『獨角獸』圖案馬克杯一個
（白色，320cc容量，限量500個）

G：【密室裡的大師特展】限量專屬T-SHIRT
（黑色，限量150件。尺寸分為XXL、XL、L、M、S，各尺寸數量有限，兌換時請註明所需尺寸，如未註明或該尺寸已換完，則由皇冠直接改換其他尺寸，恕不另通知，並不接受更換尺寸）

【注意事項】
◎本活動僅限台灣地區讀者參加。
◎贈品兌換期限自即日起至2015年12月31日止（以郵戳為憑）。
◎贈品圖片僅供參考，所有贈品應以實物為準。
◎所有贈品數量有限，送完為止。如讀者欲兌換的贈品已送完，皇冠文化集團有權直接改換其他贈品，不另徵求同意和通知。贈品存量將定期在【22號密室】官網上公佈，請讀者在兌換前先行查閱或直接致電：（02）27168888分機114、303讀者服務部確認。
◎皇冠文化集團保留修改或取消謎人俱樂部活動辦法的權利。辦法如有更動，將隨時在【22號密室】官網上公佈。

國家圖書館出版品預行編目資料

獻給折頸男的協奏曲 / 伊坂幸太郎著；高詹燦譯.
-- 初版. -- 臺北市：皇冠, 2015.11　面；公分. --
(皇冠叢書；第4507種)(大賞；86)

譯自：首折り男のための協奏曲
ISBN 978-957-33-3192-6 (平裝)

861.57　　104020361

皇冠叢書第4507種
大賞｜086

獻給折頸男的協奏曲

首折り男のための協奏曲

作　　者—伊坂幸太郎
譯　　者—高詹燦
發 行 人—平雲
出版發行—皇冠文化出版有限公司
台北市敦化北路120巷50號
電話◎02-27168888
郵撥帳號◎15261516號
皇冠出版社(香港)有限公司
香港上環文咸東街50號寶恒商業中心
23樓2301-3室
電話◎2529-1778　傳真◎2527-0904
總 編 輯—龔橞甄
責任編輯—蔡維鋼
美術設計—王瓊瑤
著作完成日期—2014年
初版一刷日期—2015年11月

法律顧問—王惠光律師

讀者服務傳真專線◎02-27150507
電腦編號◎506086
ISBN◎978-957-33-3192-6
Printed in Taiwan
本書定價◎新台幣320元/港幣107元

謎人俱樂部贈品兌換卡

我要選擇以下贈品(須符合印花數量)：☐A ☐B ☐C ☐D ☐E ☐F ☐G 尺寸：______

1	2	3	4
5	6	7	8
9	10	11	12

【個人資料蒐集、利用及處理同意條款】

您所填寫的個人資料，依個人資料保護法之規定，皇冠文化集團將對您的個人資料予以保密，並採取必要之安全措施以免資料外洩。您對於您的個人資料可隨時查詢、補充、更正，並得要求將您的個人資料刪除或停止使用。

本人同意皇冠文化集團得使用以下本人之個人資料建立該集團旗下各事業單位之讀者資料庫，做為寄送出版或活動相關資訊、相關廣告，以及與本人連繫之用。本人並同意皇冠文化集團可依據本人之個人資料做成讀者統計資料，在不涉及揭露本人之個人資料下，皇冠文化集團可就該統計資料進行合法地使用以及公布。

☐同意　☐不同意

我的基本資料

姓名：______

出生：______年______月______日　性別：☐男 ☐女

職業：☐學生 ☐軍公教 ☐工 ☐商 ☐服務業

☐家管 ☐自由業 ☐其他______

地址：☐☐☐☐☐______

電話：（家）______（公司）______

手機：______

e-mail：______

我對【伊坂幸太郎《獻給折頸男的協奏曲》】的建議：

寄件人：

地址：□□□□□

北區郵政管理局登
記證北台字1648號
免 貼 郵 票
〔限國內讀者使用〕

10547
台北市敦化北路120巷50號
皇冠文化出版有限公司 收

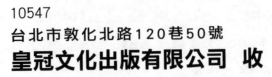